国脉

天津国企故事
TIANJIN GUOQI GUSHI

天津日报社 编

天津出版传媒集团
天津人民出版社

图书在版编目(CIP)数据

国脉：天津国企故事 / 天津日报社编. –– 天津：
天津人民出版社, 2016.6
ISBN 978-7-201-10477-5

Ⅰ.①国… Ⅱ.①天… Ⅲ.①新闻–作品集–中国–
当代 Ⅳ.①I253

中国版本图书馆 CIP 数据核字(2016)第 114982 号

国脉 : 天津国企故事
GUOMAI : TIANJING GUOQI GUSHI

天津日报社 编

出　　版　天津人民出版社
出 版 人　黄　沛
地　　址　天津市和平区西康路 35 号康岳大厦
邮政编码　300051
邮购电话　(022)23332469
网　　址　http://www.tjrmcbs.com
电子信箱　tjrmcbs@126.com

责任编辑　任　洁
封面设计　汤　磊

印　　刷　高教社(天津)印务有限公司
经　　销　新华书店
开　　本　787×1092 毫米　1/16
印　　张　21.25
字　　数　240 千字
版次印次　2016 年 6 月第 1 版　2016 年 6 月第 1 次印刷
定　　价　58.00 元

本书编委会

目　录

第三编　故事

第四编 回眸

第五编 聚焦

前　言

作为我国北方重要的经济中心，天津是一个有着辉煌历史的老工商业城市，飞鸽自行车，海鸥手表，北京牌彩电，山海关汽水……在计划经济时期，天津制造的名优特优产品享誉大江南北，天津的国企也一直走在全国前列。

改革开放以后，这些曾经的辉煌一度成了"盛名之下似乎不能承受之重"，正是因为国有经济比重大，受计划经济体制影响深，面对市场化大潮冲击时，天津国企改革的任务显得异常艰巨繁重。公开资料显示，10年前，天津国企系统劣势困难企业有1000多户，涉及职工80多万人。据当时的统计，这些企业账面平均资产负债率高达118.1%。国企包袱越背越重，有效资产越来越少，稳定的压力越来越大。国有企业负重前行，发展遇到了前所未有的困境。

怎么办？

除了改革还是改革，除了创新还是创新。

以市场化为导向，兼顾制度特征与历史延续，调整重组一批，开放搞活一批，清理退出一批……10年来，天津国资系统开展了大刀阔斧的改革，广度之阔、厚度之深、烈度之剧、影响之远，堪称空前，取得的成

1

效也举世瞩目。中国国企改革的"天津模式",受到了资本市场的青睐,引来了众多兄弟省市的观摩借鉴。

眼下,改革步入深水区,后面的征程将会越发艰难,也更加需要大的智慧和勇气。为深化新一轮国资国企改革凝心聚力、造势鼓劲,天津市国资委携手《天津日报》策划推出了这本书。

作为市委机关报,《天津日报》对于天津国有企业的改革发展一直保持高度的关注和强烈的新闻敏感度。本书收集了日报记者三十多年来尤其是近十年来在《天津日报》上刊发的相关文章百余篇,囊括了几代新闻人对天津国企发展的所见所闻和所思所想:从改革开放伊始国企面对市场大潮冲击时的阵痛、谋变,到新的历史时期多家企业集团转型升级、浴火重生。这些年、这些人、这些事,汇成一幅波澜壮阔的国企发展画卷,您可以从中感触到这座城市经济发展的强健脉动。

书中收集的文章风格各异、视角有别,但初心只有一个,那就是希望天津的企业繁荣昌盛,希望这座城市的经济蒸蒸日上,天津的明天更美好。

第一编　综述

发展出题目　改革做文章

—— 本市国企改革 10 年走出"天津特色"

　　"你若盛开，蝴蝶自来。"在几天前举办的第八届融洽会上，本市 100 个国企项目面向民企的对接活动甫一推出，立即得到全国各地 200 多家优秀民企的追捧，众多私募基金也蜂拥而至。这些市场嗅觉灵敏的人们告诉记者：天津的国企改制走在全国前列，各地民间资本被吸引来了。

　　相关统计数据验证了民间资本方的判断。10 年来，本市国企改制面由 42% 提高到 98%。受益于改革红利，国企的实力与竞争力与日俱增。目前，本市国企资产总额已突破 40000 亿元，年均增长 28%，由全国第七位跃居第二位；主营业务收入达到 1.3 万亿元，年均增长 23.8%，由全国第十位跃居第三位……

　　10 年前的 6 月 18 日，市委、市政府组建了市国资委，建立新的国有资产管理体制，开启了以国资改革带动国企改革的新征程。国资系统遵循市场规律，加强自身市场意识，积极契合市场对资源配置效率的要求，同时兼顾制度特征与历史延续，探索出一条具有"天津特色"的国资国企改革之路——

整合清退　兼顾效率与公平

10年前,本市劣势困难企业有1000多户,涉及职工80多万人。根据当时统计,这些企业账面平均资产负债率达118.1%,国企发展形势严峻,整合清退刻不容缓。市委、市政府为此相继出台相关文件,财政、劳动等部门给予大力支持。在具体的整合清退过程中,国资系统一方面多措并举筹集资金,采取股权转让等市场手段清退那些失去竞争力的企业;一方面针对不同群体实施不同的分流安置方案。每个集团都成立了专门的"托管中心",负责缴纳下岗职工的社会保险,解决他们的养老和就医问题,使其无后顾之忧,再去灵活就业。这种兼顾效率与公平的清退模式,被国务院国资委称为"天津模式"。到2010年,本市成功退出1400多户困难企业,妥善平稳地分流安置了82万名职工,为国企加快发展赢得了先机。

拓展市场　集团作战互惠互赢

2005年起,市国资委开始引导本市国企和国内外同行对标——你是行业的排头兵,那就跟世界500强对标;你居于行业中流,那就与行业"老大"比一比……对标绝不盲目,而是具体细化可操作的,属于"蹦一蹦摘桃子"的那种,通过与110户国内外500强企业对标,国企负责人的市场意识大大增强,"能站在国内外同行业先进水平的高度来重新思考企业的发展战略"。

随着改革深入,更多企业被纳入市国资监管体系,形成了大国资系统,这为企业之间、行业之间打破壁垒、实现资源互补创造了条件。市国资委适时以组织对接会等多种形式,撮合企业彼此牵手、互惠互赢。以物流为例,过去每个企业都有一套自己的系统,单兵作战成本高。2009年,国资委牵头组织13家工业企业与天津物产集团对接,这些企业充分利用物产集团的资源和网络优势,在采购和销售环节与之加强合作,各企业的物流成本因此得以大幅下降,物产集团也迅速立起个儿,当年的营业收入就突破1000亿元,如今已突破3000亿元,连续两年闯入世界500强,成为全球排名提升最快的20家企业之一。之后,国资系统的对接范围越发广泛:从本地企业对接扩展到与外省国企对接;从国企之间的对接扩大到国企与央企、国企与民企之间的对接,甚至还走向了海外。

2010年9月,市国资委第一次组织44家国企集体走进欧洲。在比利时,当地300多家企业蜂拥而至洽谈业务。中午茶歇时,原本一对一的洽谈,变成了一对三、一对四、一对五,还有很多欧洲企业在排队等待,受欢迎程度出乎很多人的意料。这也契合了金融危机之后,各国迫切希望加强投资合作与经贸往来的市场需求。此后,市国资委每年都组织一次天津国企"抱团走出去"活动,他们的足迹遍布五大洲,达成投资及贸易总额400多亿元,成本与收益都远优于企业单打独斗闯市场。通过"走出去",物产集团会同战略合作伙伴,共同收购南非PMC矿业公司74.5%股权,开创了在境外拥有大型权益矿先河;北方国际集团在中非、东非农用机械市场占有率达到90%以上……

不久前,一个集土地整理、房地产开发、工程监理、物业服务等"多位一体"的房地产开发龙头企业——天津房地产集团惊艳面世。与此同时,能源投资集团、渤钢集团等共十大重组集团也纷纷亮相。这昭示着本市新一轮国企改革再次扬帆起航!按照部署,三到五年内,全市国企将"调整重组一批、开放搞活一批、清理退出一批",以进一步提升国有

天津日报
TIANJINDAILY

天津网 www.tianjinwe.com

今日18版（河西区、东丽区、南开区、北辰区22版）

2014年6月19日 星期四 农历甲午年五月廿二

天津日报社出版 国内统一刊号CN12-0001 国外发行代号D174 1949年1月17日创刊 第23796号

李克强与卡梅伦共同举行中英全球经济圆桌会

人民币对英镑可直接交易了

发展出题目 改革做文章
——本市国企改革十年走出"天津特色"

■ 本报记者 杨仔东

突破 **调整** **壮大**

本市生物企业超2000家 明年规模达到1500亿元

干细胞、疫苗、海洋医药具发展潜力

全市国内招商项目逾2000个

前5个月民企投资增长13.36%

环保部发布5月份城市空气质量状况

京津冀无严重污染天

PM₁₀为首要污染物

深入开展党的群众路线教育实践活动

市国土房管局完成109项整改任务

梳理解决重点问题
走好"最后一公里"

外眼看天津

诺贝尔物理学奖获得者乔治·斯穆特

天津航天产业大有可为

■ 本报记者

诺贝尔化学奖获得者巴里·夏普莱斯

希望与天津携手开发新药

■ 本报记者

中考21日、22日举行

78675名考生参加考试

今日导读

名校"枪手"击中替考之乱

涉事考生家长、监考老师被控制 ········3版

【中国】

银行卡交易记录 手机也能查清楚

小心手机"偷看"银行卡信息

【经济·民生】 ········6版

七日年化收益率 4.984%
每万份基金收益 1.2893

天津地区天气预报

《天津日报》刊发的《发展出题目 改革做文章》

经济的活力、实力和竞争力。去年以来,国资系统除了完成十大企业集团的重组外,还利用多种形式,引进社会资本参与271户国有企业股份制改革,吸引社会资金281亿元,其中236户改制为混合所有制企业。

市国资委党委书记、主任李福明说,下一步,国资系统将继续培育"大巨人"企业集团,继续股份制改革和发展混合所有制经济,进一步完善现代企业制度和市场化机制,在管资本和加强资本运营等方面用力,"改革将一如既往"。

(记者岳付玉,本文刊载于《天津日报》,2014年6月19日)

放下，为了更好地前行

——本市国企改革之整合清理综述

2014 年 2 月 11 日，香港资本市场传来喜讯，滨海投资有限公司从创业板成功转至主板。"华丽转身""凤凰涅槃"，香港媒体对这家来自天津的企业在短短两年间的巨变不吝赞美之词，纷纷试图破译她华丽转身的"密码"。

当两张繁简迥异的股权结构图摆在记者面前，部分答案似乎浮出了水面。第一张图上罗列的 8 个层级各类公司密密麻麻挤在一起，彼此关系错综复杂令人眼花缭乱，整张纸根本不够用；第二张图却"月朗星稀"简单明快地分布着 4 个层级的几家公司，未占纸的一半。您或许很难想象，这是同一家上市公司大股东——泰达香港置业有限公司(持有滨海投资 50.13% 股份)的两份家谱图，二者时间间隔仅 2 年……

这两张对比强烈的图纸，又何尝不是本市国企改革整合清理工作的缩影呢！遵循市场规律，不破不立，先破后立，十年来，全市累计退出劣势企业 1600 多户，国有资本从 29 个行业整体退出或退出控股地位，资本集中度由 70% 提高到 86%。

亮剑国企"短板"

10年前,本市国企系统劣势困难企业有1000多户,涉及职工80多万人。据当时的统计,这些企业账面平均资产负债率达118.1%。企业包袱越背越重,有效资产越来越少,稳定的压力越来越大。国有企业负重前行,发展遇到了前所未有的困境。

"没有稳定,发展无从谈起;先破后立,才能浴火重生。"市国资委党委书记、主任李福明说。当时,新成立的天津市国资委决定剑指国企"短板",断臂自救。

可退出需要成本,钱从哪儿来,人到哪儿去,如果全部推向社会,不仅社区无法承受,还会造成大的社会震荡,影响改革发展稳定大局。其间,市委、市政府相继出台"108号""104号"文件,对职工安置和企业退出给予政策支持。市国资委则会同有关部门,探索职工整体分流安置等各种有效方式,以市场化为导向,推进整合清理工作稳步展开——

去除"出血点"

滨海投资的故事得从2008年说起。那一年,泰达控股通过其全资子公司泰达香港置业有限公司注资救活了港交所摘牌公司华燊燃气,使之复牌至香港创业板,更名为滨海投资。同时,华燊燃气麾下32家亏损子公司也从上市公司里被剥离了出来,仍享受上市公司的"反哺"。此后,这32家子公司年年亏损,成了滨海投资"心中永远的痛"。怎么办?退出无疑是唯一的选择,而且越快越好。

2012年,针对滨海投资不良资产的清退大幕正式拉开。泰达控股因势利导,采取注销、股权转让、回购三种方式,两年内彻底注销了26

家子公司，剩余 6 家扭亏为盈的子公司则被重新回购至上市公司。到 2013 年底，原来的 32 个"出血点"基本被止住了，每年因此可节省 1 亿元左右的现金流。"再也不用疲于应对那些时常堵在办公室门口讨说法的亏损公司的债主，再也不用为那些'出血点'分心劳神，终于可以把全部精力放在上市公司主业上了！"滨海投资总经理高亮为此深深地舒了一口气。"瘦身"过程中的滨海投资，以净利润年均 30% 的增长率突飞猛进，这才有了从创业板到主板的惊艳一跃。

主动"拆庙拆墙"

削枝强干、瘦身减负，滨海投资的"大东家"泰达控股这几年着实摸索出一套行之有效的清退"组合拳"。

为了精准卸载，泰达控股用整整一年时间摸清家底、整理家谱。据该集团资产管理部经理李静平回忆，2012 年 6 月，当他们把苦心绘制的长达十几米的泰达控股股权结构图呈现在集团各级干部面前的时候，大家都不约而同地瞪大了眼睛，他们没想到，这个大家族竟已如此庞杂！ 8 级管理链，636 家企业，其中不乏亏损、低效者。这也是泰达系成立 28 年来第一次清产核资。当然，这也与该企业集团成长发展的特殊性有关。

迫切而棘手的清理退出工作随之展开。泰达控股明确了三个退出原则：非主业经营公司，退；常年闲置资产的公司，退；亏损公司，退。到 2013 年底，先后有 174 家企业退出了国有资本。"修庙容易拆庙难，退出过程会涉及一些人的切身利益，各种纠结纷至沓来……感觉真的是'改革步入了深水区'，越往后越难！但'硬骨头'不啃不行啊！"李静平感叹。值得欣慰的是，企业退出收回来的现金远远高于它的账面资产值，做到了国有资产的保值增值。按照泰达控股制定的发展战略，到2015年，其主营业务将从7个瘦身为5个，企业层级从8级压缩到4级以内，企业个数从636家控制在100家以内。

轻装前行

泰达控股一系列大手笔的清理退出工作，使集团主业更强，竞争力剧增，向更加市场化的投资公司迈进的步伐更快更稳。

市交通集团是全市第一个整体完成困难企业退市工作的集团公司。该集团历时三年多时间，筹集资金7.5亿元，退出困难企业65户，分流安置职工42516名。

二轻集团结合劣势企业退出，以存量吸引增量，引入战略投资者，实施股份制改造，腾笼换鸟，使实体变载体，步入了良性发展轨道。

……

劣势困难企业退出，职工利益也得到了保障。市国资委提供的数据显示，近几年，退出企业的职工信访批次下降80%以上，人次下降90%以上。

把在市场中失去竞争力的企业清理出去，去除"虚胖"，轻装前行，这一步"先手棋"，为本市国有企业加快发展赢得了先机，争取了主动。

（记者岳付玉，本文刊载于《天津日报》，2014年6月2日）

第二编　纪实

打造行业领先的现代大企业集团

——百利装备集团差异化经营实现产业升级纪实

从新中国成立初期的天津市机械工业局，到1984年汽车工业公司划出成为市管企业，再到2004年随着市国资委成立首批纳入监管，最后到2013年我市新一轮国资国企改革中百利机电与天汽整合重组成立天津百利装备集团，65年一路走来，历代天津机械装备人以胸怀大局、无私奉献、团结拼搏、改革创新的精神，为天津机电产业、汽车产业的发展，做出了举足轻重的贡献，交出了一份在改革中坚韧前行的答卷。

机电产业——百利机电坚持走新型工业化道路，大力实施差异化产业升级战略，稳妥完成130多户困难企业的改革调整，6万多名员工的分流安置，同时以存量吸引增量，合作引进了奥的斯、西门子等世界知名企业，东方电气、中国一重等中央企业，北汽福田等地方大企业落户天津，放大了国有资本的活力与功能，构筑起具有比较优势的"电工电器、机床工具、重型矿山、通用环保"四大产业板块新格局。2012年，集团经济规模相当于"十五"期间5年的总量；集团利润总额是2005年的10倍，年均增长52%，比主营业务收入年均17%的增幅高出35个百分点。净资产收益率这个实打实硬碰硬，体现经济质量的核心指标，取得了历史飞跃,由 2005 年的 -4.87% 提升到 2009 年的 1.57%,进而一举实现了 3 年三级跳,逐年达到了 3.19%、5.15%、8.51%。2013 年再上新水平,净资产收益率达到 11.53%,经济增加值(EVA)这个体现价值创造的核心指标同比增长 8.2 倍,达到 1.57 亿元。集团在改革发展中呈现出从注重规模向注重质量转型、从布局分散向集约集群转型、从低端产品生产向高端装备制造转型、从粗放管理向集中管控转型的新特点。

汽车产业——天汽近年来以改革为引领,建设大项目,谋划新发展,形成了天汽集团、一汽集团和日本丰田公司在津共同发展的汽车工业新格局,发挥了国有经济的带动作用,走出了一条独具"天汽"特色的发展之路。至 2012 年底,天汽集团已累计生产汽车超过 610 万辆,其中夏利系列轿车超过 268 万辆。

整合重组后的百利装备集团共拥有企业 178 户,2013 年末集团总资产为 171 亿元,净资产 45.8 亿元,主营业务收入 1237.4 亿元,利润总额 92 亿元。

推进结构调整　构筑发展新优势

百利集团自 1995 年起步改制,在转型变局中,一些优势企业或优良资产在与跨国公司的合资变局中逐渐转移"出局",相当一批企业发展遇到前所未有的困难,旗下 100 多家企业陷入困境。"十五"末期,集团国有及国有控股企业利润处于负增长,净资产收益率为 -4.87%。

新时期,集团着力推进差异化产业升级战略,按照主业突出、产业聚集、协同发展、进退结合的原则,实施了从企业结构、资本结构、产品结构到产业结构的全方位调整,加快培育核心企业、核心业务板块、核心产品和产业集群,再造集团发展整体优势。一方面,推进优势资本和有效资产向优势企业和优势产业聚集，完成了15家企业的重组整合，形成了以天锻压力机、天发重型水电、天重江天重工、百利特精电气、百利阳光环保、国际机械为代表的一批新龙头企业。百利集团主动进入航空航天、风电、节能环保等战略性新兴产业，提升产业能级。比如，集团对天津动力机厂部分资产进行调整，组建百利阳光环保公司，进军环保产业。该公司从固体废弃物处理，向餐厨废弃物处理拓展，为用户开发就地处理餐厨废弃物设备，从源头解决"地沟油"等问题，变废为宝，每年可产生经济效益近亿元，在废弃物无害化、减量化和资源化处理等方面产生了良好的社会效益。另一方面，加快清理劣势企业和低效资产。对市场前景差、发展后劲小、带动能力弱、与重点发展板块关联度小的134户企业，实施整体退出。对非主业和低效无效的81户企业，实行销壳注销，加快土地置换，盘活存量资产，使一批停滞或低效资产变为增效资产。对90户企业与金融机构的债务进行"打捆"，共解债38.3亿元，彻底解决了一批企业的债务链，释放了资产。

提升产品科技含量　培育核心竞争优势

集团以承接国家重大科技专项、"863计划"和国家高新技术产业化项目为牵引，带动集团核心技术和产业产品的升级，主攻技术附加值高、市场潜力大的新产品开发和传统产品升级换代；以重大装备的首台首套为突破口，加强原始创新和集成创新，抢占行业制高点。

"十一五"以来，百利集团承接国家及市级科技重大专项、"863计划"项目70余项。在高端重型数控液压机成套装备、汽车螺旋锥齿轮成套装备、大型贯流式水轮发电成套机组、非晶合金变压器、螺杆泵等领域，打破国外技术垄断，填补国内空白。2012年，集团研制的世界首台

220千伏超导限流器成功挂网运行，是我国在全球取得这一前沿技术重大突破的标志，对推进我国超导限流器产业化具有重大意义。天锻公司拥有的液压机专利占全国同行业的 62%，开发的"首台首套"5000吨以上新型数控液压机近 40 台(套)，首创产品贡献率 70%以上，造船等系列数控液压机市场占有率 90%以上。数控摆线齿锥齿轮铣齿机研制填补了国内空白，智能型重锤球阀成套系统装置打破了该产品完全依赖进口的局面。

目前，集团形成了以电工电器、重型矿山、机床工具、通用环保、交通及农机装备为主体的产业体系，并大力发展生产性服务业，组建了百利融资租赁公司，依托产业优势，创新金融模式，实现产融结合，带动装备制造业转型升级。目前，集团拥有驰名著名商标 28 个，国家和市级名牌产品 21 种，有效专利 1241 项，其中发明专利 188 项。

加强管理创新 促进企业提质增效

产业升级离不开管理升级。管理粗放是前几年百利集团效益低下的重要因素，重生产制造、轻质量效益的观念和做法屡见不鲜，企业不依法履行内部决策程序，"越俎代庖"现象时有发生，产品存货堆满仓库，应收账款占销售收入的比重长期保持在 30%以上。集团对所属企业财务管理衔接不畅，资金使用效率低，资源浪费严重，费用居高不下。销售、管理、财务三项费用把主营业务利润基本吞噬，集团徘徊在整体亏损的边缘。集团班子痛定思痛，采取有力措施推进管理升级。

加强对标考核，净资产收益率实现"三级跳"。按照市国资委"行业对标、提质增效"的部署要求，集团把净资产收益率作为牵一发而动全身的重要抓手，提出净资产收益率自 2010 年起，逐年达到 3%、5%、8%

的目标,推进企业提质增效。根据净资产收益率的指标构成,集团从"经济收益贡献度、资本收益贡献度、资产优化贡献度"三个方面,分解为"9+1"考核体系,细化为"盈利能力、资产质量、债务风险、经营增长"四大类22项指标。集团总部与同行业集团型企业开展对标,组织15家重点发展型企业,与国内同行业排头兵企业和跨国公司进行对标,深入查找在产业产品结构、资本运作能力、体制机制和管理水平等方面存在的问题,制定追赶超越的路线图和时间表,列入对企业党政负责人工作业绩考核的主要指标,并与年薪挂钩。对标考核,提升了发展标准,转变了思维方式,促进了企业发展质量和效益的提高。经过三年的努力,集团国有及国有控股企业净资产收益率圆满完成预定目标,2010年至2013年依次递升为3.19%、5.15%、8.51%和11.53%,一年实现一个新跨越。

深化财务管控,推进"三降一提高"。成本费用是衡量企业运行效率的重要指标,直接影响到企业的盈利水平。集团针对企业产销运营和产品质量管理的"短板",把降低应收账款、采购成本和存货,提高产品质量,作为重点,开展"三降一提高"活动,着力降本提质增效。集团制定了成本费用、货币资金、应收账款、产品库存等一系列管控办法,突出"现金为王"理念,加速资金周转,防控资金链风险。对重点企业及重点产品的采购、生产、运输等环节进行全面监控,建立合格供应商评价制度和用户信誉评级制度,防止"暗箱操作",降低采购成本。在产品质量管理上,构建"质量损失率"考核指标体系,从制度上保证了产品质量。同时,实行统一的企业会计制度和核算方法,使成本管控制度化规范化。建立集团与所属企业联网的财务信息化管理平台,对全集团财务核算、资金流转及存量、资产状况及变化进行实时监控。几年下来,"三降一提高"取得明显效果。

2 要闻

2014年6月25日 星期三 责任编辑：刘一帆 TIANJINDAILY 天津日报

国务院印发《纲要》推进国家集成电路产业发展

明年中国"芯"产业将超3500亿

集成电路又称芯片，被喻为工业生产的"心脏"。此次纲要针对性地提出成立国家集成电路产业发展领导小组，随着各方力量加盟之后，预计我国的集成电路产业将迎来新的发展机遇，开启万亿产业新时代。

我国集成电路产业现状

提升公交服务水平 打造城市靓丽风景线

八大工程提速"公交都市"

全国公安一级英模王正宏逝世

用生命凌空托起生命

搭建实践平台 服务改革发展

市级机关"双转双促"实践活动中期现场推动会召开

"托举三兄弟"荣登6月天津好人榜

市文明办号召广大市民向天津好人学习

中华人民共和国天津海关
中华人民共和国天津出入境检验检疫局

公告

2014年第8号

天津海关
天津出入境检验检疫局
2014年6月11日

打造行业领先的现代大企业集团

——百利装备集团差异化经营实现产业升级纪实

《天津日报》刊发百利集团装备升级文章

问题导向、改革求解、行动答题。按照市委市政府的战略部署，为实现市国资委提出的百利装备新集团1+1大于2的目标，集团制定并下发了《天津百利装备集团有限公司党委关于全面深化集团改革的指导意见》，明确下一步百利装备集团将重点发展壮大"电工电器、重型矿山、机床工具、通用环保、交通及农机装备"五大主体产业板块，积极探索产融结合商业模式，争取5年内，融资租赁业务规模达50亿元，基本具备上市企业条件，成为集团装备金融平台重要组成部分。将着力推动国有企业产权多元化和资产证券化，大力发展混合所有制，积极推进优势企业、优质资产上市，实现集团经营性国有资产证券化率达到40%以上。

百利装备集团将重点围绕加强"三力"建设，努力实现"三个走在前列"，在三方面深入推进改革重组，即力争用三年左右的时间，到2017年，通过加强集团核心竞争力建设，推进发展质量和效益走在前列；通过加强集团核心管控力建设，推进体制机制的活力走在前列；通过加强集团党委对改革的领导力建设，推进党建工作保障力走在前列。打造主业强、活力足、效益好、品牌优、治理科学、行业领先的现代大企业集团，展现新国企、新活力。

（记者吴巧君，本文刊载于《天津日报》，2014年6月25日）

守住风险底线 创新转型发展

——渤海银行实现规模效益历史性跨越

渤海银行,唯一一家总部设在天津的全国性股份制商业银行,成立伊始便建章立制,夯实基础。自 2009 年开始步入发展快车道,2011 年,国有股权纳入市国资委集中统一监管,至 2013 年末,资产总额由五年前的 622 亿元增长到 5683 亿元,税后净利润由 1.27 亿元增长到 45.66 亿元,资本利润率(ROE)从 2.54% 增长到 20.75%,资产质量始终处在同业前列,基本达到上市银行水平。在本市新一轮国企改革如火如荼展开之际,渤海银行一路开拓进取、创新转型的探索历程,对立志革新的众多企业尤其是金融机构颇具借鉴意义。

不负使命 健康发展

2005 年底,天津滨海新区开发开放被纳入国家总体发展战略。同一年,渤海银行正式成立,并肩负着为全国金融改革积累经验的宏大使命。由于是 1996 年以来国务院批准新设立的唯一一家全国性股份制商业银行, 第一家在发起设立阶段就引进境外战略投资者的中资商业银行,第一家总部设在天津市的全国性股份制商业银行,渤海银行成立伊始就备受瞩目。借滨海新区金融改革先行先试的政策东风及基因中的

"国际化"优势,渤海银行一路踏歌前行。

渤海银行成立的8年,也是外部经济形势复杂多变的8年。其间,国际金融危机肆虐,国内宏观调控政策调整,资本约束加剧,互联网金融呼啸而至,利率市场化渐行渐近,金融业面临着前所未有的挑战。渤海银行紧紧围绕"守住风险底线,创新转型发展"这12字经营思路,力克时艰,实现了规模、效益和质量的协同发展,保持了包括利润增长率、存款增长率等多项指标在内的同业领先。

用8年的时间,渤海银行走过了其他银行十几年走过的路。

在英国《银行家》杂志发布的全球1000强排名中,渤海银行从2009年的第603名提升至2013年的第278名。在《亚洲银行家》杂志发布的亚洲银行500强排名中,渤海银行从2009年的第199名提升至2013年的第74名。

风险管理　独具特色

年轻的渤海银行资产质量始终保持同业领先水平,全面风险管理品牌基本形成。其资产不良率在12家全国性股份制银行中最低,大大低于银行业不良率的平均水平。

成立初期,作为境外战略投资者的渣打银行就为渤海银行提供了先进的风险管理理念和技术,参与了其风险管理体系的设置和标准化,建立了全面、垂直、独立的风险管理体系,形成了业务条线与总分行管理制度双向兼容的矩阵式管理模式。随着业务的拓展和管理精细化程度的不断提高,渤海银行逐步完善了适应本土实际的全面风险管理体系、风险偏好政策和风险管理流程。

在其"二五"规划中,渤海银行明确"立足天津及滨海新区确立在环渤海区域领先地位、深化与渣打银行的全面战略合作关系、塑造渤海银行全面风险管理品牌"三项战略任务,连续两年提出"风险防控年""贷后管理年"建设目标,更将 2013 年定位为风险管理品质全面提升的一年。面对宏观经济增速放缓带来的资产质量挑战和非信贷资产业务发展带来的风险管控压力,渤海银行强调"在守住风险底线的前提下,支持各项业务创新转型发展",实施了逆周期的主动风险管理,加强了贷后跟踪管理和风险防范的关口前置管理。

渤海银行还在全行范围内持续推进风险文化和职业道德防线建设。总分行不断强化风险管理一盘棋的思想,建立总行内控合规部门、审计部门、业务条线和分支机构"四位一体"的内控防线,坚持"案件防范无小事、内控管理无琐事、合规经营无特事"的内控合规管理理念,健全案防管理体系,完善案件防控长效机制,加强业务连续性及应急管理,提升重要业务运营中断后风险的应对和防范能力。

沧海横流方显英雄本色。2013 年 6 月末和 12 月末,全国银行业经历了两次"钱荒"引发的流动性风险。渤海银行因一贯的风控举措不仅自身流动性充裕,还对同业进行了拆借,令同业刮目相看。

创新转型　快速成长

回首八年风雨路,渤海银行历经了两大发展阶段。前三年是艰苦创业的三年,也是渤海银行重要战略投资者——渣打银行流程体系和国内商业银行经营理念相融合的三年。在这三年中,渤海银行搭建了完善的公司治理架构,吸引了大量优秀人才加盟,业务初具规模,机构网点迅速布局,成立了天津、北京、杭州、太原、济南、成都等六家分行。

而 2009 年至 2013 年的五年,则是渤海银行创新发展、快速发展的五年。在内外部环境极为严峻复杂的形势下,2009—2010 年,渤海银行提出了"管理模式由简单粗放型向精细化管理转型""信息科技由满足业务需求向满足客户需求转型""绩效考核由简单考核财务指标为主向考核经济资本增加值和当地同业市场进步度转型""业务发展由以公司业务为主导向批发、零售和金融市场三业并举转型",统共"四大转型",以及业务发展的"三个转变"——批发业务增长方式从简单扩规模向调结构转变、零售业务增长方式从低起点向高增长转变、中间业务增长方式从单一突破向全面提升转变,全面吹响了全行转型发展的号角。

2011 年,渤海银行借全市经营性国有资产实现集中统一监管东风,加快产融结合,推进批发、零售、金融市场三业并举,对金融市场管理架构进行了大胆改革,在总行成立了三个独立部门,各分行也相继成立了金融市场部。体制机制的转变激发了全行金融市场条线的发展活力,使得金融市场条线业务得到快速发展,贡献度不断提升。

2012 年,渤海银行提出了"有针对性地选择客户、有针对性地叙做产品,有针对性地防范风险"的发展思路,起到了拉动存款、提升效益、维系客户和培养队伍的作用。

2013 年,针对资产质量和流动性的考验,渤海银行提出了"严守风险底线,创新转型发展"的思路,加大了资产结构调整力度,压缩了收益较低的业务占比,提高了自营投资的比重,使得 2013 年全行利润增速明显高于资产增速。

转型发展战略的成效不言而喻。五年中,该行业务由主要依靠传统贷款转向表内表外并重发展;全行的盈利增长点从主要依靠传统业务转向创新业务;全行的总资产、税后净利润、资本利润率(ROE)都实现了跨越式发展。

科学治理　前景光明

渤海银行能取得如此成绩,原因很多,其中一个非常重要的支点是公司治理。

经过八年的建设,渤海银行搭建起了以股东大会、董事会、监事会和高级管理层为主体的完善的公司治理组织架构,并在成立伊始就依据公司《章程》制定了一系列公司治理基本制度,还制定了涉及风险管理、内部控制、薪酬绩效、履职评价、资本管理、财务会计、审计监督、信息披露等多方面的基本管理制度和政策,建立了较为完备的公司治理制度体系,在依法合规组织召开股东大会、董事会、监事会会议的同时,打造信息发布平台,加强董事会、监事会和高级管理层之间的沟通,提高董、监事履职能力。

与此同时,渤海银行高度重视发展规划的制定,谋定而思动,以规划引领全行科学发展。开业伊始,该行就聘请国际知名咨询公司用了一年的时间制定2005—2010年的"一五"规划。"一五"期间,渤海银行总资产年复合增长率103.89%,2007—2010年达到157.31%,位居国内首位。"一五"规划尚未结束,渤海银行从2009年就开始着手制定"二五"规划。之后,每年都对规划进行评估和修订,实施战略规划动态管理。

作为总部设在天津的唯一一家具有全国性牌照的银行,渤海银行在服务天津地方经济发展中,一直坚持"首战有我、同业看我"的思路。截至目前,该行已累计为我市企业提供融资超过1000亿元,累计发放贷款和票据贴现融资超过500亿元。其中,利用总部积聚资金优势,从全国融入资金300亿元,为多家金融租赁公司批复同业借款额度50亿元,利用投行牌照优势为天津企业从银行间市场募集资金近百亿元。渤海银行在我市及环渤海区域的市场占比也因此逐年攀升。

在确立环渤海地区优势的同时，渤海银行也始终不渝地实施全国化战略。截至目前,该行已在全国设立网点 100 家,覆盖了环渤海、长三角、珠三角及中西部地区的重点城市。到明年底有望拥有 180 余家分支机构,其中一级分行 18 家左右。

（记者岳付玉,本文刊载于《天津日报》,2014 年 5 月 22 日）

渤海银行

向具有国际竞争力的千亿集团迈进

——渤海化工集团有限公司全力推进

产品结构调整　促进创新发展

天津化工走过百年发展历史,今年,渤海化工集团将迎来百岁华诞。

渤化集团心怀一个"渤化梦"——到2014年底建成具有较强国际竞争力的千亿规模的现代化工企业集团。到2020年,实现进入世界500强行列,形成以化工产业为支柱,相关业态共同支撑的国际化企业集团。

为了这个"渤化梦",渤化集团在市委、市政府的正确领导下,在市国资委的指导下,以提高质量效益为中心,全力推进产品结构调整,经济实力不断增强,创新活力不断提升——

目前,渤化集团位居中国企业500强第173位,中国制造企业500强第80位,实现了在全国化工行业的率先发展;

建成渤化化工园和精细化工基地,集约发展格局基本形成,成为国资系统投资最大、项目最多的集团;

集团技术中心连续多年列国家级企业技术中心前茅,攻克了一批重大关键技术,国家级名牌占到全市的四分之一,名牌产品收入达到50%,为集团发展起到重要支撑作用;

2013年集团大口径主营业务收入完成710亿元,规模工业现价产值完成 483 亿元,涌现出了一批几十亿及上百亿的企业;从业人员人均劳动报酬达到 5.7 万元,实现了连续 10 年两位数增长。

全力推进产品结构调整

渤化集团包括拥有中国近代化学工业摇篮美誉的渤化永利等一批大型骨干企业,这些年,渤化集团紧紧抓住滨海新区开发开放战略机遇,把调结构、转方式与滨海新区建设发展相结合,把集团发展纳入天津经济社会发展的全局。

在产品结构调整上,渤化集团按照国内领先、国际先进的要求,加快打造以"海洋化工、石油化工、煤化工"三化结合为产业核心、专用化学品、化工新材料和橡塑加工多点支撑的产品结构。

近十年来,是渤化集团历史上投资最大、融资最多、建成项目最多的时期,累计完成固定资产投资 323 亿元,共建成重点项目 59 项,建成投产了渤化园和精细基地。仅 2013 年即完成固定资产投资 40.9 亿元,完成项目 16 项,结转项目 13 项。

在建设渤海化工园与精细基地过程中,渤化集团把解决一品独大、结构单一作为产品结构调整的主攻方向。天碱在搬迁改造中,确定了以煤气化为龙头,海洋化工为基础,碳一化工为核心,与石油化工相结合,既保留纯碱优势产品,又进行较为彻底提升改造的调整思路。实施建设了 2 套日处理煤 2000 吨的煤气化、年产 30 万吨合成氨、80 万吨联碱(含 60 万吨重质纯碱)、50 万吨甲醇、4 万吨聚甲醛、20 万吨醋酸、22.5 万吨丁辛醇等的一批装置,形成了上下游衔接的产品链。天碱搬迁改造后,纯碱产品比重由 70% 下降到 13%,基本实现了由单一无机产品向有机无机相结合产品结构的转变,企业营业收入比改造前增长 4 倍。同时抓住中石化天津大乙烯提供石化原料的机遇,发挥港化一体的优势,建设了 50 万吨苯乙烯、40 万吨 ABS、6 万吨 SBS、12 万吨 EPS、14 万吨 PS、40 万吨 VCM 等装置,并建成国内首套 60 万吨丙烷制丙烯项目,该项目一次投料试车成功,产出了合格产品,生产负荷达到 100% 以上,成为国内首套、设计规模世界最大,技术装备世界领先的项目。2013 年,塘盐年产 25000 吨药用氯化钠扩建和汉盐年产 5000 吨海水吹溴项目建成投产,有效利用了自身优势,实施了产品优化调整,使渤化集团分别进入了溴素和药用氯化钠龙头生产企业行列。

随着这些项目的建成投产,渤化集团拥有 PVC、聚苯乙烯、ABS 三大合成树脂和丙烯产品,既初步实现了氯碱产业与石化产业的结合,也为下游精细产品发展创造了条件。

在精细基地的建设中,渤化投资 21 亿元,利用产业基础和技术优势,规划建设了 10 万吨顺酐及其下游产品、7 万吨橡胶促进剂、1.2 万吨抗氧剂、2 万吨纺织化学品、万吨级环保型墨粉树脂等电子化学品、千吨级汽车交通配套化学品、百吨级医药中间体及医用高分子材料等 19 个项目。通过渤海化工园和精细化基地建设发展,初步形成了多点支撑、相互拉动的产品格局。

不断提升创新活力

渤化集团连续十年把科技进步摆在了第一位,用好现有技术人才,加大引进技术力度,积极推进产学研合作,用新技术改变传统工艺,主要产品和工艺达到国内领先、世界一流水平。

"十一五"以来,渤化集团累计投入科技资金 57.3 亿元,加强原始创新、集成创新和消化吸收再创新,积极开展关键共性技术的攻关。"十一五"期间,鉴定验收科技成果 62 项,荣获国家或市级科技奖励 52 项,申请专利 916 项,比"十五"增长 3.8 倍,授权专利 279 项,比"十五"增长 2.8 倍。到 2013 年末,申请专利 1810 项,其中发明专利 1121 项;拥有有效专利 476 项,发明专利 171 项。

在开展产学研合作中,渤化集团作为副理事长单位加盟天、南大联合共建国家 2011 计划首批天津化学化工同创中心,围绕企业产业结构调整和发展需求,共同打造国际一流的科研、成果转化和人才培养平台。渤化集团与中科院北京分院、中科院大连化物所、南开大学、天津理工大学、中海油天津研究院、天津药研院签订了全面战略合作协议,与清华大学、天津大学、华东理工大学、北京化工大学等密切了合作关系,建立了催化技术、化工新材料、精细化工、节能环保、淡化海水综合利用等研发平台,取得了万吨级丙烯直接氧化制环氧丙烷等一批国际先进水平的科技成果和产业化技术。

2013 年,渤化集团直属企业全部成立了产学研办公室,与中海油研究院、天津药研院、中科院工业生物技术研究所、中科院长春应用化学研究所、天津大学、南开大学等签订产学研协议 21 个,落实合作项目 37 项,联合申报重点项目 10 项。其中,汉盐与大连化物所合作开发的四溴双酚 A 高盐有机废水技术,可使废水达标、处理成本降低 50%。与天津药研院的原料药,与海油研究院的环保增塑剂和丁辛醇催化剂,与长春应化所的 ABS/PC 合金等项目正在积极推进。

为营造良好的创新氛围,渤化集团制定了科技创新和科技资金等管理办法,开展对科技人员股份奖励的试点,极大激发了广大科技人员创新的热情和积极性。2013 年,全集团推进了 12 项重点科技攻关。(大化 ABS)开发新产品 12 种,向生产转化 4 种,实现产量 9700 吨;非汞催化剂完成单管试验，正在生产装置进行试验。德凯数码喷墨染料研发投产 180 吨，销售收入 720 万元。国轮高通过农业子午胎，投产 17 个规格品种，产量 1.6 万条，实现产值 6000 万元。双安乳胶绝缘手套和带电作业手形手套，产量 10.6 万副，实现产值 1300 万元。集团全年完成科技投入率 3.38%，新产品产值 185 亿元，申请专利 196 项，其中发明专利 102 项，专利授权 148 项。集团技术中心在国家技术中心考评中，连续 10 年取得优秀，居全国同行业和天津市国家级企业技术中心之首，创新能力进一步提升。

2014 年，渤化集团计划筹措 1.5 亿元科技引导资金，集中支持重大科技攻关项目，用以推进渤化永利的渤海化工园能源优化及攻关改造、万吨级环保型增塑剂，渤天的糊树脂提质，大化的非汞催化剂，ABS 乳胶附聚新工艺，精细的大釜墨粉树脂新工艺、高盐废水治理技术，海豚橡胶公司的全钢工程子午胎新品种等攻关项目。

向具有国际竞争力的千亿集团迈进
——天津渤海化工集团有限责任公司全力推进产品结构调整促进创新发展

《天津日报》刊发《向具有国际竞争力的千亿集团迈进》

深化结构调整打造能源新基地

在市领导对渤化集团提出"盘活两化、主攻内蒙、开发南港、再创辉煌"的新发展目标之际,渤化梦又融入了新的内涵,拥有了更加广阔的发展空间。

在渤海化工园和精细化工基地优化上,将全力加强引进技术的消化吸收和再创新,以安全环保绿色生态和产品链优化完善为前提,加强上下游产品项目规划建设;

在南港项目建设上,积极稳妥推进南港基地规划建设,开展重点项目的可行性研究,适时启动实施;

在加快推进内蒙古能源化工综合基地的开发建设上,抢抓津蒙战略合作机遇, 在发展渤化的同时, 为建设绿色天津承担企业的社会责任。内蒙古综合基地规划占地 10 平方公里,主要建设 2×40 亿立方米煤制气、调峰联产 2×180 万吨甲醇和各类副产资源综合利用,预计投资 1100 亿元。项目建成后将达到解决天津长期能源战略和启动南港基地建设以及掌控集团煤、天然气、甲醇等能源问题,促进渤化集团战略转型升级的宏伟目标。

(记者吴巧君,本文刊载于《天津日报》,2014 年 5 月 9 日)

天房集团:以改革创新精神推动企业科学发展

　　天津市房地产开发经营集团有限公司成立于1981年,是全市首家国有大型房地产开发企业。沐浴着改革春风,天房集团走过了33年艰苦奋斗、励精图治的发展历程。特别是近年来,在市委、市政府的高度重视下,集团秉承"和谐天房、责任地产"的核心理念,以打造"品牌优、效益好、行业领先"的大企业集团为目标,持续做优做强房地产综合开发与经营服务、建筑施工、基础设施投资建设主业,精心培育现代高端服务、科技创新等新兴产业,努力在保障性住房建设中发挥排头兵作用,在推进建筑节能中发挥引领作用,在建设美丽天津中发挥突出作用,走出了一条集聚集约、创新创优、高质高效的科学发展之路。2013年,集团总资产近900亿元,房地产开发规模720万平方米,营业收入110亿元,利润总额11亿元。集团连续十年位居"中国房地产百强企业"前列;连续四届荣获"中国企业社会责任特别大奖",特别是于2013年问鼎榜首。

依托重大项目　做强综合实力

　　近年来,天房集团坚定不移地实施大项目、好项目带动战略,承担了多项市重点工程的开发建设任务,为落实国家对天津的定位、增强城市载体功能发挥了重要作用。经过集团悉心打造，全市"十二五"首个公租房项目——大寺新家园即将迎来首批居民入住；拥有百年历史底蕴的泰安道五大院，汇集"商、文、旅"等多种元素，成为天津形象的展示地和繁荣繁华的标志地；气势恢宏的"城市客厅"——天津文化中心精彩亮相，其中大剧院获得国内建筑业最高荣誉——"鲁班奖"，博物馆、美术馆获得"国家优质工程奖"，文化中心项目整体正在申报"詹天佑奖"，图书馆正在申报"鲁班奖"，从而生动展现出世纪精品、国际一流的独特魅力；陆续启动天津师范大学、天津理工大学、海河教育园天津商务职业学院等高校新校区项目，为落实市委、市政府"科教兴市"战略做出了积极贡献。

在全力推进市重点工程的同时，集团整合优势资源，围绕房地产开发的产业链、价值链，潜心运作了一大批具有较强带动性和辐射力的高品质项目。在土地开发领域，组织实施了港东新城、汉沽东扩、汉沽河西老城区改造、静海团泊示范镇、宝坻学府新区、宝坻城中村改造、大寺新家园、美术印刷厂、海河水产冷库等土地整理项目。在房产开发领域，投资建设了中新天津生态城天和园、千吉花园、海河天津湾、天房美域、海滨园等优质商品房项目，加快推进天拖、手表厂、育梁道中德学院、陈塘科技商务区地块等项目开发。在基础设施投资建设领域，高水平代建了赤峰桥、国泰

天房集团

桥、济南建邦黄河公路大桥,并以 BOT 模式成功拓展了宜宾江安长江大桥项目。集团还加速布局全国市场,投资开发三亚风情小镇、烟台檀珑湾、泰安天房美郡国际城和北戴河城市综合体。集团通过一系列大项目、好项目的支撑引领,不仅增强了经营能力、发展实力和品牌张力,更实现了跨领域、跨地区的资源配置,促进了国有资本的保值增值。

深化创新驱动　加快转型升级

近年来,天房集团之所以能够在跌宕起伏的房地产市场中勇立潮头、中流击水,关键就在于牢牢把握创新驱动、转型升级这一推动企业又好又快发展的制胜"法宝"。

——商业模式创新,优化产业结构。集团坚持以商业模式创新为抓手,不断加大结构调整力度,积极培育新兴产业,以发展的主动性赢得了竞争的主动权。酒店和旅游地产,逐步成长为集团重要的经营板块,光合谷温泉酒店、天津丽思卡尔顿酒店、海南三亚天房洲际酒店相继开业,成为展示集团发展内涵的新窗口,并为集团扩大自持物业奠定了坚实基础。静海团泊光合谷生态文化园引入大熊猫等珍稀动物和部分军事装备等大型国防教育展品,在全市权威部门和主流媒体联合开展的"深受市民欢迎的 20 大特色景区"评选中勇夺桂冠。自去年"十一"全面开业至今,光合谷已累计接待游客 50 万人次,今年"五一"当天接待量更是突破 3 万人次。物业管理,积极推广顾问式服务,切实提高服务水平,在管物业达到 460 万平方米,多个项目获得"国优""市优"称号。建材经营,在做好集团重点项目材料、设备供应的基础上,大力引进绿色环保的新技术和新材料。建设施工,不断提升资质等级,仅 2013 年就获得 60 多项"结构海河杯",并高标准完成 400 万平方米的老旧居住区改造工程。矿产开发,成立天滨地质勘查公司,及时跟进青海、老挝、印尼等国内外矿产资源。

——资本运营创新,注入发展活力。集团遵循产品经营与资本运营优势互补、双轮驱动的发展思路,与时俱进地探索资本运营新模式。成立瑞银小额贷款公司、瑞丰融资租赁公司和国民天房资产管理公司,不断扩大资本运营板块的整体规模。积极发展混合所有制经济,组建天房融创、天房融汇、天房融华等十余家公司,放大国有资本功能,提升国有资本竞争力。用好用活各类融资题材,丰富融资产品,大力拓展海外融资渠道,推进酒店资产在新加坡证交所上市发行房地产投资信托(RE-ITs)产品;成功运作不动产保险债权计划和商业银行股权基金综合融资;发行全国首支保障房投资基金,设立规模为 50 亿元的天津城镇化建设发展基金,发行规模为 110 亿元的华能信托·天房城镇化基金,首期融资 11 亿元;发行全国首支保障房类资产支持票据和物联网产业债;所属天房科技公司在“全国中小企业股份转让系统”成功挂牌上市,成为全市首批登陆“新三板”的国有控股企业;推动所属天房发展公司发行规模为 12 亿元的公司债。

——科技研发创新,助推内生增长。集团注重发挥科技创新的先导作用,不断培育引进更多的核心技术。率先完成全市首个三网融合社区的智能化建设,全市首家 3D 打印体验中心顺利开业。自主研发的“干部选拔任用工作记实监督系统”被中组部评为全国组工工作“十佳”特色项目,“领导干部报告个人事项信息系统”由中组部向全国推广,“12380 举报信息综合管理系统”在全市推广应用。集团博士后工作站围绕百姓安居、保障房融资等热点问题申报了多项国家级、省部级科研课题,并与住建部政策研究中心签订合作协议,培养的首名博士后以优异成绩顺利出站。

推动和谐发展　履行社会责任

天房集团在企业经济实力快速增长的同时,始终把造福百姓安居、投身小城镇开发和推动生态文明建设作为企业义不容辞的社会责任。

作为全市首批保障性住房开发企业,集团近年来累计实施了大寺新家园、天房雅韵、天房彩郡、嘉春园、美域豪庭、天辰世纪等二十多个惠民项目。集团着力在提升规划水平上下功夫、在优化住宅品质上求实效、在筑牢资金支撑上创佳绩,精心打造有天津特色的开发建设新典范、生态宜居新典范和城市管理新典范,构建了保障性住房开发建设的"天房模式",为改善民计民生发挥了领军国企的示范作用。

集团充分运用在房地产开发、基础设施投资建设、现代服务业等领域的管理和资源优势,在静海、宝坻等区县城镇化建设项目中,统筹抓好居住、就业、生态等关键环节,促进人流、物流、资金流的汇集,全面增强区域的承载和服务能力。目前,静海团泊示范镇项目近50万平方米的住宅和公建全部竣工交付,使近万名百姓如愿"上楼",有效改善了当地百姓的生产、生活条件,赢得了市、县两级政府的高度评价和社会各界的广泛赞誉。

集团大力倡导绿色、环保、抗震等人文理念。以光合谷生态文化园为平台,与国家林业局强强联合,携手建设"天津市盐碱地科学试验与技术示范基地",引进、栽植了近60种耐盐碱植物,包括5万多棵耐盐碱类树木,在助推"城市大绿、四季常绿"等方面取得新进展。同时,在房产开发中大量运用居住小区多能源供热供冷互补调配、地热能梯级综合利用、太阳能综合利用等节能建筑技术成果,并加强与加拿大、瑞典等先进国家环保组织与知名企业的合作，研究推广降低居住能耗和多层木结构建筑等先进技术。集成14项隔震减震创新技术的抗震实验楼竣工。生态宜居住宅——天房美域摘得"中国土木工程詹天佑奖优秀住宅小区金奖"；中新天津生态城天和园成为全市首个荣获住建部"绿色建筑示范工程"的项目；晴川花园、翠海佳园等住宅项目多次被评为天津市"太阳能示范项目"和"绿色节能试点项目"，成为促进人居和谐的典范。

改革创新是企业发展的永恒主题。目前，天房集团正在按照市委、市政府的决策部署，在市国资两委的帮助和支持下，稳步推进与我市另一家大型国有房地产开发企业——房信集团的整合重组，尽快完成两个集团在发展战略、经营理念、管理模式、产业结构、企业文化等方面的深度融合。站在新的历史起点上，新组建的天津房地产集团信心满怀、众志成城。集团上下将深入贯彻落实党的十八届三中全会和市委十届四次全会精神，遵循市委、市政府对新集团的科学定位，以市场为导向，立足主业板块，坚持多元发展，统筹社会效益和经济效益，加快建成实力突出、竞争优势显著、有全国影响力的大型房地产开发企业。

（记者李家宇，本文刊载于《天津日报》，2014年8月26日）

天津港:改革创新立潮头

天津港,中国第二大外贸口岸,连通海上和陆上两个"丝绸之路"的重要节点,连接东北亚与中西亚的纽带。同时,天津港也是天津的核心战略资源和最大优势,天津人为之骄傲的世界一流大港。但曾几何时,天津港也受压船压港问题困扰,也为陷入发展瓶颈踌躇。是改革给了他们攻坚克难奋力前行,跃居世界货物吞吐量第四大港的不竭动力。在本市新一轮国企改革如火如荼开展之际,独具天津港特色的发展模式会给人们带来哪些启示?

改革试水　破冰启航
敢当中国港口改革开放的"领头雁"

我国是世界第二大经济体,也是货物吞吐量世界排名第一的港口大国。提起中国港口的改革,首先必说的是天津港。1984年5月,经党中央、国务院批准,天津港在国内沿海中率先实行了"双重领导、地方为主"的体制改革和"以港养港、以收抵支"的财政政策,从此掀开了新中国港口发展史上新一页。

此后,沐改革春风的天津港摸着石头过河,在昔日的盐碱滩涂上开疆拓海,先后建成了 5 万吨级和 10 万吨级深水航道,新建了大型专业化的煤码头、集装箱码头,辟建了全国规模最大的集装箱物流中心和散货物流中心, 吸引了当时国际上最先进的第四代集装箱船在天津港首航。在此期间,天津港还创造了中国港口改革中的众多个"第一",与荷兰渣华集团合资兴建了我国第一家商业保税仓库;创建了中国北方第一个保税区——天津港保税区;与挪威吉与宝码头公司共同投资成立了国内首家中外合营码头公司;"津港储运" 成为全国港口第一个上市企业;开通了我国第一个港口电子数据交换(EDI)中心,实现了集装箱运输管理与国际接轨,大大提升了天津口岸的软环境。自 1993 年起,天津港货物吞吐量每年以千万吨级递增,2001 年突破 1 亿吨,成为我国北方第一个亿吨大港,跻身世界港口 20 强。

天津港携手秦皇岛港共同成立渤海津冀港口投资公司, 打造跨地区跨行业经营的现代化企业,努力成为服务京津冀的窗口

1986 年 8 月 21 日,邓小平同志视察天津港时,了解到这里的巨大变化后,兴奋地说:"天津港下放两年来,经济效益显著提高,人还是这些人,地还是这块地,一改革效益就上来了。"一席话,深刻揭示出改革

开放是天津港发生巨变的根本原因。

锐意创新　先行先试
争当全市国企深化改革的"排头兵"

改革是发展的动力,也是最大的红利。十年前,天津市国资委成立,开启了探索与社会主义市场经济相适应的国资监管体系之旅。与此同时,天津港启动现代企业制度的变革——实现了由"港务局"向"集团公司"的整体转制,实施了以规模化、国际化、现代化为内涵的"世界一流大港"战略,闯出了一条建设高水平世界一流大港和世界一流企业深度融合的科学发展之路。

——突破思想桎梏建成世界等级最高人工深水港。进入新世纪,为适应国际航运业船舶大型化和专业化的趋势,天津港在大量科学研究的基础上,果断破除了"深水深用、浅水浅用"的思想桎梏,因地制宜地提出了建设国际深水大港的思路。航道通航能力由 10 万吨级跃升至 25 万吨级,实现了 30 万吨级船舶可乘潮进出港的目标,成为世界等级最高的人工深水港。2013 年底随着 30 万吨级航道二期工程完工,又实现了可满足四艘船舶双向进出港的复式试通航目标。在此期间,天津港积极吸引世界航运排名前十的船公司、知名跨国公司、国有大型企业和民营资本参与港口开发建设,相继建成了 30 万吨原油码头、邮轮母港、LNG 码头等一批高等级、专业化泊位,使港口货物种类不断增多、装卸效率得到大幅提升,进一步巩固了在全国乃至世界港口中的领先地位。

——加快结构调整着力打造功能完备的现代化港口。在天津市"双城双港"的空间发展战略框架下,目前天津港在 336 平方公里的水陆域上形成了"五大港区、三大组团"。北部组团的北疆、南疆和东疆港区成为商业港、邮轮母港和休闲旅游港的载体;中部组团的临港经济区南部区域正在发展成为重装备制造业、新能源、粮油轻工业等产业聚集的工业港,正在规划建设的南部物流中心,将更好地支持海河以南区域制造业的发展;南部组团的大港港区将承担起为滨海新区南部石油化工及相关产业发展做配套的重任。与此同时,天津港积极"走出去",在内陆腹地设了23个"无水港"和五个区域营销中心;辟建了三条亚欧大陆桥过境通道,成为我国大陆桥国际通道运量最大的港口。这些不仅对本市产业发展形成了有力支撑,更为承接北京、环渤海地区及内陆腹地的产业转移与深度合作预留了巨大空间。

——敢于先行先试抢占滨海新区对外开发开放高端。自2002年开始, 天津港历时十年完成了30平方公里东疆港区的填海造陆, 并在2012年实现了全国规模最大、开放度最高的保税港区——天津东疆保税港区10平方公里整体封关运作。同时,天津港不断拓展生产服务功能、城市服务功能和自由贸易功能,按照《国务院关于天津北方国际航运中心核心功能区建设方案的批复》,加快推进国际中转、国际配送、国际贸易、航运融资等"八大功能"落地,先后吸引了新加坡港务集团、招商国际、中远散货、中粮等近1700家国内外知名企业入驻发展,年外贸进出口额超百亿美元,形成了航运物流要素汇聚、高端产业相继落户、国际贸易企业云集、金融创新领跑全国的良好发展态势,成为滨海新区开发开放的重要标志区、建设中国北方国际航运中心的核心功能区。

——率先转型升级开创港口多元化产业发展新局面。自2007年以来,天津港在全国沿海港口中率先转变发展方式,加快资本由传统的港口装卸业向现代物流、金融、制造等现代服务业和战略性新兴产业集中。在做大做强、做优做精港口装卸主业,朝着服务型、综合性港口和全球资源配置枢纽方向发展的同时,国际物流业以实现资源整合为基础,大力发展全程物流项目,积极探索内陆"无水港"向物流园区进而向产业园区转型的新模式。港口地产业和港口综合服务业方面,金融板块异军突起、稳步发展,对港口整体经济效益提升和贡献正在加速显现;工程建设和重工制造板块突飞猛进,市场份额和产值逐年大幅增长,成为重点打造"百亿产业"的新星;传统服务板块亮点频出,物业管理成功进入滨海新区高档商圈,食品加工和绿色种植养殖实现产业化运营,形成了港口"四大产业"互相支撑、相互促进、协调发展的良好局面。

——两地上市多元融资缔造"天津港模式"。天津港积极利用境内外两个市场、两种资源推进资本运作驱动发展。一方面,通过收购股权和优质资产将"津港储运"更名为"天津港",并向其注入优良经营性资产,不断做大A股上市公司的规模和盈利能力。另一方面,在市国资委的大力支持下,完成了"天津港发展"在香港联交所主板的分拆挂牌上市,并以此为契机又通过引入战略投资的创新模式推动跨境整合,实现了天津港对沪港两家上市公司的控制。期间,天津港还成立了天津港财务公司和滨海基金,面向社会发行了企业债券和短期融资券,为港口发展提供了有力的资金支持。截至2012年底,天津港(集团)有限公司总资产突破1000亿元,跻身全市上千亿级企业集团行列。

此外,天津港坚持用先进文化引领港口发展,在传承"一个家庭、一支军队、一所学校"三大目标的基础上,完成了新版企业文化体系的系统改造提升,逐步实现了从文化建设到文化管理的升级,被中国企业联合会授牌为"全国企业文化示范基地",培育出孔祥瑞、李伟、成卫东等一大批先进典型,成为全国唯一一家连续两届涌现全国道德模范的企业。

2004 年至 2013 年是天津港历史上发展又好又快的时期：港口货物吞吐量连续跨越 4 个亿吨台阶，突破 5 亿吨，世界排名跃升至第四位；集装箱吞吐量突破 1300 万标准箱，世界排名跃升至第十一位；连续12 年入围中国 500 强企业，2013 年位列第 399 位。

接力奋斗　提质增速
打造规模质量效益均衡发展的千亿级企业集团

改革创新迈新步，转型升级再出发。展望未来，天津港将深入贯彻落实党的十八届三中全会和市委十届四次全会精神，按照市国资国企改革实施意见的要求，牢牢抓住京津冀协同发展和京津双城联动发展的重大历史机遇，紧紧围绕打造千亿级企业集团这一战略目标，以提高发展质量和效益为中心，牢牢把握深化改革这一活力源泉、创新驱动这一强大引擎、转型升级这一根本途径，充分激活港口的产业聚集效应、结构优化效应和腹地经济引擎效应，努力推动自身更高质量、更好水平发展，从而进一步明确天津港作为环渤海主枢纽港、新丝绸之路经济带重要出海口和桥头堡的地位，加快建成北方国际航运中心和国际物流中心，打造成为全球资源配置的枢纽。

到 2017 年，天津港货物吞吐量将超过 6 亿吨，集装箱吞吐量将达到 2000 万标准箱。到 2020 年，天津港将努力建成与天津建设国际港口城市、北方经济中心、生态城市相适应的高水平世界一流大港和规模、质量、效益均衡发展的千亿级企业集团，向世界一流企业迈出更加坚实的步伐！

（记者岳付玉，本文刊载于《天津日报》，2014 年 5 月 5 日）

天津物产集团:向世界级企业迈进

——天津物产集团创新升级转型发展擎起国企改革大任

在天津国资系统,天津物产集团是率先进入世界 500 强的国有企业,也是商务部在全国重点培育的流通领域 20 家大集团之一。集团经营范围涵盖大宗商品贸易、现代物流、地产开发和金融服务等领域,经营区域覆盖全国大部分地区,并走出国门。近年来,集团销售收入和利润等主要经济指标增幅,在全国同行业中处于领先水平,彰显出国有大型企业在创新模式、转型发展中的旺盛活力,也凸显出天津物产在本市国资国企改革发展十年历程中的重要地位。

奋力拼搏,勇争上游,津门首家世界 500 强企业应运而生

据中国物流与采购联合会去年底统计,在全国重点生产资料流通行业排名中,天津物产集团经营规模和主要指标在国内同行业位居前列,主要经营品种销售额占据领先地位,其中:煤炭制品类销售额位居同行业第一,连续两年排名全国第一;铁矿石销售量排名第二;有色金属类销售额排名第三;黑色金属材料类和化工材料制品类销售额位居第二;汽车销售量排名第三;油品类销售位居第四。

——规模和效益跃居全国同行业前列。经过十年的奋力拼搏,截

至 2013 年末,集团总资产为 1147 亿元,拥有全资及控股企业 340 家,实现销售收入 3379 亿元,实现利润 21.1 亿元,总资产大幅增长,销售收入和利润成倍增长。近年来,规模和效益均排在全国地方同行业企业第一位。

——从千亿集团迈进世界 500 强。经过上下的共同努力,自 2009 年集团成为全市首家经营规模超千亿集团后,几年间步步为营,接连攀升。2012 年首次进入世界 500 强,成为本市国企率先获此殊荣的集团。2013 年再次入榜世界 500 强,是全球排名提升最快的 20 家企业之一。

——改革调整和对外并购迈出新步伐。近几年,天津物产新组建合资公司 91 家,引进社会资本 42.5 亿元。在加快建立国内外战略合作伙伴过程中,先后收购了南非 PMC 矿业公司的股权,拥有第一个境外大型权益矿;收购上市公司"方向光电",更名为"浩物股份",成为第一大股东,为集团进军资本市场开辟路径。

——经营网络覆盖全球重点区域。目前,天津物产集团境外经营机构已达到 30 个,覆盖五大洲的主要国家和地区。集团销售规模超亿元的大客户突破 225 家,外埠网点销售收入占集团销售网点收入的 73%。

——进出口贸易规模快速提升。2013 年天津物产集团完成进出口总额 163.5 亿美元,同比增长 110.8%,进出口经营规模已占总规模的 30%。集团进口品种以能源、资源类产品为主,总量约 4200 万吨,占集团进出口总量的 90% 以上。

创新为先,克难制胜,殚精竭虑闯出经营新格局

近十年来,集团积极应对发展生产性服务业面临的挑战,及时调整发展战略,创新商业模式,调整优化经营网络,从"一买一卖"传统贸易

天物大宗集团经营的黑色金属产品

商向集成服务商转变,按照"贸易+物流、贸易+金融、贸易+地产"的战略定位,整体经营格局更加适应市场发展变化。

——联手民企发展混合所有制经济打造 "天九模式"。2012 年 4月,天津物产集团为了扩大与钢铁企业的合作深度,与当时国内单体线材产量最大的民企——九江线材合作,为这家拥有 19 条高速线材生产线,具备年产铁 1000 万吨、钢 1000 万吨、线材 1000 万吨生产能力的企业,注入了"天物"所拥有的遍布全国的销售网络、与全球诸多矿山的良好合作关系以及拥有超强的矿产资源议价能力等优势。这家民企与天物旗下的能源资源公司牵手合作后,将原材料采购、产品销售、物流等环节全部交由双方共建的合资公司——"天九国际"经营。由此天津物产既增加了一个稳定可靠的大客户资源,又巩固了供应链的"链主"地位。同时九江线材节约了采购成本,扩大了经营规模。"天九"公司成立一年半以来,实现销售收入 300 亿元。

——"大宗商城"电商平台服务"两大"赢赞誉。天津物产在创新生产资料供应和优化大宗商品销售模式过程中,大力发展电子商务。2009年,联合开发建成"中国大宗商城网",开展大宗原材料和主要工业品种的现货交易,实现网上现货销售、融资服务、物流监管、资讯发布、在线支付结算等功能。

在发挥电子商务平台作用中,对本市有关大企业,将其原材料和产成品库存,在电子商务平台挂盘形成仓单,银行根据仓单提供融资,盘活企业库存;将其产品在平台报盘销售,扩大交易规模,还在平台开设网上专卖店,提供客户支付、信息发布等个性化服务。对外地企业,将其产品发货到天津交割库,通过平台在线销售,改变了给生产商预付款订货,发货到市场后再销售的传统模式,大大降低了企业的财务费用。

"中国大宗商城"注册会员已达 1.1 万家,2013 年全年交易额 450亿元,平台授信额度 200 亿元,合作银行 6 家,指定交割仓库 260 家。今年以来,电子商务平台发展势头迅猛,网上交易额同比增长 3 倍,创利同比增长 3 倍。平台还与建设、华夏等银行以及融宝支付等完成了链接,实现了现金支付结算功能。与建设银行合作的网上融资系统正式上线,可实现网上授信、审批支付等需求,在线供应链融资能力处于全国同行业领先水平。

——重点物流基础设施建设项目顺利启动。目前,天津物产在滨海新区、天津港、曹妃甸港、上海自贸区等主要地区以及港口建设了一批钢材加工配送中心、矿石物流园、有色金属物流园等物流基础设施项目,为上下游客户提供产业链集成服务,有力地支撑产业发展。

志存高远,坚定信心,矢志不渝打造世界级企业

百舸争流,奋楫者先。作为天津第一家世界 500 强企业,天津物产集团今后的发展目标注定要与世界级先进企业接轨。坚定信心,矢志不渝,加快打造世界级企业,提升天津物产在国际市场的竞争力和影响力,在天津国企改革发展中撑起大旗,勇挑重任,再展雄风,已经成为天津物产集团上下的普遍共识。

立足打造"百年企业"的奋斗目标,要始终坚持改革引领、创新驱动的理念,坚持以提高经济运行质量为核心,向国际一流企业看齐,向世界级企业的目标进发,积极开拓思路,在"走出去"与"请进来"上下功夫,壮大实力,提高能力,提升集团对国际市场相关领域能源资源的控制力;在国际化网络布局上下功夫,不断扩大海外公司及其业务范围,紧跟全球经济发展的步伐;在国内外两个市场联动上下功夫,推进集团进出口贸易快速发展;在强化企业管理上下功夫,大力推进符合国际认证的标准化、制度化、规范化、信息化管理。

天津物产集团在迈向世界级企业进程中注重提高经济运行质量,提高企业效益,在实施企业发展战略中,集团上下始终齐心协力围绕这个核心不松劲、不懈怠。面对新的市场经济条件,集团确定了更高的发展目标,一是着力把规模做大,继续保持和扩大市场占有率,提升竞争中的话语权;二是加强贸易与物流、与金融、与地产的结合,深度推进集团向集成服务商转变,为客户提供综合解决方案,提高综合效益;三是坚持优势互补、强强联合、资源共享、合作共赢,积极发展混合所有制经济;四是大力发展集团电子商务,真正使"中国大宗商城"成为天物集团的重要销售平台,打出天物电商的知名度;五是继续增强资本运

作意识,提高资本运作能力,加快资产证券化步伐,争取在两到三年内实现四至五家企业或核心资产上市;六是大力发展进出口贸易,努力赢得综合效益,扩大集团在国际市场的占有率,进一步实现集团规模、质量、效益的均衡发展。

人才强企,智者为先。为打造世界级企业,天津物产集团正以打造现代化、国际化、专业化人才团队为主攻方向,加快各类人才队伍建设步伐,培养具有天津物产特色的能谋善断的领军者队伍、睿智精明的管理者队伍、善合作抢先机的经营者队伍和忠诚实干奉献的执行者队伍,进而形成人才脱颖而出、业务蒸蒸日上的局面。

志存高远、锐意进取的天津物产集团将以打造百年企业、建设世界级企业为己任,不辜负社会各界的殷切希望,为天津国企深化改革做出更大贡献,以永续发展、基业长青的业绩展现天津国资大型国企的新风采。

(记者吴巧君,本文刊载于《天津日报》,2014 年 4 月 11 日)

成就天津"第一商"

中国商业联合会信息中心发布 2013 年度中国零售百强企业排名，天津一商友谊股份有限公司成为本市唯一一家入选企业。

2014 年，天津一商集团确立了发展千亿集团的战略目标。这意味着在"十三五"期间，需要最少年均 15%的增速，对此一商集团有着清晰的策略——运用资本杠杆，多元产权改革；制定"一企一策"，激发内在动力；设置业绩标准，达不到即淘汰。

出天津，西去 120 公里，保定雄县。在气候怡人的春夏之交，在京津冀协同发展升级为国家战略的第一时间，一商集团在这里画了 2500 亩的一个圈。

画出这个"圈"的一商集团雄心勃勃，规划用 10 年时间，围绕绿色发展、高端发展，要在这个"圈"里装进健康产业、装进国际商业 CBD 中心、装进生态园、装进宜居新城，甚至要跳出自己自诞生之日起就从事的商业领域，在这个"圈"里打造一个科技产业园区，建起现代物流、制造加工、包装印刷业上游产业链原材料供应基地等工业聚集区……

与这个保定项目同步落定的还有一商集团的"雄心壮志"——在"十三五"期间，实现千亿集团新目标。这是个什么概念？少则三年，多则

友谊新天地广场

七年,一商经营规模将从目前的 400 亿元,跨上千亿元台阶,实现这个目标,需要年均 15% 以上的增速作支撑。

带着强烈的发展责任心,一个多月以来,一商集团新领导班子马不停蹄奔走在旗下各企业中,调研、论证,一商集团实现千亿目标的策略逐渐清晰……

运用资本杠杆　多元产权改革

在保定雄县画成规划中的那个"圈"的成本是 100 亿。

"这个项目我们携手商业地产名企、业界专家、社会名人共同投资。第一步先期投入 2 亿元启动首期 10 亿规模的项目,随后将以多元化融资方式进行滚动开发,最终实现 100 亿元的投资规模。"一商友谊股份有限公司总经理刘益民向记者介绍。

"我作为雄县当地民企投资人能参与到这么大的项目中,真是千载难逢的好机遇。凭借一商集团国企的实力、友谊的商誉,我相信这是一

53

个非常有前途的项目。"民营投资者杨海波告诉记者。

京津冀协同发展国家战略刚一出台,这样的大手笔就紧跟其上,一商集团的动作为何能如此神速?

事实上,对这个项目一商集团已经有了三年的调研与论证,又恰逢国家实施京津冀协调发展,政策优势叠加更是带动了项目开发的加速跑。这个项目也是一商集团由传统服务业向现代服务业转型发展的第一步。

保定项目是一商集团积极探索产权多元化改革,利用资本市场以小变大,利用存量资本吸纳增量资本,打开资本盈利空间的典型案例。

记者采访中了解到,改变国企一股独大,制定多元化股权配置方案,释放核心企业部分国有股权,积极吸引央企、外省市国企、优质民营资本的战略合作者投资入股,增强企业发展活力和提升效益,是下一步一商改革的重点。目前,除了保定项目,汉沽一商友谊广场、港东新城友谊大港新店、凯益达中粮销售、文化仁和教育、港口船舶新技术、二手工程设备等现代服务业合资合作项目正在积极运作中。

同时,除了培育友谊股份积极上市外,一商集团还正在积极遴选财务、资产、业务清晰且经营效益良好的2至3家后备企业作为重点推动对象,年内要力争完成1家企业在新三板挂牌。至2017年,将形成5家优势企业在新三板挂牌,1家核心骨干企业在主板或创业板上市。

制定"一企一策" 激发内在动力

在一商集团总经理办公室,记者看到一份"专项工作立项单",上面标注着需要在5月底前完成的集团依法治企工作,包括完善企业总法律顾问配置、与高水平律师事务所签订战略合作协议、全面梳理历史案件等落实步骤,有实施的时间节点、具体措施和完成的阶段效果考核。

据了解,一商集团总部的每个职能部室每周都会接到这样的立项单,50 天时间,就已下达立项 45 个,部门负责人签字确认后就如同一张军令状。新下发的 13 个专项管理制度和规范办法,快速有力地推进了各项改革措施的高效落实。

在如此高的工作效率下,不到两个月时间,"一企一策"市场化管理思维和模式作用已在集团工作中充分显现。据介绍,一商集团把内力驱动作为市场化改革的基础,从尽快消灭和消除影响发展的机制体制障碍着手,谋划和推动下一步改革。

体制机制的障碍,这可是改革的硬骨头。在过去一个月时间里,一商集团加速完善企业法人治理结构,按《公司法》要求,完成了集团各企业法人治理结构的权责分工和人员合理配置,并建立业绩与权责对等的约束机制。

"重业绩、讲回报、强激励、硬约束",这是一商集团薪酬管理机制的核心内容。根据这个指导思想,他们统一了集团直属二级企业经营者的年薪标准,充分激发了企业经营者的创效积极性。

5 月末的一天,一商集团院内人声鼎沸,首批集团委派企业的总会计师汇聚这里,将分赴企业就职。一商集团向企业委派董事、监事,实行总会计师轮岗制,是一商集团加强对国有资产监管的一项机制突破。

与此同时,一商集团规范企业三会一层、聘任总法律顾问、联手高水平法律事务机构战略合作等内控举措,强化企业依法治企,为企业科学决策、快速发展做足机制保障。

设置业绩标准　达不到即淘汰

"作为北方化工品批发业的优势企业,要用三年时间,主动创新贸易模式,实现'百亿规模、百亿效益'的新目标,成为北方最具规模、最具竞争力的电镀原料供应商。"一商集团裕华化工负责人在一商集团连续召开的一对一经济运行分析会上说。

而正泰实业的负责人也不示弱,拿出了依靠产业链上下游的开放搞活和加速资本运作,打造有色金属百亿项目的发展思路。

作为本土国有商业集团,一商集团的批发零售、物流配送、商务服务三大核心主业,2013年完成经营收入405亿元,增长12%,已连续三年被市国资委评为A类企业,列中国企业500强第286位,中国服务业500强第93位,天津百强企业第17位。

在高起点上要有高起步,一商集团新领导班子给下属骨干企业压下了重担子——2015年前要以"千万利润"作为存在的业绩标准,达不到标准的企业将被优势企业整合。

"这样的业绩标准摆着,如果不去突破传统思维,不主动创新求变,还是墨守成规的话,肯定是行不通的。"一商集团百货商贸负责人说。

主动创效,创新核心主业盈利模式,一商集团新领导班子给出了集团下一步发展的重点。

集中发展世界500强、中国500强、行业10强的企业品牌代理,加速培育地区总代理、独家代理、区域龙头代理业务,年内"551"品牌达到103个,年销售过亿元的品牌达到19个,超5000万品牌达到14个,过千万元品牌达到65个,本市和外埠渠道总数达到2万个,逐步发展成为北方最大的品牌代理商。

扩大飞利浦、松下小家电以及格力、东芝、美的、博世等电器线上线下渠道结合；深化与宝洁、联合利华、3M、中粮、强生等知名品牌的渠道合作，大力拓展外埠市场，进一步扩大辐射能力。

加强产业链上下游经营联动，延展批发贸易现有的化工、电料、五金、有色金属等生产资料经营宽度；四类12个专业市场总面积扩大到32万平方米，聚集商户1400余个，成为天津行业内最具影响力的市场。

加大集团内采和服务力度，实现零售卖场、专业市场以及品牌经营的有机联动，批发企业代理的主要产品通过一商友谊卖场扩大终端增效和品牌推广，牢牢把握在天津的市场份额和话语权，预计全年仅集团"内采内服"就将突破亿元。

成就天津『第一商』
——一商集团改革创新勾画『千亿集团』蓝图

日前，中国商业联合会信息中心发布2013年度中国零售百强企业排名，天津一商友谊股份有限公司成为本市唯一一家入选企业。

2014年，天津一商集团确立了发展千亿集团的战略目标。这意味着，在"十三五"期间，需要最少年均15%的增速，对此一商集团有着清晰的策略——运用资本杠杆，多元产权改革；制定"一企一策"，激发内在动力；设置业绩标准，达不到即淘汰。

■ 本报记者 吴巧君

出天津，西去120公里，保定雄县。在这个气候怡人的春夏之交，在京津冀协同发展升级为国家战略的第一时间，一商集团在这里圈了2500亩的一个圈。

画出这个"圈"的一商集团核心物勃，规划用10年时间，围绕绿色发展、高端发展，要在这个"圈"里装进健康产业、装进国际商业CBD中心、装进生态园、装进宜居新城，甚至跳出自己诞生之日起从事的商业领域，在这个"圈"里打造一个科技产业园区，建起现代物流、制造加工、包装印刷业上游产业链原材料供应基地等工业聚区。

与这个保定项目同步落定的还有一商集团的"雄心壮志"——在"十三五"期间，实现千亿集团新目标。这是个什么概念？少则3年，多则7年，一商经营规模将从目前的400亿元，跨上千亿元台阶，实现这个目标，需要支撑的是最少年均15%的增速。

带着强烈的发展责任，一个多月以来，一商集团新领导班子车马不停蹄奔走在旗下各企业中，调研、论证，一商集团实现千亿目标的策略正逐渐清晰

运用资本杠杆 多元产权改革

要在保定雄县画成规划中的那个"圈"的成本是100亿。"这个项目我们将携手商业地产名企、业界专家、社会名人共同投资。第一步先期投入2亿元启动首期10亿规模的项目，随后将以多元化融资方式进行滚动开发，最终实现100亿元的投资规模。"一商友谊股份有限公司总经理刘益民向记者介绍。

（下转第4版）

《天津日报》刊发《成就天津"第一商"》

在未来的发展中，天津一商集团将在落实"大项目、大贸易、大资金"的战略实施中，加速转型升级，朝着做强"千亿集团"、天津"第一商"的目标前行！

（记者吴巧君，本文刊载于《天津日报》，2014年6月16日）

打造最具创新力的中国医药新领军企业

——天津医药集团转型升级谱写改革发展新篇章

中国驰名商标从无到有,总数达到 15 个,跃居全国同行业第一;

地塞米松等四个原料药产品相关标准被欧、美药典收载或作为标准制定依据,在国际皮质激素原料药市场的掌控力和话语权进一步得到强化;

2011 年,经济效益跻身全国医药行业前三强,2013 年实现利润是 2006 年的 6 倍,国有及国有控股企业(以下简称"国有企业")实现利润 13 亿元,占集团总利润的 80%,是 2006 年的 12 倍,连续四年超过合资企业;

引入美国、英国、法国等 13 家世界知名跨国制药公司,与迈达科技等 6 家民营企业进行战略合作,大力发展混合所有制经济,优化了股权结构,激活了体制机制,带动了产业转型升级……

近十年来,天津医药集团创新发展理念和商业模式,实施资本运营和大品种战略,着力打造化学与生物制药、绿色中药、高端医疗器械、现代商业物流四大产业板块,集团经济增长速度和质量稳步提升,经济规模和盈利水平连续多年保持全国医药行业前列,走出了一条国有企业科学发展的特色之路。

资本运作助推产业结构调整

2006 年,天津医药集团改革发展遇到多方困难,销售规模刚过 70 多亿元,实现利润才 2 亿多,国有企业负债率高达 70%,实现利润仅占集团利润的 20%。

面对困难怎么办?集团决定把结构调整放在首位,提出了"发展为重、调整为先、创新为主、追求质量"的方针,用发展的眼光看待问题、用发展的办法解决困难。

当时,新一轮医药产业快速发展的浪潮冲击着固有的经营模式,集团领导班子敏锐地意识到,单靠产品经营已经无法应对日趋激烈的竞争,难以把握未来发展机遇。必须创新经营模式,实施资本运营和产品经营双轮驱动,在资本市场上找出路、谋发展。

首先,集团积极推进企业上市和并购重组。2010 年力生制药上市融资 20 亿元,2013 年天药股份非公开发行股票融资 5.5 亿元,为盘活存量引入增量,理顺股权结构、调整产业产品结构创造了条件。

上市募集到的资金,则积极进军生物技术领域,投资建设北方最大化学原料药基地和辐射全球的抗病毒药物基地,推进填补国内空白的肺炎疫苗项目产业化;成立精耐特基因生物技术公司,瞄准抗肿瘤、抗艾滋病和抗代谢疾病等,开发具有世界先进水平的早早期基因诊断试剂项目,成为全球首个使用 PAP 技术进行诊断试剂开发的公司;同时,还积极开展对外兼并重组,引进了一批具有技术、品牌和市场实力的合作者,先后投资控股了眼科 B 超龙头企业迈达公司、高端影像技术领军企业邦盛公司、亚洲第一大医用消毒片生产企业普光公司和全国医用高分子制品行业大型企业哈娜好公司,努力打造高端医疗器械产业集群。

用这笔资金,集团还相继完成了力生公司控股生化公司、收购中央药业 100% 股权,中新公司收购宏仁堂 40% 股权,投资建成了河北天津达仁医院,进一步集聚产业优势、放大国资功能。

另一方面,积极推进产融合作。借助自身财务资信 AA+ 评级优势,医药集团与金融机构开展深度合作,采取票据融资方式优化资本结构,降低财务费用和财务风险。2007 年以来,累计发行中期票据 34 亿元、短期融资债券 10 亿元、私募债 10 亿元,弥补流动资金不足,降低融资成本,节约资金成本近亿元。积极为所属企业争取低利率融资,仅 2013 年就累计办理担保业务 40 余笔,担保总额达 14.7 亿元,为企业生产经营提供资金支持。集团先后斥资 37.2 亿元参股天津农商银行 10%、天津银行 9.8% 股份,为集团持续快速发展注入动力。

通过一系列资本运作,集团基本完成了从产品研发、制造、批发零售到医院终端和社区街道的全产业链布局,初步建成了 3 大中药生产基地、5 大化学药物研发生产基地。目前,皮质激素原料药、新型头孢菌素中间体和核黄素磷酸钠产能位居世界第一,拥有世界最长最完整的头孢类生产线,药用氨基酸原料产销量居全国第一。

营销战略带动商业模式变革

近十年来,集团抢抓医疗体制改革带来的机遇,向扩销增量的营销方式转变,盘活品种资源,做大市场份额,打造优势品牌。

首先是重新调整和构建大品种培育体系。2007 年,根据市场需求,医药集团对现有产品进行科技质量测评和销售市场前景的深度挖掘,把一批已经享有或有望争创驰著名商标和老字号的产品纳入视野,确定重点监控品种 44 个,初步构建大品种培育体系,并着手对重点品种社会库存进行监管,对部分代理商进行调整,使大品种进入良性发展阶段。

2008 年以后,按照"一品一策"制定战略规划和经营计划,细化市场开发目标,集中资金、人员、技术等优势资源向大品种倾斜,给予 30% 至 50% 的市场开发资金,并把大品种完成情况纳入年薪制考核,推动大品种营销战略落地、开花、结果。

在营销方式上,积极跟踪国家各项医改政策,实施"学术营销+终端开发+广告跟进"的营销策略,不断提升产品覆盖面。仅广告投入上,近四年就达到 4.71 亿元,大品种在本市和全国的认知度大幅提升。在营销手段上,从过度依靠代理转向企业自营和区域总代相结合的方式,并逐步向企业自营模式转变。在营销区域开发上,推进建立深层次、覆盖面广的市场网络。根据不同市场的成熟度进行细分,先本市后外埠,先一级市场后二级市场,依次逐级开发。截至 2013 年底,集团 19 家工业企业共计开发终端客户 19.08 万户,同比增加 2.16 万户,大医疗覆盖地区达 10 个,覆盖医疗终端 15646 个,同比增长近两成。正是依靠这些终端网络,支撑着天津医药产品走向全国。

大品种营销战略的持续深化,迅速壮大了集团规模和国有经济实力,集团发展速度和效益实现倍增。截至目前,医药集团已拥有寿比山、速效救心丸、血府逐瘀胶囊、通脉养心丸等 18 个过亿元品种;拥有肝素钠、紫龙金片、清肺消炎丸等 28 个过 5000 万元品种,销售占工业总体销售的 33%。

同时,集团始终把科技创新作为发展的战略基点,七年间,累计投入研发费用 14.2 亿元,科技投入率由 2% 提高到 5%,发展壮大了 2 个国家级药物研发机构、18 个国家级和市级企业技术中心。依托这些平台,实施"企业+高校+机构"的产学研合作模式,拨专款 1 亿元设立科技创新专项基金,支持重点产品研发。每年申报 50 个新产品,年均开展新产品研发和工业技术改进 90 余项,累计获发明专利 581 项。生物氧化、生物脱氢、生物降解等核心关键技术,主要经济指标达到国际先进水平,其中生物降解新技术,打破国外三十多年的技术封锁,成为国内首家具备皂素、植物甾醇两条皮质激素生产线的企业。

集团还加大对已上市大品种的科技投入,深化二次开发,提升质量标准,为扩展市场服务。集团中新药业和金耀集团大部分所属企业以及天津药物研究院药业有限责任公司等企业均已完成新版 GMP 认证;近10 个皮质激素原料药产品通过美国 FDA 和欧盟 COS 认证,成为国内皮质激素原料药行业通过欧美认证品种最多的企业;"甾体类化合物的生物转化技术"列入国家 863 计划,国家级"无菌原料药中试研发平台"通过国家验收;金耀药业、生化公司、乐仁堂制药厂等 25 家企业成为"科技小巨人"企业。

通过持续投入,2013 年医药集团新产品产值达到 32.1 亿元,是2006 年的 2.6 倍,为集团大品种战略的实施奠定了坚实基础。

管理机制创新焕发企业活力

管理增效益,机制出活力,发展靠人才。

人是决定企业成败的第一要素,医药集团把选人用人作为企业发展的第一要务。2007 年以来,集团对企业领导人员任用实行大刀阔斧的改革,大胆选拔忠诚事业、熟悉管理、善于经营、勇于奉献的人担任企业领导者。先后调整各级领导班子 88 个,涉及企业领导人员 285 人次,一批资历老但业绩不达标的高管被一批年轻有为的 "能人""贤人"取代。同时,以贡献定薪酬,把企业销售收入、实现利润、应收账款、职工收入等指标纳入经营者业绩考核。考核指标上不封顶,优秀的可以拿到几百万,使责任奖惩落到实处,有效激发了经营者的积极性,形成了岗位靠能力,收入靠贡献,能者上庸者下的用人导向。

为壮大产业规模、提升板块竞争优势,集团围绕四大板块等领域对人才的需求,拓宽人才招募视野,瞄准海外优秀人才,加大领军型和紧缺型人才的引进力度。先后引进精密仪器和机械研究、药物代谢转运体高端研究、早早期基因诊断试剂研制、超临界结晶等方面海内外重点人才29名。采取全国公开招聘或面向行业内竞争性选拔的方式,引进了41名紧缺技术人才,为企业又好又快发展提供了智力保障。为吸引和留住人才,集团设立"创新人才特区",在资金投入、服务模式、薪酬待遇等方面给予特殊政策。建立开放式薪酬协议谈判"双轨制",根据岗位责任和个人能力实行一人一策,给一流人才以一流待遇,激发员工干事创业的主动性,提升工作效率,营造良性竞争氛围。

改革不停步,发展不止步。下一步,医药集团将继续认真贯彻落实党的十八届三中全会、市委十届四次全会的部署,与国资系统兄弟企业携手,在全市国企新一轮改革开放中,加快吸收、融合国内外优势资源,积极发展混合所有制经济,进一步提升经济运行质量和效益,努力打造最具创新力和竞争力的中国医药新领军企业,为做大天津医药、增强国资活力、建设美丽天津做出新的更大贡献。

(记者吴巧君,本文刊载于《天津日报》,2014 年 4 月 18 日)

小资本撬动大产业

——天津中环电子信息集团开放搞活做大经济总量

与三星、西门子、雅马哈、爱普生、SUNPOWER等众多公司合资合作,现拥有国有、国有控股企业148家(上市公司2家),合资企业53家,员工6万余人;

产品如电子器件用半导体区熔单晶硅片、片式元器件、电子琴产品产量位居国内第一,手机、数码照相机、平板电视机、液晶显示器产品产量名列国内前茅,因其做出的贡献,天津正成为国内重要的高端电子信息产品生产基地;

2013年,实现主营业务收入1836亿元,比2010年增长94.3%;实现利润总额94亿元,比2010年增长113.6%;资产总额达725亿元,比2010年增长71.0%;

在2013年中国企业500强排名中,其名列第90位,中国制造业企业500强中名列第32位。

这就是由原天津市电子仪表工业管理局历经两次企业化改制于2002年成立的天津中环电子信息集团有限公司。

凭借着对市场的敏锐洞察、合理的战略规划和多年来技术与实力的积累,中环电子信息集团用小资本撬动大产业,形成了以专用通信、半导体材料及器件、智能化仪表与控制、基础电子（电缆及印刷电路板）、系统集成五大产业为重点的具有集聚优势的产业群，以 LED 绿色照明为主的新光源产业、以硅单晶太阳能电池为主的新能源产业、以北斗卫星导航系统、射频识别等为主的新一代信息技术产业，已加速发展，初具规模。

借助开放搞活促进产业规模发展

中环集团之所以能够快速发展，得益于一批合资企业的强劲拉动，"与巨人同行，与时代同步"的开放带动战略是实现中环集团成长壮大的战略之举。

早在 1985 年，中环集团就成立首家中外合资企业，到目前，集团拥有 58 家合资企业，投资总额达到了 25 亿美元，集团投资的合资企业现已形成年产 1 亿部手机、1000 万台平板显示器、500 万台彩电等电子产品的生产基地。

中环集团始终与国际化接轨、市场化竞争相联系，改革开放初期的合资合作为中环集团对外开放培养了人才、积累了经验；改革开放中期通过对当时国有企业进行"嫁改调"，利用天津的区位优势，吸

先进的中环电子生产线

引了当时知名的日资、韩资企业进入天津,引入了电视机、照相机、交换机等高附加值的整机和系统产品,中环集团完成了老企业、老产品的调整和更新;进入 21 世纪以后,中环集团重点关注与三星集团在天津的战略合作,该阶段以打造产业链为重点,与三星陆续成立了近十家大型合资企业,形成了手机、彩电、数码相机为龙头的整机和核心部件产业链。

合资合作开放搞活,中环集团用小资本吸引了多家主流企业的产品落户天津,在竞争中不断取得有效社会回报,促进产业良性发展。通过盘活已有固定资产和少量现金共计 5 亿美元的参股投资方式,换来了外资 20 亿美元现金的投入,拉动产业近几年来以 30% 左右的速度增长,为集团自身以及天津市电子信息产业的转型升级、快速发展、规模发展、产业链聚集注入了急需的资本、技术、人才,并且在收回投资成本的同时为集团带来了稳定的投资回报。

合作共赢为中环集团深化国企改革增添助力。国有企业充分利用合作优势,主动融入合资合作的产业链条,为三星等国际知名企业进行上下游产品的配套生产,实现了月产手机 300 万只的高端制造水平,形成了相关基础电子和加工配套产值近年来一直保持 40 亿元的经济规模。同时接触到了三星尖端技术的发展趋势,学习借鉴了三星先进的管理理念和管理方法、提升了国有企业的技术研发与生产管理水平,快速实现了国有经济产业结构的调整。

借助资本市场促进优势产业快速发展

除了把开放带动作为激活国企活力的动力源外,中环电子集团还积极投身资本市场,旗下的"中环股份"通过在资本市场融资,投资新产品新技术,实现了以小搏大。

中环股份 2007 年成功登陆深圳证券交易所中小企业板,成为天津第一家在中小板上市的企业。7 年来,中环股份抢抓市场机遇,形成了半导体材料、半导体器件、新能源材料高效光伏电站的"2+1"产业格局。主导产品电力电子器件用半导体区熔单晶硅片综合实力居全球第三,市场占有率 18%(国内市场占有率超过 75%);光伏单晶研发水平全球领先,先后开发了具有自主知识产权、技术水平全球领先的转换效率大于 23% 的高效 N 型 DW 硅片,转换效率 25%、"零衰减"的直拉区熔(CFZ-DW)硅片。

2013 年,中环股份销售收入超过 37 亿元,相比上市前增长了近 6 倍;

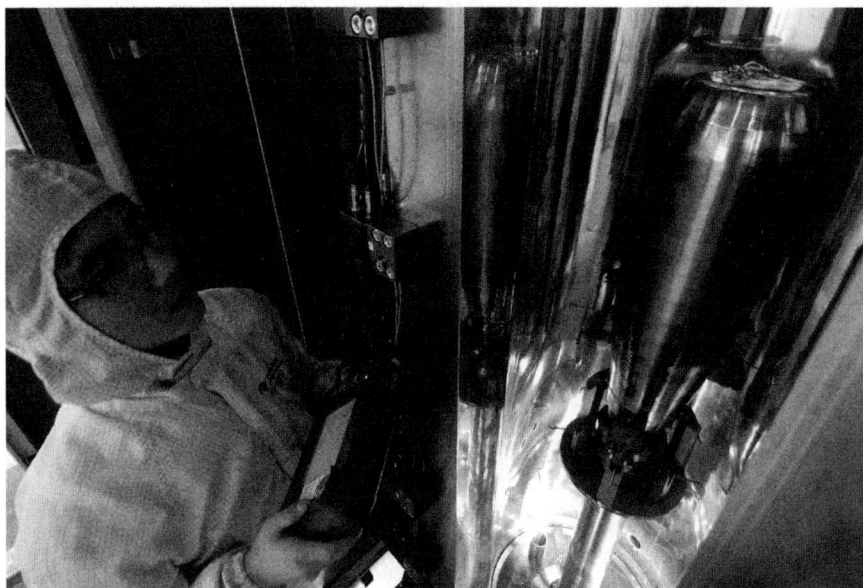

目前,中环半导体股份有限公司已形成了独特的半导体节能材料及新能源器件双产业链商业模式,其电子级区熔单晶硅国内市场占有率超过 80%,全球市场占有率 20%,近日,公司新研发的国内首颗 8 英寸大直径的区熔硅单晶已开始投入试生产,使其在此技术上达到了国际先进水平

净资产达到35亿元,相比上市前增长了近8倍;市值已超过170亿元。

中环股份全称"天津中环半导体股份有限公司",1989年由天津市第三半导体器件厂组建而成,1999年改制为国有独资的天津市中环半导体有限公司。是一家集科研、生产、经营、创投于一体的国有控股的高新技术企业。公司前身为1958年成立的天津市半导体材料厂和1969年组建的天津市第三半导体器件厂。目前旗下拥有5家高新技术企业,1家国家火炬计划重点高新技术企业,4个省部级研发中心。

中环股份上市以来,基于对未来社会的发展是以绿色低碳、节能环保、环境友好为基本背景的认识,把企业产业定位为战略新兴产业,致力于新能源产业和半导体节能产业。2009年开始,中环股份先后投资43亿元,在内蒙古成立了从事太阳能硅材料的研发和生产的"内蒙古中环光伏材料有限公司"。2012年中环股份与美国SunPower公司携手内蒙古电力集团在呼和浩特市建设"吉瓦高效光伏中心"项目,开发建设超过7.5千兆瓦光伏电站综合项目,辐射全国并共同开发全球市场。

为加强公司竞争优势,促进经营的多元化,公司通过外联整合,实现产业优势互补、资源利用效率的最大化。一是利用外部资源优势互补、完善光伏产业配套,中环股份旗下的环欧公司分别联合行业内其他企业,2011年在内蒙古中环光伏公司院内投资设立了欧晶公司、欧通公司,确保中环光伏项目生产所需石英坩埚供应和砂浆回收再利用。二是2013年中环股份参股设立了内蒙古晶环电子材料有限公司,从事年产2500万毫米蓝宝石晶棒生产项目建设。

另外,按照公司全球化商业布局战略,2012年全资设立了中环香港控股有限公司,负责公司范围内的国际采购和销售业务,利用香港作为世界贸易中心的区位优势,进行公司半导体材料、半导体器件、新能源产品出口，大宗原辅材料采购；利用香港高效健全的金融体系，拓宽融资渠道、降低融资成本，同时搭建信息平台。香港公司的成立是中环股份走出去的重要一步，是打开国际视野、进行全球化战略布局的重要探索。

长期以来，中环股份坚持自主创新、提升核心能力，现有国家发明专利及专有技术数百项，多次承担国家发改委、工信部、科技部、天津市科技项目并实现产业化，并获得"中国十大半导体制造企业""国家创新型企业""福布斯中国潜力企业"等称号。中环集团通过技术进步带动企业的快速发展，先后入选发改委高技术产业化示范工程、国家重点新产品等项目，获得中国专利优秀奖、中国半导体创新产品和技术奖、天津市科技进步奖、天津市专利金奖等荣誉。

借助科技创新促进新中环建设

中环集团在以小资本撬动大产业过程中，始终以市场为导向，不断加强和完善自主创新体系建设。

这些年来，中环集团立足于产业发展及产业结构调整的技术需求，大力开展产学研合作，与清华大学、国防科技大学、天津大学及中国科学院等二十余家国内知名高等院校和科研院所建立了产学研合作关系，组织实施合作项目三十多项，在北斗卫星导航、物联网技术、信息安全、新型半导体材料和 LED 照明等方面取得显著成果。

依靠科技创新促进集团产业结构进一步优化，以重大科技项目为载体，通过自主研发和引进、消化、吸收、再创新，取得了一批科技含量高、竞争优势明显的产品和技术。中环半导体股份有限公司在消化单晶制备技术的基础上，完成国家重大科技项目区熔硅单晶片产业化技术与国产设备研制，打破跨国公司技术垄断，处于国内领先水平；通广集团有限公司和广播器材有限公司突破了北斗导航技术，为企业开辟了新的市场发展空间，抢得了先机；中环天仪股份有限公司研发的电动执行器项目获得天津市科技进步一等奖。

科技进步取得可喜成绩，到 2013 年，中环集团拥有国家级技术中心 3 家，市级技术中心 19 家，拥有 1 个院士工作站、1 个博士后工作站和 7 个企业分站，形成了国家级、市级、企业级多层次并存的研发平台。2013 年，集团申报专利 631 项，授权 396 项。截至 2013 年底，集团拥有有效专利 1345 件，位居天津市直属企业集团第一位；荣获天津市专利金奖 1 项，优秀奖 1 项；集团整体科技进步综合评价和科技产出指数连续多年位居天津市直属企业集团前列。

科技的进步，促进了企业产品从低端向高端发展，加快了产品结构调整。通广集团有限公司的集群通讯进入试产阶段，光电集团有限公司的加密打印机和传真机、短波气象传真接收机交付列装，中环天仪股份有限公司推出了一系列高技术含量的智能仪器仪表新产品。

面向未来，中环集团将继续秉承"科技成就梦想，品质铸就价值"的核心理念，发扬"尚德、敏行、笃实、创新"的企业精神，抢抓滨海新区开发开放的历史机遇，扎实推进活力中环、绿色中环、科技中环、和谐中环、责任中环的新中环建设，努力成为国内领先、国际知名的高端电子信息产品制造商与系统集成服务商。

（记者吴巧君，本文刊载于《天津日报》，2014 年 5 月 15 日）

第三编　故事

"讲国企故事、看国资发展",65个故事传递国资国企深化改革正能量。

每个故事都是一部奋斗史

　　每一个故事，都是一部平实中见真章的曲折奋斗史。去年深秋至今，国资委党委与本报联合开设了"讲国企故事、看国资发展"专栏，连续刊发了六十余篇主题鲜明、风格各异的国企故事，从多个角度折射出天津国有企业深化改革发展、坚持科技创新、勇担社会责任的风采，在社会上引起强烈反响。读者纷纷表示，这些故事让他们看到了一个个全新的国企，对本市国有经济发展有了更加全面深切的认识。

　　市民杨开云说，这些国企故事她一一读过，"既有牛奶、馒头、调料的故事，又有工业、金融、城市建设等方面的内容。天津国企与我们的衣食住行息息相关，与城市的发展紧密相连。"网友"渔夫咏江"留言，他从微信朋友圈中看到转载的国企故事，读后很长知识。"从中我知道了天津老品牌的历史渊源，增加了对这座城市过去、现在与未来的了解，转变了之前对国有企业的看法。"原天汽集团离休干部马朋襄说，自己一辈子都在国企工作，亲身经历了天津国企的改革发展，看到国企故事系列报道很激动，"当年在企业工作生活的场景历历在目，仿佛又回到了那激情燃烧的岁月。"

　　该专栏鼓舞了广大国企职工的士气。二商集团的年轻人边悦说读过国企故事后,"更加增强了我是一名国企职工的自豪感,更加坚定了立足岗位、发挥聪明才智、为企业发展多做贡献的信心和决心。"山海关饮料有限公司总经理宋凯表示,系列报道让国企与市民亲密接触,山海关饮料有限公司有信心、有决心继续做好国有企业,并在发展混合所有制、推进企业转型升级、履行社会责任等方面做出更大贡献。南开大学教授武立东深有感触:"今后国资国企发展需要国有企业和国资管理的全面制度创新,使其真正成为社会主义的企业、人民的企业,让人民群众更多地享受到改革与发展的成果。"

(记者岳付玉,本文刊载于《天津日报》,2015 年 2 月 5 日)

海河放心奶的漫漫征程

　　国庆黄金周，南大附小三年级小学生佳音决定跟妈妈一起去天津农垦集团嘉立荷牧业现代示范牧场，目睹一下她每天都喝的海河牛奶究竟是怎么生产出来的。

　　秋高气爽。她走进宝坻大钟庄镇的示范牧场，耳畔响起优美舒缓的音乐。但见一排排牛舍整齐划一，成群的奶牛边听音乐边散步，它们个个脖子上都戴着项圈，耳朵上挂着标有数字的牌牌，样子又悠闲又潇洒，好一幅田园牧歌景象。佳音悄悄地对妈妈说，"奶牛除了吃就是玩，从来不用写作业，真是太舒服了！"饲养员叔叔笑着告诉她，奶牛每天吃的是电脑特配的营养餐，喝的是20℃左右的温水。每个牛棚都安装有两个音箱，每天清晨5点开始循环播放舒缓音乐，主要是让奶牛开开心心，促进内分泌提高产奶量。牛舍里还设有"餐厅""卧床""运动场"，顶棚上安有淋浴喷头，天热的时候奶牛还可以边吃食物边淋浴呢！

　　这些奶牛究竟吃什么？它们从哪儿来？它们耳朵上的"学号"有啥用？佳音有一大堆的问题。饲养员叔叔耐心讲解，这些奶牛有个好听的名字，叫荷斯坦奶牛，它们原是欧洲"移民"，来到天津以后，经过多次混血改良，已经完全适应这儿的水土。它们吃的多半是"进口食品"，部分原材料是从保加利亚运来的。三年前,天津农垦集团就开始在保加利亚寻找肥沃的土地,先后买、租了13万亩精心种植玉米、苜蓿草。那些玉米、苜蓿草收割后陆续被运往天津嘉立荷饲料有限公司进行深加工。加工之前,所有的原材料都要"体检",检查它们的杂质、水分、人为添加物、营养含量等,统共十多项呢。把原材料加工成精饲料学问也很大,由于奶牛不同的生长阶段对营养的需求不一样,饲料公司每个月都会制定不同阶段的食品配方,保证让每一头牛都吃得称心如意。这还没完,成品料出厂时还得批批检测,防止不合格的"食品"流入奶牛的"餐桌"。

市民参观海河乳业(图为先进的牛奶生产线)

正因为吃得好、心情舒畅,这些奶牛"工作"起来格外带劲儿。饲养员叔叔介绍,它们个个高产,每头奶牛平均年产奶量达10.5吨,这个成绩绝对算全国奶牛中的"尖子生"了。它们耳朵上的"学号"其实是个智能识别系统,随时记录每头牛的各种表现,比如产奶多少、牛乳成分、体重变化、运动量多少等等。这些信息会随时反馈到电脑处理系统,工作人员可据此判断每一头奶牛的身心健康情况。

临近中午,给奶牛挤奶的时间到了。佳音远远看到,通往挤奶厅的通道自动打开,一群奶牛乖乖地排队来到挤奶厅,接受挤奶机自动挤奶。"原来不是人手挤奶呀!"佳音惊奇地瞪大了眼睛。这时,嘉立荷牧业集团总经理刘连超来到她身边,慢条斯理地解释,挤奶全程都是密闭无菌操作,挤出的奶在温度上需要做两次"减法运算"才能进入奶罐车:刚挤出的奶38℃左右,通过管道进入热交换器后冷却至10℃以下,再经过制冷设备冷却至0℃~4℃,这么做是为了保证原奶的品质。奶入储奶罐后被运输到乳制品厂,全程也是密闭冷链铅封包装,绝不会接触一丝儿空气。运输过程中,每一辆运奶车都装有高清摄像头和卫星定位系统,工作人员坐在办公室就可以随时监控奶罐车的动向了。

　　"放心奶的诞生之路到此才走了一半",刘连超笑着说,进入海河乳业生产厂区的每一罐原奶都来自嘉立荷牧场,经严格取样化验,不合格的原奶被统统关在门外。再先后进入净化舱净化、高温灭菌、灌装、随机抽样检验等等,大约还得过30关,一切都没问题了,大家享用的巴氏奶和市民奶等优质、健康、放心的海河牛奶才能进入市场,走进千家万户。佳音长舒了一口气,约好了还要去跟踪海河放心奶的后一半征程。

　　(记者岳付玉,本文刊载于《天津日报》,2014年10月2日)

电气"华佗"的"中国梦"

——记全国劳动模范、天津钢管集团股份有限公司李刚

在渤钢集团钢管公司,人们都亲切地称李刚为电气"华佗"。

李刚是谁?全国劳动模范、天津钢管集团公司管加工部主任电气师。

人们之所以把"华佗"的名号加在李刚身上,是因为他有一手过硬的"绝活"——处理电气设备故障,他"手到病除"。因为"绝活"干得多了,"有问题,找李刚",成为钢管公司生产车间里的流行语。

这一手"绝活"可不是上天眷顾李刚才有的。

24 年前,中专毕业的李刚来到建设中的钢管公司任职电气维修工,一入厂,李刚就显现出不同于一般年轻人的专注与对职业的热爱。

当时的钢管公司从国外引进了成套的世界一流设备,外国专家来到厂里进行设备安装调试,生怕泄露技术秘密的老外把工作区围起来,不让外人随便看。李刚却总是主动凑到跟前,需要什么工具就递上去,脏活儿、累活儿抢着干,偶尔闲下来,李刚便向他们请教。时间长了,外国专家被这个勤奋、朴实、执着的中国小伙子打动了,破例允许他进入工作区协助工作。

班上,李刚一步不落地跟着外国专家,看他们怎样调试设备,怎样编制程序,随时记下每一个细节,还把设备控制要领画成了草图。下班后,

无论多晚他都要把一天学到的知识整理出来。就这样，一年下来，他竟记了十几本、二十多万字的笔记，总结出设备维护处理方法一千多条。

工作之余，李刚更以超人的毅力，孜孜不倦自学成长，跨过了英语和计算机这两道"门槛"。

理论与实践相辅相承，共同为李刚的不断成长提供养分，提供支撑——这些年，李刚带领同事们先后完成一百多项行业领先的技术改造创新，打破了国外在管加工领域的技术垄断，领衔完成的"反扣螺纹拧接工艺"等十五项重点攻关项目，为企业创效近亿元。

一枝独秀不是春。李刚在技术上从不保守，依托"李刚劳模创新工作室"，他把自己积累的经验整理成471条技术诀窍，在生产线上作为操作标准推广，还制作了50多万字的幻灯片，举办技术培训百余次，带出了100多名徒弟，培养出30名优秀班组长，他带出的技术骨干成了国内钢管领域的技术尖子。

从前李刚偷偷学艺于"洋师傅"，现在却带上了"洋徒弟"。当前钢管公司正全力推进美国建厂项目，这是迄今为止我国制造业在美国最大的"绿地"投资项目。作为技术骨干，李刚不仅参与了技术谈判、工艺设计和设备选型，还与同事们自主开发了信息化应用软件。今年5月，李刚把自己的技术经验带到了美国项目的设备调试现场，在世界大舞台上展示了中国产业工人的风采。当地时间8月7日，美国项目第一支合格石油套管下线，凝聚了他的心血和汗水。

从驯服"洋设备"、改造"洋设备"到超越"洋设备"，从一名普通维修工成长为新时期学习型、知识型、创新型产业工人的杰出代表，李刚用自己的创新劳动托起了产业工人的"中国梦"！

（记者吴巧君，本文刊载于《天津日报》，2014年10月3日）

金耀集团:二次创业促制剂产品华丽转身

在巩固原料药基础上,做大做强制剂产品,把原料药的优势转化为制剂产品的优势,延伸产业链,实现原料药和制剂产品的"双引擎"发展。

——这是5年前金耀集团提出的"二次创业"发展思路。

金耀集团的制剂产品由此"华丽"转身——

2013年,金耀集团制剂销售收入突破6亿元,比2009年翻了一番还多,利润回报更是5年前的6倍;今年前三季度,金耀的制剂销售更是达到8亿元,同比增长38%。

更为可喜的是,2013年7月, 金耀集团的骨干企业天药股份公司的甲泼尼龙片剂通过美国食品药品管理局(简称FDA)官方现场认证,成为本市首家制剂产品通过美国FDA认证的企业,实现了天津市医药行业制剂产品通过美国FDA现场认证零的突破。这也是金耀集团继甲泼尼龙、泼尼松、地塞米松等原料药通过美国FDA认证进入美国市场后,首个制剂产品敲开了美国市场的大门。

纵观制剂药物领域,国内的制剂生产厂家大大小小有几千家,早已属于充分竞争领域。

如何在一片"红海"中寻找蕴含未来发展空间的"蓝海"，金耀集团的发展思路是另辟蹊径。

"人无我有，人有我优"，金耀集团不断整合有效资源、优化资源配置，把好钢用在刀刃上。

金耀的有效资源就是拥有一些独家生产的原料药，这就为制剂生产的原料来源提供了得天独厚的优势，为发展国内空白的制剂产品奠定了良好的基础。

金耀集团：二次创业促制剂产品华丽转身

同时，金耀集团几十年来一直非常重视技术创新，其旗下的药业研究院为国家级企业技术中心，依托这个平台，集团成功研制了依碳氯替泼诺滴眼液、甲泼尼龙冻干粉针和地塞米松磷酸钠无菌粉等产品，为企业向高端制剂发展奠定了良好基础；这个平台还为企业推出了腹膜透析液、小儿复方氨基酸注射液、注射用甲泼尼龙琥珀酸钠冻干粉针等一批功效显著、市场前景良好的制剂新品；另外，集团还储备了缓控释、靶向等高端制剂生产技术，为发展国内独家制剂产品提供了有力的技术支撑。

正是有了这些附加价值高、能够在国际上拥有竞争力的高端制剂产品，才让金耀集团"二次创业"的"另寻捷径"得以成功。

金耀集团实现"双引擎"发展

■ 本报记者 吴巧君

在巩固原料药基础上，做大做强制剂产品，把原料药的优势转化为制剂产品的优势，延伸产业链，实现原料药和制剂产品的"双引擎"发展。

——这是5年前金耀集团提出的"二次创业"发展思路。

金耀集团的制剂产品由此"华丽"转身。

2013年，金耀集团制剂销售收入突破6亿元，比2009年翻了一番还多，利润报更是5年前的6倍，今年前三季度，金耀的制剂销售更是达到8亿元，同比增长38%。

更为可喜的是，2013年7月，金耀集团的骨干企业天药股份公司的甲泼尼龙片剂通过美国食品药品管理局（简称FDA）官方现场认证。这是中国首家制剂产品通过美国FDA认证的企业，实现了天津市医药行业制剂产品通过美国FDA现场认证的突破，这也是金耀集团能甲泼尼龙、泼尼松、地塞米松磷酸钠原料药通过美国FDA认证进入美国市场后，首个制剂产品叩开了美国市场的大门。

纵观制剂药物领域，国内的制剂生产厂家大大小小有几千家，早已属于充分竞争领域。

如何在一片"红海"中寻找蕴含未来发展空间的"蓝海"，金耀集团的发展思路是"另辟蹊径"。

"人无我有，人有我优"，金耀集团不断整合有效资源，优化资源配置，把好钢用在刀刃上。

金耀集团的有效资源就是拥有一些独家生产的原料药，这就为制剂生产的原料来源提供了得天独厚的优势，为发展国

内空白的制剂产品奠定了良好的基础。

同时，金耀集团几十年来一直非常重视技术创新，其旗下的药业研究院为国家级企业技术中心，依托这个平台，集团成功研制了依碳氯替泼酯滴眼液、甲泼尼龙冻干粉针和地塞米松磷酸钠无菌粉等产品，为企业向高端制剂发展奠定了良好基础，这个平台还为企业推出了腹膜透析液、小儿复方氨基酸注射液、注射用甲泼尼龙琥珀酸钠冻干粉针等一批高效制剂产品，市场前景良好的制剂新品；另外，集团还储备了级控释、靶向等高端制剂生产技术，为发展国内独家制剂产品提供了有力的技术支撑。

正是有了这些附加值高、能够在国际上拥有竞争力的高端制剂产品，才让金耀集团"二次创业"的"另辟蹊径"得以成功。

配合"二次创业"发展思路的，还有2010年金耀集团启动的金耀制剂园改造提升项目。

这个项目对"外用制剂""小容量注射剂""大容量注射剂和冻干粉针剂"等剂型进行了整体规划布局，将集团内软膏剂、胶囊剂和片剂等13个剂型的现代化生产车间整合到金耀制剂园，促进了园区内资源的综合有效利用。

集团还对原有下属制剂制造公司金耀氨基酸公司、健民制药厂、天安股份公司部分车间等单位整合成立天津金耀药业有限公司，实现园区整体化运作，压缩了管理层级，提高了集团的管控能力。

如今，金耀集团正努力在外用药、滴眼剂、粉雾吸入剂等制剂产品中，打造出几个国内市场占有量第一的制剂品种，有了这些产品作依托，未来，金耀的发展必定不可限量。

《天津日报》刊发的《金耀集团实现"双引擎"发展》

公司部分车间等单位整合成立天津金耀药业有限公司，实现园区整体化运作，压缩了管理层级，提高了集团的管控能力。

如今，金耀集团正努力在外用药、滴眼剂、粉雾吸入剂等制剂产品中，打造出几个国内市场占有量第一的制剂品种，有了这些产品作依托，未来，金耀的发展必定不可限量。

（记者吴巧君，本文刊载于《天津日报》，2014年10月4日）

百年品牌"山海关" 不变的人、情、味

　　金秋十月的津城,中午依然艳阳高照。走近街边的小卖店,只见店门口二十几个红色的山海关汽水箱高高地摞在一起,箱子里是满满的山海关汽水空瓶。"老板,来瓶山海关汽水。"随着一声吆喝,老板转身拎出一瓶山海关汽水,"嘭"的一声打开瓶盖,一股气雾冒了出来。"您来得还真巧,就剩这最后的几瓶了。"老板边忙边说,"这山海关汽水一上市,人们都抢着尝尝老味道,再加上黄金周,人们都一箱一箱往家搬,我这刚进的几十箱货,又卖没了,还得赶紧补货。"这是山海关汽水重新回归天津市场后的第一个黄金周,继 8 月份山海关汽水上市被抢购一空后,黄金周期间天津市场再现山海关汽水一瓶难求的现象。

　　在这个假期里,已经 76 岁高龄的严孝潜老人没有闲着,他跑遍了全市各个博物馆、档案馆搜集与山海关相关的资料,亲自整理,再加上自己在山海关公司多年的工作回忆,想要为山海关这支民族饮料品牌编纂一部"山海关全书",把它的前世今生记录下来。

　　早在清光绪末年,也就是公元 1902 年,英国商人巴林和鲍尔汉两人在天津开办了一间汽水工厂——万国汽水公司。公司每天从山海关地区取泉水运至天津生产,由于水质优良,产品深受消费者的喜爱,故

将该汽水取名为"山海关汽水"。凭借着口味独特的高品质，山海关汽
水逐步占领了天津市场，甚至还成为末代皇帝溥仪与皇后婉容婚礼上
用来款待国内宾客的"国饮"。婚后的溥仪经常到宫外游玩，每次都不
忘准备一些山海关汽水供王公贵族饮用，当时的《顺天时报》报道说：
"清帝宣统昨日午刻偕同清后，淑妃，御弟溥杰，率领御前侍卫……出
神武门，游览景山，参观北京全景，并在中亭上饮食啤酒，汽水，饼干，颇
有兴趣……"当时贵族们对山海关汽水的喜爱由此可见一斑。

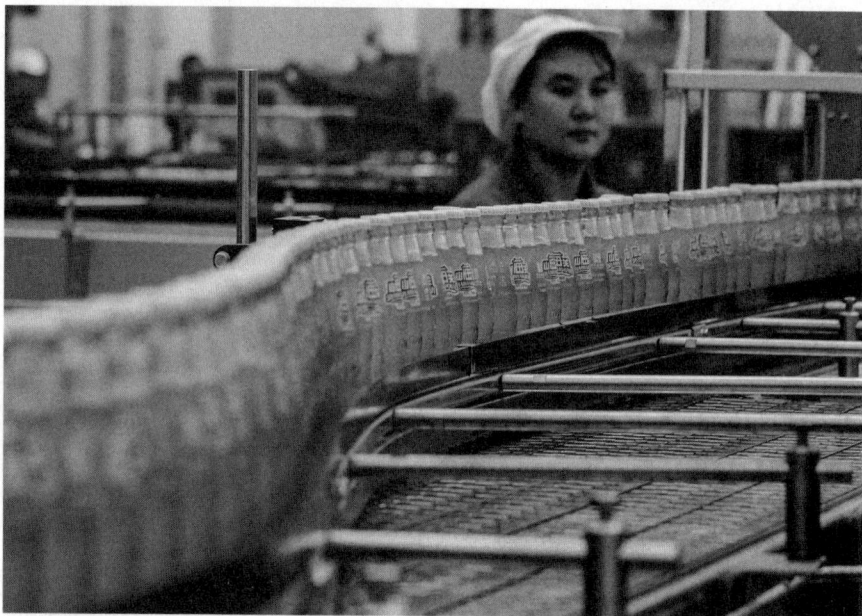

山海关汽水在空港经济区的生产基地进行最后调试生产，即将在全市范围内进行销售

　　说起"山海关"，天津卫的老人们都会情不自禁地称赞几句，甚至微
闭双眼回味当年"山海关"的滋味，沉浸在当年的老味道老回忆之中。

　　在经历了充分的准备后，今年初，天津渤海轻工投资集团决定启动
山海关汽水恢复上市项目。短短八个月时间，完成了项目建设、设备安
装、口味调试、渠道铺设等全部工作。8月9日，山海关汽水开始在市内

2014年10月5日 星期日 责任编辑：张昕 TIANJINDAILY 天津日报

借亚运会闭幕之机开启"极不寻常"外交

朝鲜核心圈高官"组团"赴韩

2007年以来韩总理首次会见朝方高官 韩朝商定将举行第二次南北高级别会谈

朝鲜3名"核心圈"官员4日飞抵韩国仁川出席亚运会闭幕式，并与韩国统一部长官柳吉在座谈午餐。这3名随韩方的高层官员当中，包含大权在握、有朝鲜"二号人物"黄炳誓。据悉他此举与亚运会闭幕式无关，但完全出乎韩方的预料。

韩联社报道称，这些朝鲜官员出席亚运会闭幕式是朝韩近期最高级别的官员接触，朝鲜官员此举有望给紧张的朝韩关系带来突破。

朝方中央通讯社4日报道，朝鲜国防委员会副委员长黄炳誓、人民军总政治局书记崔龙海、书记姜锡柱飞赴韩国仁川出席亚运会闭幕式，并与韩方官员座谈。

韩联社报道称，这是韩国总理首次会见朝方高官。据悉，这也是自2007年4月以来韩总理首次会见朝方高官，时隔7年。

仁川亚运会闭幕式上，朝鲜代表团入场。 新华社发

在韩国政府有关部门的要求下，韩方的相关官员与朝鲜官员座谈。崔龙海表示将于近期举行第二次南北高级别会谈。

面带笑容互开玩笑：
朝鲜足球称霸世界？

摄影 新华社电

香港多个政团及专业团体呼吁停止"占中"

新华社香港10月4日电（记者……）针对当前"占中"行动造成严重社会影响，香港多个政团、专业团体纷纷发表声明，呼吁尽快停止。

[纪念新中国成立65周年]
讲国企故事
看国资发展

百年品牌"山海关" 不变的人、情、味

■ 本报记者 陈璠

武汉长江大桥正式通车

新华社武汉10月4日武汉长江大桥建设

大型人文纪录片《五大道》明晚开播

阵阵清风拂面来

《天津日报》刊发的《百年品牌"山海关" 不变的人、情、味》

六区销售,迅速遍布津城大街小巷的餐饮店、便利店,全市零售终端达万家以上。截至 9 月底,已累计销售 37 万箱,销售收入达 1300 万元,实现当年启动、当年建设、当年投产、当年盈利。

老品牌的重装上市不仅彰显着时代的进步,更是对品牌本身提升的一次考验。山海关汽水复出,在坚持品质、配方传承等方面一直坚定地前进。目前,山海关汽水使用的还是 20 世纪 60 年代的老配方,以浙江黄岩蜜橘为主要原料,保留了鲜果的口味和较高的营养成分。公司采用国内最先进的机械设备生产,还请来当年负责技术把关的老职工亲自进行口味调试,又经过一万三千多人次消费者进行品鉴反馈。

对于部分消费者反映气儿不足的问题,山海关公司营销副总陈冲表示:"其实现在山海关汽水的含气量已经比历史上高了。过去使用的二氧化碳是发酵过的,里面含有乙醇,因此有点辣感,而现在使用的是纯净度为 99.9% 的食品级二氧化碳,并无辣感,因此会给消费者气儿不足的感觉。山海关汽水属于果汁型含气饮料,如果气压过大,也会破坏橘汁原有的香味儿。而且现在市场上各种含气饮料非常丰富,人们日常消费也比较多,因此感觉气儿不够也是可以理解的。"

"目前我们正在筹备第二、三条生产线,将进一步改良口感,用创新与自信,保留住人们记忆中的老味道,回报市民对山海关品牌的深厚感情,同时积极迎接市场挑战,实现真正意义上的回归。10 月份消费者就能在市面上看到口味调整完毕的山海关橘子味玻璃瓶汽水、易拉罐包装以及其他新口味的汽水了。"

(记者陈璠,本文刊载于《天津日报》,2014 年 10 月 5 日)

勤能补拙挑大梁

——记天津市天锻压力机有限公司装配钳工丁伟

2013 年年底,上海捷众汽车公司。三台来自天津市天锻压力机有限公司的汽车生产线单动薄板冲压双移动产品正在完成交付。

正当交付即将完毕之时,客户提出,为提高整条生产线的生产效率,希望把泄压时间由合同约定的 3 秒缩短至 1 秒。

由 3 秒缩短至 1 秒,看似简单的数字变化,却由于泄压环节在整个设备工作中的核心作用,不仅需要重新调试安装,而且涉及产品原有程序参数修改,以及机械部分结构改造等,实质上不啻于是对设备的升级改造。

天锻压力机公司把这个艰巨的任务交给了公司总装板块调试五队的队长丁伟。

面对挑战,丁伟反复试验,不断琢磨,最终,他在设备关键部位增加了泄压装置,不仅满足了客户要求,提高生产效率达 30% 以上,而且实现了企业在此类技术上的重大突破。而丁伟的认真和高超技术,也赢得了客户的赞扬和信任,随后,上海捷众汽车公司向企业下了第二批订单。

这样快速解决客户问题,为用户"雪中送炭"、为企业赢得声誉的例子,在丁伟身上还有很多——

在语言不通、环境复杂的情况下，出色完成出口土耳其的大型锻压设备的现场调试，用户对他竖起了大拇指，连称"OK"；及时解决江苏仪征用户在使用双动薄板冲压液压机时出现的拉伸压力不稳问题，得到用户赞许。

哪里有困难，哪里就有丁伟的身影；哪里有丁伟的身影，哪里的问题就迎刃而解。是因为丁伟有一颗比常人更聪明的脑袋吗？不是的，丁伟经常自嘲的就是自己并不怎么聪明，但他始终相信勤能补拙。

自1999年进入天锻压力机公司，丁伟一直在生产一线从事产品调试工作。近年来，天锻压力机公司不断加快技术创新，产品更新换代很快，调试中经常出现新问题。

为了能及时解决这些问题，除了主动向有关技术人员、专家请教，丁伟把业余时间都用在了思考上。他购买了许多有关液压发展方向的书籍，不停地学习、琢磨；在调试产品过程中，他随时记录调试的每一个细节与要领，无论回家多晚都要把一天学到的东西进行整理记录，多年来已整理六本、几万字的笔记。通过学习提升和工作积累，丁伟不仅掌握了调试的技巧，同时也掌握了设备电气原理，掌握了设备技术的主动权，成为调试设备的行家里手。

作为调试队队长，丁伟处处以身作则，工作中要求别人做到的，自己首先做到，他总是主动承担一些难度大的设备调试，主动投身职工技术创新活动，在改进生产工艺、提高质量、节约降耗等方面献计献策。丁伟自2013年以来已带领队员实施革新改造15项，创造操作法12项，创产值200万元，净利润80万元，节约资金95万元，提高工效200%，调试队产品一次交验合格率由95%提高到98%以上。

(记者吴巧君，本文刊载于《天津日报》，2014年10月6日)

渤化永利化工：中国近代化学工业的发祥地

"工业先导，功在中华"，这是毛泽东对我国已故著名爱国实业家范旭东先生的赞誉。

这位工业领域的"先驱"，在天津塘沽创建了中国第一家制碱厂——永利碱厂，成功生产了"红三角"牌纯碱，揭开了中国和亚洲制碱工业的序幕，奠定了中国近代化学工业的基础。

这家拥有百年历史的老企业现在隶属于天津渤化集团，曾更名为天津碱厂，在其百年华诞之际，重新命名为天津渤化永利化工股份有限公司。大家如今公认，天津渤化永利化工股份有限公司是中国近代化学工业的发祥地。

永利碱厂的创始人范旭东先生1914年在塘沽还创建了中国首家精盐厂——久大精盐厂，成功生产出了"海王星"牌精盐，结束了中国人以粗盐为食的历史；在塘沽创建了中国首家私营科研机构——黄海化学工业研究社，研制出了中国第一块电解金属铝；在天津创办了中国第一份企业办刊物《海王》旬刊；在南京

永利化工公司创始人范旭东

89

建立永利硫酸铔厂，首开我国硫酸、硝酸、化肥生产先河；侯德榜还成功发明了联合制碱法的新工艺，命名为"侯氏碱法"，取得新中国第一号专利。

1926年，"红三角"牌纯碱穿越太平洋，出现在美国费城举办的万国博览会上。来自世界各国的嘉宾，看到中国的展台上摆放着中国人自己制造的纯碱，以及精致而彰显巍峨气势的厂区模型，无不发出惊叹。

"红三角"牌纯碱在费城一举夺魁，不仅荣获博览会金质奖章，填补了中国化工产品获得国际金奖的空白，而且被博览会评委誉为"中国近代工业进步的象征"。

四年后的1930年，"红三角"牌纯碱在比利时国际工商博览会上再次荣获金奖。比利时恰恰是苏尔维制碱法的故乡，在此获奖，更是对永利制碱技术、纯碱质量的肯定和表彰，也再次证明了"红三角"牌纯碱质量跻身世界先进行列。

1934年范旭东先生提出"我们在原则上绝对地相信科学；我们在事业上积极地发展实业；我们在行动上宁愿牺牲个人顾全团体；我们在精神上以能服务社会为最大光荣"的四大信条，四大信条从此成为永利化工的精魂，激励着一代代的永利人。

追求卓越，视品质为企业生命的新世纪永利人用智慧和年华、不负责任与期待，在新世纪二次创业中蜕变升华——2005年开始，永利化工开始搬迁改造，在两年时间里，永利人脚踏实地、勇于进取，遍访国内外优秀企业，吸引他们与百年永利互利共惠；面对着事事磕绊，挣扎烦恼于自然环境的不利因素，永利人以克难攻关的无畏，边建边试，冒着严寒，开工投料，顶着酷暑，提产增效，2011年，新永利终于实现工艺全流程的贯通，完成了由无机产品向煤化工、石油化工、海洋化工三化一体转型升级。

如今，即将迎来百年华诞的天津渤化永利化工股份公司正满怀干事创业的激情，秉承先辈们工业强国的梦想，为愈加辉煌璀璨的未来而谱写出更加耀眼的诗篇。

(记者吴巧君，本文刊载于《天津日报》，2014年10月7日)

《天津日报》刊发的《渤海永利化工：中国近代化学工业发祥地》

一商友谊:追寻百年国企梦

百余平方米大小，临近天津港码头，1958年开张的天津市对外供应公司友谊商店成为新中国成立后天津首家涉外店铺。

这家店铺就是一商友谊的前身。

1984年这家店铺华丽转身，成为天津第一友谊商店，随后更名为天津市友谊公司。

一路风雨兼程走来，历经近一甲子的苦心经营，如今的一商友谊拥有8家大型零售卖场，总经营面积40万平方米，牢踞天津百货零售业龙头地位。

成长足迹

作为天津最早的涉外商贸服务窗口，友谊商店在迎来改革开放大潮时，依靠国家对外经营、专项供应、外汇券经营等统购统销政策优势，红极一时，"买名牌到友谊"成为20世纪80年代及90年代初天津市民耳熟能详的广告语。

随着改革开放不断深入以及国家外汇政策的调整，进入20世纪90年代的友谊公司经营优势荡然无存，由此踏上了二次创业的艰辛旅程——

首先是有了建店以来规模最大的改扩建工程,这个工程竣工于1996年底,友谊公司也随之更名为天津友谊商厦;其次是经营模式的改变,原有的租赁经营模式已不适应市场经济发展,取而代之的是"自营+联营+代销"的模式。

二次创业有了显著成效,到20世纪末,友谊商厦经营收入突破亿元,2000年9月友谊商厦成功开业第一家时尚百货店——友谊前卫店,2002年5月圆满完成新老厦的对接,在积极探索建设高档百货店道路上迈出了更加坚实的一步。

辉煌十年

站在2002年的新起点,新领导班子科学分析市场形势,开始了创建中国高端百货连锁先锋的探索与实践,由此创造出辉煌十年。

这十年间,一商友谊完成了股份制改革,成立国有资本控股、社会参股的股本多元化股份制企业;成功引进百余个世界一线品牌,友谊名都、友谊新都百货、友谊新天地广场、友谊精品广场、友谊商厦西楼五家分店顺利开业,完成友谊大港百货、友谊武清百货两家区域百货店划入,实现经营规模由两家店2.6万平方米扩展到遍布全市八家店40万平方米,形成了真正意义上的本土化、连锁化经营模式。

百年梦想

面对未来,一商友谊确立了"打造百亿企业·构筑百年友谊"的中长期发展规划,即到"十二五"末,企业经营规模突破百亿,到21世纪中叶,百年友谊梦想顺利实现。

线上线下齐头并进商场迎来购物潮

为了这个百年梦想,一商友谊将紧抓"京津冀一体化进程"战略契机,充分利用现有百货零售的成熟运营模式,以多元化的融资手段吸引优势社会资本与资源组建混合所有制公司,走出天津,开发建设一商友谊雄州 CBD 文化广场,实现全国连锁。

同时,加快推进东疆港项目开发建设和企业上市融资,积极探索合作经营、输出管理等商业模式,全力向融资租赁、商业保理等商务金融领域迈进,以多渠道的盈利理念创新促进企业可持续发展,以多层次的管理服务创新加速高端连锁化进程。

(记者吴巧君,本文刊载于《天津日报》,2014 年 10 月 8 日)

我把津城美景讲给你听

——记交通集团长江旅行社优秀导游员田宝琪和她的团队

金秋十月,丹桂飘香。意式风情街马可波罗广场上人头攒动,"津城美景一日游"双层敞篷观光巴士迎来客流高峰。

在这里,有一群漂亮的姑娘和小伙子,每天为游客咨询售票、导游讲解,他们是交通集团长途汽车公司长江旅行社的导游团队。虽然看平均年龄不到 25 岁,但这个年轻的团队以对家乡的热爱、对游客优质的服务和辛勤的劳动,将双层敞篷观光巴士"美丽天津观光游"独特魅力,奉献给来自五湖四海的人们,成为美丽天津一道靓丽风景线。

双层敞篷观光巴士"美丽天津观光游"是交通集团"津城美景一日游"打造的品牌,自 2011 年开通,每逢双休日、"五一"、中秋和国庆黄金周期间,都吸引大量游客,其中不乏外地游客和外国游客。

旅游专线从意式风情区出发,经规划展览馆、望海楼、摩天轮、古文化街、津湾广场等二十多个景区、景点,让游客在最短时间里看到最多美景。

田宝琪就是这条旅游专线导游团队的一员。2011 年,她从天津交通职业学院毕业,来到长江旅行社,正逢旅行社组建意式风情街双层敞篷观光巴士导游团队。

刚刚开通这条旅游专线时,没有现成解说词,田宝琪和伙伴们一起

公交天津旅游

上网找资料,查阅有关书籍,虚心向老年游客求教,了解天津人文历史。经过搜集整理,并随着天津城市建设日新月异,他们将新的景区景点融入讲解,在导游实践中不断完善,才形成了现在较为全面的经典解说词。

为提高导游水平,田宝琪考取了导游证。经过实践历练,她的导游得到游客认可,还有游客专门寄来感谢信。到长江旅行社的第一年,田宝琪就获得了最佳新人奖,之后,每年都被公司评为优秀员工。

"导游员作为观光旅游服务窗口,不仅代表旅行社、交通集团,更代表天津和中国的形象。"田宝琪说,"很多观光游客可能一辈子就来天津一次,作为导游,我们不能应付游客,应尽最大努力服好务,为他们的美丽天津之行留下美好印象。"

在45分钟的游览车程中,田宝琪的解说很少停歇。移步换景,从人文景观、历史沿革,到名人轶事、特色美食,她都用标准流畅的普通话娓娓道来,游客们听得津津有味,有时甚至会为她诙谐幽默的解说笑出声来。

每逢双休日和大小黄金周旅游旺季,田宝琪和她的团队都会超负荷工作。

每天面对各方游客,他们不知要解答多少问题,说多少话,多少遍重复着解说词。他们工作在露天环境中,特别是暑期烈日炎炎,加上导游讲解更是口干舌燥、汗水淋淋,青春靓丽的姑娘、小伙儿都晒黑了。可不管工作多辛苦,在这些年轻人纯净的眼神、纯熟的讲解、青春的风采中,依然可以感受他们热爱这个岗位,为打造交通集团"津城美景一日游"旅游品牌努力、奉献着。

(本报记者苏晓梅,本文刊载于《天津日报》,2014年10月9日)

96

靓丽海河成天津城市名片

——"海河观光游"品牌辐射力不断提升

　　"九河下梢天津卫,三道浮桥两道关。"夜幕下,海河流水闪烁着波光灯影。游船在流光溢彩的河道缓缓驶过,两岸历史遗迹与现代化的楼宇在璀璨的灯光下交相辉映,将游客带入一场美轮美奂的时空穿越。这里是天津最美的地方。如今,前来乘船游海河的中外客人络绎不绝,年接待量达到 50 余万人次,其中不乏中央领导人及众多国际友人。"乘船游海河"是外埠客人来津的首选旅游项目,也是天津人接待亲朋好友的必踏之旅。承载历史、流光溢彩的海河,已经成为天津的城市名片。

　　作为天津津旅海河游船有限公司的一员,王洪凤亲历了海河两岸改造前后发生的巨大变化,对海河游船当时的惨淡经营更是记忆犹新。王洪凤告诉记者:"综合开发改造前,海河两岸以仓储、棉纺厂、破旧平房为主,映入眼帘的多是灰乎乎的水泥防洪墙。因为景色差,游船陈旧、狭小,每天只有稀稀落落的游客。"为了吸引更多的游人,王洪凤经常和同事们一起去社区、街头发宣传单,有的时候甚至乘火车去武清、静海、塘沽等区县做宣传。虽然工作很努力,但却收效甚微。

　　拂去岁月的尘埃,如今改造后的海河,退台式亲水护岸,远近分层式景观,园林小品,文化塑像,凉亭绿廊,三步一景,五步一色。水清了,景绿了,夜色中的海河如绚丽的彩霞。近年来,海河游船公司陆续建造了多条新游船,有的小巧清新,有的豪华气派,有的宽敞高端,有的视野通透。水映着船,船衬着水,船水交融。王洪凤告诉记者,到了黄金周,游船公司职工每天的工作更加忙碌,面对络绎不绝的游客,他们全心全意为游客提供"温馨、舒适、安全、有品位"的服务。王洪凤和同事们多次接待了中央领导人及巴基斯坦总理、老挝总统、好莱坞著名导演卡梅隆、国际奥委会主席罗格等众多国际友人。达沃斯论坛主席施瓦布游览海河后感慨道:"塞纳河很美,但今天游海河感觉更好。可以想象,天津的市民一定会为这里的美丽、和谐、文化和宜居而骄傲自豪。"这让王洪凤和游船公司职工的工作更加有成就感和荣誉感,干劲更足了。

为了做大做强海河观光旅游产业,使更多的中外友人能够更好地了解海河、欣赏海河的美景,2009 年,天津旅游集团整合海河旅游资源,成立了海河游船公司,乘着海河开发的东风,把海河观光游览打造成了天津的名片,树立起了海河观光游览"洋气、大气、灵气"的品牌形

旅游集团——海河游船

象。今年,旅游集团在原有"海河+渤海一日游"中加入空港工业游,让游客在观赏城市面貌的同时,亲临空港经济工业区遥控无人机,领略天津现代工业及滨海新区发展成果,形成"三游"联动新线路。

通过实施一批新建和改扩建项目建设、一批股权资本运作项目、一批涉足新行业、新领域的业务产品项目,天津旅游集团构建了经营、投资、资本运作三位一体、兼容并举的战略发展格局,打造了一批城市标志性的顶级项目和叫响海内外的"天津名片"式旅游品牌,形成了酒店、旅游、商业、养老地产、金融资本、文化创意、服务配套等业务板块和旅游、物贸、金融、养老四大支柱产业,加快了由单一型传统旅游集团向综合型现代服务业集团的转变,在本市旅游商贸行业中发挥了越来越重要的龙头带动作用。

(记者张璐,本文刊载于《天津日报》,2014年10月10日)

海河成天津城市名片
——"海河观光游"品牌辐射力不断提升

本报记者 张璐

《天津日报》刊发的《海河成天津城市名片》文章

"天物大宗"：
走在全国前列的供应链集成服务平台

"让生产制造业、流通业、服务业和金融业走向深度融合,这样艰巨的任务要交给一个电商平台来实现,我们做到了。"天津物产电子商务有限公司董事长高玉科日前在中国钢铁流通促进大会上发表"钢铁电商与供应链金融"主题演讲时这样说。

这个平台就是"天物大宗",本市首家世界 500 强企业——天津物产集团旗下的专业化供应链集成服务平台。

这家初创于 2012 年,起始名叫"中国大宗商城"的平台,在创办初始,天津物产集团就明确了一个方向:作为一个有着雄厚实力和传统渠道的大宗生产资料贸易商,要立足全产业的视角,在创新经营模式、实现转型提升的过程中, 让传统的销售方式转身成为脱胎换骨的 "升级版",开创一条适合大宗商品电子商务发展的新路径,用行动担负起大型国企服务社会、满足各行业需求的责任,全力撑起推动企业改革创新发展的大旗。基于这一方向,平台除了提供钢铁、煤炭、矿石、化工、有色金属、油品等多个品种的现货交易外,还与各大银行合作,推出在线融资、大额跨行支付结算等业务,将专业化、集成化、多功能、全方位的服务特点"一网打尽"。

"我们的平台是一个专业化水平极高的供应链集成服务平台,通过平台,既可以实现智能化的真实交易,使物流链条得以延伸,还能真正服务于实体经济,有效解决银行和上下游客户之间的衔接问题,实现客户需求的全覆盖。"高玉科说。

截至 2014 年 9 月底,"天物大宗"实现交易额 749 亿元,注册会员已达 12000 家,平台授信总额 300 亿元,合作银行 10 家,全国指定交割仓库 265 座。

目前,"天物大宗"是中国电子商务创新推进联盟副理事长单位,并先后获得国家电子商务集成创新试点工程、天津市电子商务示范企业、2014 年在线供应链金融创新奖等荣誉。

中国电子商务创新推进联盟秘书长徐经纬曾表示,"天物大宗"商业模式在其成熟度方面处于全国领先地位,代表了中国大宗商品电子商务的最高水平。

短短两年时间,"天物大宗"从初创成长为"领头羊",其间不可或缺的是天物人的开阔眼光。

2012 年初,天津物产成立电商工作小组,决定创建大宗商品电子商务平台时就意识到,未来的发展是"商业模式"的时代,要打造属于自己的核心竞争力,必须绕开竞争对手走差异化竞争路线,这种差异化体现在"天物大宗"电商平台上,就是要把"天物大宗"打造成一个互联网平台+物流+金融的跨界合作模式,这个模式可以通过提供金融服务使供应链各节点全部受益,有了这种"供应链金融"的独有优势,"天物大宗"才能在竞争激烈的电商平台中脱颖而出。

有了这样的思路,天物电商团队迅速招聘技术人才、建设网站平台,并与上游钢厂、金融机构全线展开战略谈判。2012 年 11 月,"天物大宗"正式上线亮相。仅仅一个月之后，平台就与华夏银行成功对接融资通系统，推出线上融资业务。

2013年，"天物大宗"不仅获得了招商银行 2.4 亿元授信额度，迎来了第一笔现货交易，还设立了第一家指定交割协议仓库，得到了华夏银行、招商银行、建设银行的第一批放款，钢厂专区功能正式启用。另外还通过了天津市电子商务重点项目评审，获得了专项资金支持等一系列措施保障。2013年4月，"天物大宗"与建设银行总行达成战略协议，授信额度达到120亿元。

今年，"天物大宗"升级了在线交易系统，建立了以供应链信用主体为基础的互联网现货交易模式，丰富了竞标模式；创建了"金融产品超市"，为客户提供更为全面、更为细致的金融服务，帮助解决客户融资环节多、融资成本高问题；建设大物流体系，在全国布局仓储网络并按照标准化的操作流程进行货物管理和监控。特别是"天物大宗"完整引入了供应链金融业务，打造可以使供应链各环节都能互利共赢的平台，使其在行业中的影响力和竞争力与日俱增，正朝着国内大宗商品电子商务领军企业的目标迈进。

（记者吴巧君，本文刊载于《天津日报》,2014 年 10 月 11 日）

肉联厂:做大做强津门"城市厨房"

优味肠、牛筋肉、猪皮堡……刚刚过去的国庆佳节,位于体北的迎宾连锁专卖店里,这些新近上市的熟肉制品受到了附近居民的热捧。

"国庆黄金周,我们二商集团肉类联合加工厂的迎宾生熟产品销售额达到了近千万元,是平时的 2 倍以上。"肉联厂副厂长柳春华向记者介绍。

像体北这样的迎宾专卖店、加盟店,全市有近 200 家,迎宾的生熟产品年销售额已达到 14 亿元。

肉联厂始建于 1953 年,原名华北区食品公司天津第二食品加工厂(简称"食品二厂"),1983 年 12 月更名为天津市肉类联合加工厂。肉联厂在计划经济时期保证了市民副食品供应,改革开放后,始终与时代同频共振,如今的肉联厂是全市唯一的国有大型肉类联合加工企业,年屠宰生猪能力 100 万头,年生产熟肉制品能力 15000 吨,迎宾品牌先后荣获"中华老字号""天津市名牌产品"、全国"最具影响力品牌"等称号。

迎宾牌肉制品的历史可以追溯到第二次世界大战之前。

柳厂长向记者介绍,当时天津租界地内居住着许多外国人,其中一些掌握西式肉制品生产技术的国际技师将生产技艺传给中国人。天津徐州道先农里 137 号就有一家俄国人开设的"天津肠子铺"香肠店,前店后厂,制作的俄式、德式、法式、意式香肠风味独特、工艺考究,迎宾牌肉制品创始人田振昌和第一代传人马金凯当年均在该店工作。

1951 年,田振昌与马金凯师徒二人共同出资创立"利生号肠子铺",专门从事肉制品火腿肠经营。"利生号肠子铺"公私合营后,1955年马金凯转入"同利号肠子铺",1958 年并入食品二厂,同时将原"利生号""同利号"肠子铺的产品工艺技术、配方及制作标准等一并带入厂子,并且为企业培养了第二代和第三代肉制品传人。

改革开放后,以马金凯为首的一批技术骨干解放思想、开拓创新,完成了肉制品生产制造传统工艺与现代技术的对接与结合,使产品的质量档次跃上一个新台阶。在老火腿肠的基础上,又研制出适合香港市场需要的玫瑰肠、三鲜肠等一批新产品,进一步打开了出口市场。20 世纪 90 年代中期,日本客商慕名而来与肉联厂合作开发日本市场,使肉联厂成为国内同行业中率先进入日本市场的厂家之一。

肉联厂与祖国同行,至今已走过 60 余年风雨历程。为进一步推进经济结构调整,适应市场需要,目前肉联厂正在实施新厂建设。这个被

市民参观天津肉联厂。图为参观熟食车间(新报郭晓莹配片)

称为"二商迎宾肉类食品深加工物流基地"的新厂建设项目是2013年全市第十批20项重点工业项目之一,项目位于西青区经济技术开发区,计划投资6亿余元,建成后预计可年屠宰生猪120万头、加工熟肉制品6.3万吨,冷冻冷藏能力将达15000吨,销售收入达到18.9亿元。新厂生猪屠宰将引进当前世界最先进的生猪屠宰技术——荷兰施托克屠宰生产线,产品全过程可追溯;猪肉冷却排酸工艺,采用三段式冷却工艺,提高产品质量;熟肉制品在工艺设计上注重"迎宾"百年传统工艺与现代科学技术的完美结合。

"'食品工业是道德工业',做大做强津门家喻户晓的'城市厨房',是我们肉联厂的新目标新追求。"柳厂长说。

(记者吴巧君,本文刊载于《天津日报》,2014年10月12日)

城建集团:依靠先进技术铺就发展康庄大道

　　午后暖阳,洒在桥面;横跨海河,平整顺畅。在位于天钢柳林地区的春意桥上,张金财和几个技术人员正在巡查,对钢桥面环氧沥青进行跟踪维保,仔细查看不放过任何开裂和坑槽。"在养护阶段,路面没有任何病害,环氧沥青的施工技术,已成为我们在竞争中的撒手锏。"

　　作为城建集团滨海路桥公司副总工程师,张金财已经与"铺路"打了27年交道,说起技术来如数家珍。他告诉记者,企业长期坚持"产学研用"一体化,掌握了环氧沥青技术,打破了国外长期垄断,填补了国内空白,2007年首次在天津海河富民桥上成功铺装了国产环氧沥青,天津城建集团钢桥面铺装技术达到了全国领先水平。

　　今年7月,滨海路桥承揽滨海新区东风大桥混凝土桥面环氧沥青摊铺任务,仅5个工作日便顺利完工,作为贯穿大港城区和南港工业区的交通要道,东风大桥为区域经济发展注入新活力。今年9月,滨海路桥承建的海河春意桥钢面环氧沥青铺装工程,经过11天紧密施工圆满完成,又一座由滨海路桥施工完成的环氧沥青桥梁屹立在海河之上。

　　通过掌握环氧沥青混凝土桥面铺装施工技术,滨海路桥公司已经成为该领域全国领跑者。仅在2013年,滨海路桥就承揽并完成包括春意桥、大港东风大桥等市内项目,以及江西九江长江大桥、四川泸赤长江大桥等项目在内的多个钢结构桥梁的桥面环氧沥青混凝土铺装任务,合计完成总摊铺面积达 7.34 万平方米,产值超过 1 亿元。

作为城建集团所属的 21 家子企业之一,上述滨海路桥公司的成功案例,只是天津城建集团实施"科技引领"发展战略的一个缩影。作为本市基础设施领域唯一一家大型国有企业集团,城建集团不断发挥品牌技术优势,创新创优取得了一系列重要成果。

多年来,城建集团秉承"建百年工程、为百姓造福"的企业宗旨,建设了一大批精品工程,集团以地方企业身份参与全国基础设施市场竞争,施工领域遍及全国七大区域 23 个省市自治区,"天津城建"的品牌已享誉全国。

截至目前,天津城建集团所属子企业共 21 家,其中以施工为主的

由城建集团承建的天津文化中心

107

11 家、融投资企业 2 家、三甲级设计院 1 家、重钢结构加工制造企业 1 家、顶升移位企业 1 家,五星级酒店 1 家;拥有一批核心技术,获鲁班奖 9 项、国优奖 20 项、中国市政金杯奖 40 项。

数字正是最好的证明。2013 年,城建集团积极应对建设市场深刻变革带来的各种挑战,实现营业收入 132 亿元,新增合同 145 亿元,在手任务达到 348 亿元,完成了各项经济指标和工作目标,整体经营水平、运作能力实现较大提升。

对此,城建集团党委书记朱玉峰表示,这既是去年"转变发展方式"的重要成果,也为今年"抢抓市场机遇"提供了重要支撑;今年以来,城建集团"以抢抓市场机遇、加快转型升级"为主线,以提升发展质量和经济效益为重点,积极推进市场拓展创新、商业模式创新、资本管理创新,在新的起点推动企业持续健康发展。

组建 11 年来,天津城建集团已成为一家以路桥施工为主,集基础设施投资建设、设计咨询、房地产开发、高端酒店服务为一体的大型企业集团,连续 10 年跻身全国 500 强、全国建筑业 30 强、天津 100 强企业。

如今,以"建设布局全国、跨区域经营的企业集团"为目标,天津城建集团正走在飞速发展的康庄大道上……

(记者李家宇,本文刊载于《天津日报》,2014 年 10 月 13 日)

天津市建筑材料科学研究院：

创新驱动　华丽转身　老院所迸发新活力

　　14年前，它只是一个"旱涝保收"的事业单位；14年后，它已在市场经济的大潮中勇立潮头，作为本市唯一从事建筑材料研发和产业化应用的专业科研机构，天津建材集团所属的天津市建筑材料科学研究院（简称"建材院"），真正腾飞的起点源于2000年的"改制"，通过艰苦奋斗、勇于开拓，建材院从中小型科研机构逐步发展成为行业的领军者，完成了市场化的华丽转身，使这家到本月19日即满"50周岁"的老院所迸发了新活力。

　　回顾2000年那个新世纪的起点，一股改革浪潮扑面而来，天津市72家科研院所由原来吃"皇粮"的事业单位，转变为自负盈亏的科技型企业，建材院正是这"七十二分之一"。"转制"意味着财政拨款的彻底"断奶"，同时意味着在激烈的市场竞争中要"自己找饭吃"。

　　回忆起当年"二次创业"的艰辛，建材院党委书记、院长刘凤东拿出了老照片，那时，正值八里台立交桥施工，当时的建筑材料被国外垄断，建材院的研究人员拿出了自己研发的国货到现场实验，用实例证明了国产材料的优异表现。他给记者算了一笔账，仅混凝土加固材料这一项就给国家节省了500万元人民币。

从研究员到销售员,摸着石头过河的建材院也找到了方向。"咱们的优势是科研,而走向市场的纽带就是科技成果产业化。"刘凤东告诉记者,虽然说起来只是一句话,但却是一项艰苦漫长的工作。14 年来,在所有科研人员共同努力下,"澳克"牌干混砂浆系列产品等新型建材、"科垣"牌可再分散乳胶粉等精细化学建材产品,现在已经成为业界响当当的拳头产品。

数字就是最好的证明。2013 年,建材院全院工业总产值达到 9000 万元,营业收入 1.3 亿元,实现利润 1600 多万元,资产总额较五年前增加 4 倍以上。当然,荣誉也接踵而至,建材院先后获得全国建筑建材系统先进集体、机冶建材系统创新工作室、全国总工会科研先锋号等多项荣誉称号,品牌的影响力与日俱增。

在研发中心,技术人员为记者展示了粉状树脂的样品,他告诉记者,建材院从 1996 年开始自主研发粉状树脂,到了 2006 年年产达到了 4000 吨,形成产业化,打破了进口产品在天津的垄断地位。刘凤东表示,"生产做大规模,检测做强基础,研发提供引擎,这些让建材院越走越稳、越走越快。"

如此华丽转身的秘诀是什么?天津市建材集团董事长、党委书记胡景山一语中的:"坚持科研、勇于创新、面向市场,融入天津经济发展,让科技成果产业化更好地惠及民生、为百姓造福,这不仅让建材院经受住了市场经济的洗礼,更实现了自身的发展壮大。"

发展无止境,前进不停歇。2013 年,天津建材集团"企业博士后工作站"课题实践单位落户建材院研发中心,以此为契机,建材院围绕"科技兴企,人才兴院"发展战略,加快科技创新步伐,科研院累计完成市级以上科研项目 139 项,专利 32 项,获国家级、部级、市级奖励的科研成果 48 项,已投产应用的 60 项。

百舸争流千帆竞,乘风破浪正远航。在这个科技发展日新月异的时代,建材院本着"厚德、博爱、笃学、创新"的企业理念,扬科技兴企之帆,争当行业领头羊,厚积薄发,赢定未来!

(记者李家宇,见习记者马晓冬,本文刊载于《天津日报》,2014 年 10 月 14 日)

《天津日报》刊发的《天津市建筑材料研究院 创新驱动 华丽转身 老院所迸发新活力》

小馒头里的大民生

——记天津市粮油集团有限公司利达主食大厨房

每天早上一过 6 点，位于河西区平山道附近卫星里居民楼群里的利达馒头销售点就开门营业了。

"这里卖的可是正宗的利达馒头，让人放心。"购买了三个全麦馒头、三个麦麸馒头的高大娘告诉记者，而居住在卫星里的李大哥则称，要是下午来买，稍晚一步，这里的馒头就卖没了。

深受百姓信任与喜爱的利达馒头就是通过这样普普通通的销售网点摆上千家万户的餐桌。

"我们在全市大小超市、封闭市场和居民社区内开设的利达馒头销售店(点)已达 1000 多家，每天销售馒头由最初的 30 万个提升到了现在的 200 万个。"天津市粮油集团有限公司相关负责人告诉记者。

把小馒头做成惠民生的大产业，是这些年来粮油集团一直努力追求的头等大事。

1998 年，面对本市主食馒头市场鱼龙混杂、个体作坊占据 90%的馒头生产、卫生质量得不到保证的情况，粮油集团担负起国企的社会责任，挺身而出，组建了国内第一个机械化主食加工车间——利达主食大厨房。

食品安全无小事，自利达主食大厨房组建伊始，粮油集团始终牢记"关爱民生，绿色安全，诚信生产，质量第一"的经营理念，着力加强食品安全体系建设。

在利达主食大厨房，生产所需原料全部采用公司自产的"利达牌"馒头专用粉，并全面推行标准化管理，建立了以工序流程为重点的质量标准、卫生标准、工艺流程标准、员工操作标准等一系列规章制度，实施质量"六把关"制度和"九大节点"品控，实现了从田间到餐桌的全程质量监控。

2011年，粮油集团更是引进国内最先进的"醒蒸"智能化和成品包装自动化生产线、旋转式回凉和净化、冷暖设备，实现了从面粉封闭散运到上料、加水、和面、切团、成型、醒发、蒸制、回凉等生产全过程自动化控制，最大程度地减少了人为接触污染。职工进入生产作业区要经过风淋室和两道消毒杀菌环节，操作车间内达到食品净化十万级洁净标准。

目前，利达主食大厨房已成为全国最大的馒头加工生产供应基地，先后被国家财政部和商务部列为"全国主食加工配送中心试点单位"，被国家粮食局认定为"全国主食加工业示范企业"。

历经16年发展，利达主食大厨房生产线已由1条增加到22条，主食产品由初期单一的馒

利达馒头深受群众欢迎

国脉 天津国企故事
TIANJIN GUOQI GUSHI

2 | 要闻

2014年10月15日 星期三 责任编辑/张岩 TIANJINDAILY 天津日报

坚决支持特区政府依法施政

人民日报评论员

新华社北京10月14日电

警方将移除旺角非法障碍物

已恢复通车道路加派人手防止再设路障

梁振英：会据实际情况致力全面恢复交通

国际华社香港10月14日电

张晓明："占中"是严重社会政治事件，中央非常关注

最好办法就是尽快结束"占中"

国际华社北京10月14日电

振兴发展京剧艺术 弘扬中华优秀文化

"和平杯"中国京剧票友邀请赛落幕

本报讯

坚持不懈持之以恒深化作风建设

本报讯

本市两名外国专家荣获国家"友谊奖"

本报讯

OCT 2014天津欢乐谷
F3圣欢乐节
同程旅游网
10月10日—11月16日
六大情境鬼屋 等你来挑战
客股电话：022-8497 7666

坚定信心创新思路 推动投资工作再上新水平

（上接第1版）

特续用力狠抓整改落实 深入推进服务群众联系社区工作

（上接第1版）

树为民新风 让群众"点赞"

（上接第1版）

纪念新中国成立65周年
讲国企故事 看国资发展

小馒头里的大民生

——记天津市粮油集团有限公司利达主食大厨房

本报记者 吴丹胜

《天津日报》刊发的《小馒头里的大民生》

头发展为豆沙包、枣卷、糖三角和杂粮粗粮食品等十几个规格品种。

"今年我们又研制出了营养健康的麦麸馒头,以熟化麸皮为原料的麦麸馒头投放市场后,受到消费者喜爱,日销量达到 5000 多个,成为单品销量涨幅最大的品种。"

粮油集团为让市民百姓吃得更放心、更营养,投资 7300 万元引进国际一流的小麦精深加工处理技术和设备,建成被列入国家星火计划的"小麦精深加工项目",生产出新品——熟化麸皮馒头。

"小麦精深加工项目主要生产熟化面粉、熟化麸皮、小麦蛋白粉、小麦胚芽油等高精深产品,产品各项指标处于国内领先水平,具有广阔的市场前景。"

利达放心馒头得到了百姓欢迎,利达主食大厨房也赢得了一系列荣誉——先后被评为全国工人先锋号、全国巾帼文明示范岗、全国三八红旗集体、全国放心粮油工程突出贡献奖、天津市模范集体等荣誉称号,并被市委、市政府命名为"天津市爱国主义教育基地"。

目前,粮油集团"放心馒头"生产供应体系建设还在继续加快推进。到 2016 年,位于临港经济区的利达粮油加工基地内还将建成一座崭新的利达主食大厨房,届时本市利达放心馒头生产规模将达到年产10 亿个。

(记者吴巧君,本文刊载于《天津日报》,2014 年 10 月 15 日)

与钢花共舞的炼钢工人

——记天津天铁冶金集团有限公司炼钢厂转炉炉长何健

与火焰为伴,与钢花共舞,十载时光,炼就天津市"杰出最美青工"、天津市青年岗位能手、"五一劳动奖章"获得者——天铁集团炼钢厂转炉炉长何健。

瘦高个,长形脸,有一双专注而锐利的眼睛,今年33岁的何健2004年7月毕业于辽宁科技大学冶金工程专业。

毕业进入天铁后,何健被分到了炼钢厂,成为一名普通的炉前工。时值盛夏,炉前工作又脏又热,一千多度的钢水发出的高温炙烤着何健,也烤碎了何健原先对炼钢的憧憬。

"别人吃得了的苦,我为什么吃不得?"好强的何健把失落情绪掩埋,跟着师傅们从一点一滴的小事做起。当一炉炉通红的钢水从转炉中流出,被顺畅地送往下一道工序,何健年轻的心慢慢滋长出一点点成就感,当初失落的情绪被火红的钢水慢慢融化。

要做就做一流的炼钢工人,敏锐而好学的何健在工作中不断积累,铁水成分、温度、需要加多少废钢冷料等情况都提前主动了解,熟练掌握各种钢种工艺参数。下班后,何健刻苦研读业务书籍,钻研业务知识,及时了解专业的前沿动态。

由于干活时舍得出力,不出半年,何健就"进步"了,从炉前工变成了合金工。这是一个充满技术含量的岗位,在炉火熊熊的炼钢转炉平台上,料斗高高举起,哗哗声响之中雾气升腾,此时合金工需要把合金准确地倒入炉内。何健对每一炉合金的配加都非常谨慎,反复核算,化验成分出来赶紧总结规律,力求把成分配到最佳比例。炉长在多次检查合金配加情况时发现,何健每次配加都十分准确,从无差错。

由于在车间的出色表现,2007 年,在历经炉前工、合金工、氧枪工锻炼后,何健走上了转炉炉长的岗位,并多次荣获天铁公司先进工作者,2013 年,摘得天铁首届职工技能大赛炼钢工第一名。

在转炉炉长的岗位上,何健带领员工竭尽全力提高产量、促进研发。他集中精力解决了转炉挡渣命中、科学消化氧化铁皮、合理改良氧枪、提高辅料配加率等 40 多项技术难题,提出了一整套工艺创新方法,车间里一度达到 1075 千克/吨的钢铁料消耗也随之降低到 1063 千克/吨,仅此一项,月降低生产成本就可达 552 万元。

技术过硬的何健从不保守,而是仔细地将自己的技术传授给班组职工,何健的班组凝聚力和技术素质得到了明显提升,工艺指标在四个班组中一直保持领先水平。

2013 年 9 月份,在天津市总工会、共青团天津市委联合举办的以"岗位技能促振兴,青春建功中国梦"为主题的"寻找最美青工"活动中,何健从数百名候选者中脱颖而出,荣膺 12 名"杰出最美青工"之一。

(记者吴巧君,本文刊载于《天津日报》,10 月 16 日)

金牌董秘眼中的中环股份

2014 年 9 月 18 日,天津中环半导体股份有限公司副总经理、董事会秘书安艳清荣获"2013 中国中小板上市公司百佳董秘"称号,这是安艳清继 2013 年获得"第九届新财富金牌董秘"称号和 2012 年获得第八届中国证券市场年会"金笛奖"后,第三次获得最佳董秘殊荣。

安艳清屡获"最佳董秘"殊荣,不仅是对她个人的专业水准与工作业绩的认可,也表明中环股份以规范治理、健康发展树立了良好的市场形象,获得投资者的高度认同和市场的充分肯定。

中环股份的前身是 1969 年成立的天津市第三半导体器件厂,45 年间,第三半导体器件厂先后通过重新组建、股份制改革,2004 年变更为天津中环半导体股份有限公司。2007 年,中环股份成功登陆深圳证券交易所中小企业板,成为我市第一家在中小板上市的企业。

7 年来,中环股份通过不断的资本市场融资和利用新产品新技术的快速投资及产业化,抢抓市场机遇,实现了快速发展——2013 年公司销售收入超过 37 亿元,相比上市前增长了近 6 倍;净资产达到 35 亿元,相比上市前增长了近 8 倍;目前市值已超过 200 亿元。

"我们中环股份人要把企业打造成'百年老店'。"安艳清告诉记者。

为着"百年老店"的理想,中环股份坚持差异化的经营理念,不断进行技术创新。目前中环股份旗下拥有 5 家高新技术企业、1 家国家火炬计划重点高新技术企业、4 个省部级研发中心,拥有数百项专有技术,拥有授权专利 104 项。

为着"百年老店"的理想,中环股份迎难而上,面对 2008 年金融危机后半导体材料行业市场的持续低迷,发挥自身独特的产业链优势,完成两次转型升级——第一次从"硅堆、硅材料和 6 英寸线产品"转型为"光伏新能源产业、半导体材料产业和节能型半导体器件产业",第二次再转型为"半导体硅材料产业、太阳能级硅材料产业和光伏电站建设和运营"的"2+1"产业格局。

在半导体硅材料产业方面,中环股份利用自身直拉区熔(CFZ)晶体生长专利技术成功研发了"适用于太阳能单晶的新型直拉区熔法单晶(CFZ

中环电子生产线

单晶)硅片",该新产品能将太阳能电池的转换效率提高至 24%~26%,将成为下一代高效低衰减光伏电池的基础材料。其下属环欧公司 2012 年承担了国家科技重大专项——极大规模集成电路制造装备及成套工艺之集成电路制造关键材料项目,建成了国内第一条 8 英寸区熔单晶硅—硅抛光片的生产线,满足我国以绝缘栅双极型晶体管(IGBT)为代表的节能型电力电子器件原料的紧迫需求,解决了我国集成电路用区熔原材料的技术瓶颈,打破了国外公司对 8 英寸区熔硅单晶市场的垄

《天津日报》刊发《中环人的中环梦》

断和 IGBT 基材完全依赖进口的局面，为我国在节能型半导体技术应用如特高压输电、新能源汽车、高铁等方面取得战略支撑。

在太阳能级硅材料方面，其在内蒙古投资成立的内蒙古中环光伏材料有限公司的整体产销规模目前已达到 1.8 千兆瓦/年，成为全球最大的高效太阳能电池用单晶硅制造企业。

在光伏电站建设和运营方面，中环股份 2012 年开始和美国 SunPower 公司等合作伙伴联合在内蒙古、四川等地开展光伏电站开发项目。

前路漫漫，任重而道远。

"我们中环人有一个中环梦，就是要让中环走在世界的前列，为着这个梦想，我们中环人会不断努力。"安艳清说。

（记者吴巧君，本文刊载于《天津日报》，2014 年 10 月 17 日）

金星义聚永：世界名酒的前世今生

　　天津建城，依河而兴，因商而起，漫漫历史长河中绵延着丰厚的酒文化。"先有大直沽后有天津卫"，上溯至建城前一百多年的元代，大直沽烧锅已经在一片桨声桅影、漕运繁忙中应运而生，至明清时期逐渐繁荣。清中叶以后，大直沽酒业日益兴盛，烧锅林立。孕育了义聚永玫瑰露酒、五加皮酒、高粱酒的大直沽，也因此成为"人马过直沽，酒闻十里香"的北方酒业中心和蜚声中外的名酒之乡。

　　义聚永烧锅历史悠久，"义聚永"名号寓意深长，表明做生意讲求的是个"义"字，有了"义"才能"聚"拢商家，才能使生意"永"远兴隆。由于酒坊酿酒技术超群，口味独特，香气醇正，很快得到酒商和老百姓的认可。

　　在市场开发与定位上，义聚永从一开始就瞄准了国内、国外两个市场，特别是刘桂森接任义聚永经理后，并没有安于看家守业，而是用一种崭新的理念去经营。1923 年，义聚永在国内开始加贴"金星"牌商标，1927 年率先在南洋注册，并通过香港转口印尼、马来西亚等南洋市场，赢得了华侨、华裔的普遍欢迎；1931 年又在香港进行了注册，并转口到世界各地，那些高眉深目的洋人被从土陶罐中散发出的奇异酒香所折服,"金星"牌系列酒逐渐成为享誉世界的著名品牌,奠定了现今天津酿酒业进军海外的基本格局。虽经历了八国联军铁蹄的践踏,"三帮"商人的操纵压制,国运多舛中的天灾人祸,作为共赴国难的民族品牌,义聚永在重重打击下依然一次次奋然崛起,并先后三次参加世界博览会,作为国货精品亮相于世:1915年,义聚永代表直隶参加巴拿马博览会并获得金质大奖;1934年义聚永作为天津唯一的酒商先后参加"首都国货展"和"芝加哥博览会";1954年又参加了德国举办的莱比锡博览会。"金星"牌商标成为代表民族声誉的知名品牌并沿用至今。

　　1956年实行公私合营后,义聚永、同聚永等十家大直沽私营酒厂合并到中国食品出口公司天津分公司, 即天津食品进出口股份有限公司前身。此后,义聚永又走过了半个多世纪专供出口的辉煌历程。公司以义聚永"金星""金花"和"金钟"等商标字号为龙头,整合资源,在保留原有独特风格的同时,引进先进设备,兴建现代化工厂,从传统作坊式的生产走上了传统工艺与现代化生产相结合的工业化道路。经过几代人的共同努力,公司的酒类产品发展至白酒、露酒二十多个品种、上百个规格。义聚永由最初酿酒烧锅一百余吨、几十万美元的出口量,发展至目前的三千多吨,创汇近两千万美元,居国内烈性酒出口之冠。1985年,金星牌玫瑰露酒再获殊荣,夺得法国国际美食与旅游委员会颁发的"金质桂冠"奖、西班牙第四届国际饮料酒类质量评比会金奖;1986年又获法国巴黎第十二届国际美食博览会金奖。

　　然而,有着深厚文化底蕴的"津沽三宝"——玫瑰露酒、五加皮酒、高粮酒,在国内却鲜为人知。2006年"金星牌"被评为中华老字号后,公司决定让这一誉满海外的中华老字号盛世回家,并制定了"以文化塑品牌,以品牌打市场"的滚动式发展战略。公司积极挖掘义聚永的历史文

■ 本报记者 门心洁

金星义聚永：

世界名酒的前世今生

【纪念新中国成立65周年】

讲国企故事
看国资发展

天津建城，依河而兴，因商而起，漫漫历史长河中绵延着丰厚的酒文化。"先有大直沽后有天津卫"，上溯至建城前100多年的元代，大直沽烧锅已经在一片桨声桅影、漕运繁忙中运而生。至明清时期逐渐繁荣，清中叶以后，大直沽酒业日益兴盛，烧锅林立。孕育了义聚永"玫瑰露、五加皮酒"的大直沽，也因此成为"人马过直沽，酒闻十里香"的北方酒业中心和誉传中外的名酒之乡。

义聚永烧锅历史悠久，当初之所以取"义聚永"为字号寓意深长，是表明做生意讲求的是个"义"字，有了"义"才能"聚"拢商家，才能使生意"永"远兴隆。由于酒坊酿酒技术超群，口味醇正，香气醇正，很快得到酒商和老百姓的认可。

在市场开发与定位上，义聚永从一开始就瞄准了国内、国外两个市场，特别是刘桂森接任义聚永经理后，并没有安于看家守业，而是用一种崭新的理念去经营。1923年在国内开始注贴"金星"牌商标；1927年率先在南洋注册，并通过香港地区转口印尼、马来西亚等南洋市场，赢得了华侨、华裔的普遍欢迎；1931年又在在香港进行了注

册，并转口到世界各地，那些高鼻深目的洋人被从土陶罐中散发出的奇异酒香所折服。"金星"牌系列酒逐渐成为享誉世界的著名品牌，奠定了现今天津酿酒业进军海外的基本格局。虽经历了八国联军铁蹄下的战略劫掠，"三帮"商人的操纵压制，国运多舛中的天灾人祸，作为共赴国难的民族品牌，义聚永在重重打击下依然一次次愤怒崛起。并先后三次参加世界博览会，作为国货精品惊相于世：1915年，义聚永代表商家参加巴拿马博览会并获得金质大奖；1934年义聚永作为天津唯一的酒商先后参加"首都国货展"和"芝加哥博览会"；1954年又参加了德国举办的莱比锡博览会。"金星"牌酒旅成为

代表民族声誉的知名品牌并沿用至今。

1956年实行公私合营后，义聚永、同聚永等十家大直沽私营酒厂合并到中国食品出口公司天津分公司，即天津食品进出口股份有限公司前身。此后，义聚永又走过了半个多世纪专供出口的辉煌历程。公司以义聚永"金星"、"金花"和"金钟"等商标字号为龙头，整合资源，在保留原有独特风格的同时，引进先进设备，兴建现代化工厂，从传统作坊式的生产走上了传统工艺与现代化生产相结合的工业化道路，经过几代人的共同努力，公司的酒类产品发展到白酒、露酒20多个品种、上百个规格，义聚永由最初酿酒烧锅100余吨，几十万美元的出口量，发展至目前的3000多吨，创汇近2000万

《天津日报》刊发《金星义聚永：世界名酒的前世今生》

化资源，大力弘扬中华老字号，顾客可以实地观看传统名酒独特的生产工艺过程，更可以现场品尝到独具风格的义聚永美酒，了解其相关的历史秘闻和传奇故事。同时，金星义聚永高粱酒、五加皮酒、玫瑰露酒于2007年5月正式在天津的各大酒店、超市上市，并以惊人的销售速度在全国多个省市的市场推进，"金星牌"也作为"中国驰名商标"，成为国内成长速度最快的品牌之一。

2010年，义聚永在时隔半个多世纪之后重返世博舞台，在上海世博会中再次获得了人们广泛的关注和赞誉。"七百年薪火传递，两百年海外飘香"，历史的浮尘，掩不住义聚永的历久弥香，在中国和世界的酒业之林中，它必将焕发出越来越夺目的光彩。

（记者门心洁，本文刊载于《天津日报》，2014年10月18日）

天津纺织:建成中国北方高端纺织制造中心

秋阳高照，坐落在空港物流加工区的天津纺织博物馆迎来了一批特殊客人。

这些客人是为天津纺织业作过特殊贡献的历届劳动模范，年龄最大的龚文林老人今年已80岁。来自东亚毛纺厂的老劳模杨学荣长时间停留在东亚独立展区，久久不肯离去——为着自己曾亲历过的东亚毛纺厂和抵羊品牌的辉煌，为着今天天津纺织的新成就。

有过"上青天"美誉的天津纺织在近十年的发展进程中，历经艰辛坎坷，从扭转长期亏损的被动局面，到实现脱胎换骨的改造，再到实施转型升级战略，整体竞争实力显著提升。从2005年到2014年,9次进入全国500强，最高排名279名;2013年,年销售收入238亿元,进出口额14亿美元,实现利润1亿元,分别是2004年的2.7倍、2.8倍和1.5倍。今年前9个月,同比分别增长40.24%、15.67%和51%。

天津纺织集团(控股)有限公司总经理卞镇向记者介绍,2003年,天津纺织借助天津工业东移的历史机遇,投资50亿元实现了整体东移改造,2009年位于空港经济区的高新纺织工业园建成投产,有效推进了产业升级。

这块占地面积 1.4 平方公里，建筑面积 120 万平方米的高新纺织工业园区具有先进的装备水平、雄厚的研发实力、集约的产业效应、紧密的产品链接、现代化管理服务等五大核心优势，形成了纺纱、织布、印染、整理、服装的自然产业链，可年产棉纱 2 万吨，棉布 1.4 亿米，印染花色布 1 亿米，色织布 2200 万米，装饰布 1600 万米，毛线 1600 吨，毛精纺面料 240 万米，服装 1051 万件，大大提升了自身的核心竞争力。

纺织生产线

在实施新一轮国企改革中，天津纺织针对发展进程中的种种不利因素，深入实施以"整顿、调整、规范、提升"为主要内容的"八字方针"，制定并实施了《天津纺织三年转型发展战略规划》。

经过三年努力，天津纺织将力争在做精做强做优制造业、做大进出口贸易、发展内贸和物流业、拓展其他业态等"四个经济层面"上取得实质性突破，建成中国北方纺织高端技术、高端产品的研发中心、制造中心、检测中心；

　　将借助已有优势，在香港、上海自贸区及天津建立3至4个规模大、实力强、效益高的国际化贸易经营公司，使之成为支撑天津纺织集团经济发展的重要支柱；

　　将延伸产业链，形成1至2个贸易与物流融为一体、业务全、规模大、实力强、效益高、在全国具有较高知名度的现代内贸物流公司；

　　将整合资源，加大资产资金资本运作力度，以盘活资产存量引入增量资产，在科研检测、宾馆楼宇、文化创意、品牌特卖、金融债券、房地产、养老等产业及合资合作项目上培育出集团新的效益增长点。

　　天津纺织的目标是三年时间内要让经营规模和效益翻一番，全面构建"四、四、一、一"产业格局(进出口贸易营业收入占40%，内贸物流营业收入占40%，其他业态营业收入占10%；纺织制造业营业收入占10%)和"五、二、二、一"效益格局(进出口贸易经济效益占全系统利润总额的50%，内贸和物流业经济效益占全系统利润总额的20%，其他业态经济效益占全系统利润总额的20%；纺织制造业经济效益占全系统利润总额的10%)。

　　走过百年发展历程，经历长达十余年的凤凰涅槃的重生、战略布局的调整和脱胎换骨的改造后，天津纺织正走在实施战略转型，努力打造现代都市产业新格局的征程上。

　　(记者吴巧君，本文刊载于《天津日报》，2014年10月19日)

"泰达"——天津一张靓丽的名片

远在万里之外的红海之滨，一座集厂房、商业、住宿、休闲于一体的现代化工业园区掩映在红花绿树之间，如海市蜃楼般伫立于荒凉的戈壁滩上。慕名来此的投资者直到亲身走进园区，才相信这一切的真实。"TEDA是什么意思？"一位前来考察的投资商指着服务中心门前飘扬的司旗向园区工作人员询问。几乎每一位来访的投资商都会问同样的问题。"这是我们公司的字号和商标——泰达！"每一次的回答都饱含着那种发自内心的自豪感。

能让员工为之骄傲，能让荒滩变为绿洲，能让理想变成现实，泰达控股正是一家这样的公司。

时光倒回到1984年，邓小平在距离天津城区46公里的一片盐碱滩上，挥毫写下"开发区大有希望"七个大字，同年，泰达控股作为天津开发区的建设载体应时而生。从土地整备到能源保障，从基础设施建设到合作共赢吸引外资，泰达控股亲身参与并见证了天津开发区连续十六年全国开发区综合评比第一名的神话。

说到创造神话，其实恰恰是泰达控股的专长。建区伊始，招商引资是开发区的头等大事，除了优惠的政策与周到的服务以外，优美的投资

泰达——为天津打造靓丽的人居环境

环境也是不可或缺的条件。于是如何让开发区尽快地绿起来,成为摆在泰达控股早期开创者面前一道近乎无解的难题,因为在他们脚下,不是松软的泥土,而是一片片寸草不生的盐池。"要想花儿在这样的土地上盛开,除非是上帝亲自来栽培。"国外专家实地考察后无奈地说。泰达人没有奢望上帝的眷顾,他们选择自己来做上帝。泰达控股所属绿化公司的年轻人睡在荒滩上,吃在盐池边,取样化验,选种试栽,终于研发出一整套盐碱地绿化方案,自主专利 30 余项。如今的开发区花红柳绿,浓荫洒地,又有谁会将这片生机盎然的热土与那个不毛之地联系起来呢?

伴随着改革开放 30 年,如今已入而立之年的泰达控股,已经是资产规模愈 2200 亿元,销售收入 800 多亿元,主营业务涉及区域开发房地产、公用事业、制造业、金融与现代服务业五大领域,所属公司数百家的大型国有投资集团。或许"泰达控股"四个字对一些天津市民来说还有些许陌生,但当你漫步在格调系列小区的林荫小径上,当你坐在津滨轻轨的车厢内,当你浏览梅江会展中心精品博览会,当你流连于三岔河口的津门故里,当你站在滨海航母甲板上凭栏远眺,当你坐在渤海银行的贵宾室听取为你量身定制的理财方案,当你走进泰达大球场为泰达队呐喊助威……泰达控股就在你的身边。

今天,泰达控股正在将"泰达"这一天津自创的品牌,推向全国,推向世界。2000 年,泰达控股代表国家和天津市承担援建任务,在埃及建设苏伊士经贸合作区,园区一期现已全部建成,并取得了较好的经营成果,得到中联办、外交部、商务部的高度评价,成为我国援非 6 个国家级合作区中业绩最好的园区,于是就有了故事开头的一幕。

30 年的心路历程,有成绩也有不足,有经验也有教训,身处新一轮国企改革的浪潮之中,泰达控股面临着新的机遇与挑战。迎难而上,改革创新,才能开创一片广阔的发展空间;故步自封,停滞不前,只会在日益激烈的市场竞争中被淘汰。继 2011、2012、2013 年开展"基础管理年""创新整合年""效益提升年"之后,泰达控股将 2014 年确定为"改革发展年",旨在进一步倡导以改革为动力,以经营效益、防范风险为核心的理念,进而做实、做强、做大,成为品牌优、效益好、影响力大的集团公司,让"泰达"品牌成为天津一张靓丽的城市名片。

(记者岳付玉,本文刊载于《天津日报》,2014 年 10 月 20 日)

让百姓吃着放心的立达山海关豆制品

　　"宁可十日无肉,不可一日无豆。"大豆的蛋白质含量高达 36%,雄居各类常用食品之首,而且不含胆固醇,号称"绿色乳汁""植物蛋白之王"。随着医学发展和人们健康意识的增强,豆制品被越来越多的人钟爱。那么,如何保证豆制品的品质,让百姓吃着放心呢?

　　在西青区辛口镇工业园区,山海关豆制品有限公司的牌子旁边挂着我市食品协会颁发的"食品安全示范企业"的牌匾。"这是天津唯一的豆制品企业荣获的殊荣。"公司负责人指着牌匾骄傲地告诉记者。

　　在高大、宽敞的生产车间,一排排现代化的生产设备竖立在眼前。从入料到出产品全部实现了自动化,减少了人为因素,确保了产品的质量和食品的安全。

　　当年,立达集团引进日资,从日本全套引进了先进的生产设备,采用先进的熟浆生产工艺,有效提高了蛋白质提取率,并剔除脂肪氧化酶,采用高温骤冷灭菌保鲜技术,做到在不破坏豆浆原有营养成分的基础上,充分保证豆浆特有的口味。作为全市首家推出内酯盒豆腐的生产企业,立达山海关在包装、保鲜、口味等方面开创了盒装豆腐的先河。

　　2010 年,企业吸收了日本工艺设备优点,结合自身生产和市场实际,对生产豆腐和豆浆的两大生产线开展技术升级,突出能耗低、通用性强等特点,在工艺上作了重大改进,产品口味更加醇香,营养吸收率更高。

立达山海关始终坚持使用优质非转基因大豆,只提取第一道原汁,浓缩大豆营养精华。为确保品质,从农田到餐桌全程管控,从建设东北供货基地开始,对原料进行质量把控。

豆制品高蛋白,极易腐败。为了提供优质的健康产品,他们向社会承诺,"山海关"豆制品决不添加防腐剂。多年来,国家多次抽检,他们的产品都是项项合格。在最近一次国家技术监督总局对天津市场出售的"山海关"豆浆进行的检验中,其蛋白质含量、菌群及防腐剂等添加剂共11项指标全部检验合格,有的指标还大幅度高于国家规定标准。有同行私下把市场上的"山海关"产品拿去检验,结果没有验出防腐剂,事后打来电话对他们表示信服。曾经有一位顾客说:"你们不加防腐剂的做法太僵化了,我也是搞食品的,只要不违反国家的添加标准,加一点可以少好多麻烦!"他们回答:"只要我们承诺的,宁可麻烦也要坚守,这不

《天津日报》刊发《立达山海关:让百姓吃放心的豆制品》

131

是一袋豆浆的问题,而是企业的诚信问题。"

豆制品掺点假,可以很容易地提高产量。很多小作坊在豆浆、豆腐、豆皮等产品中做手脚,已成为市场上公开的秘密。立达山海关不屑于这种做法。多年来山海关把产品的浓度、包装、重量等作为生产标准,严格技术操作,决不以牺牲产品品质换取市场。因此"山海关"品牌已经获得了消费者的普遍认同,连续 10 年被评为"消费者信得过产品"。

为了改进服务、适应市场需求,公司与本市一些递送系统合作,实现了为顾客递送到户,365 天风雨不误,受到了广泛欢迎。

依靠科技创新,大力培育新产品、拓展新业态,走创新驱动和内生增长之路,是公司转型升级的核心战略。负责科研的副总经理介绍说:"今后,传统产品只占品种的 20%,其余 80% 是受老百姓欢迎的新产品。"目前,公司正在积极与国内外科研院所和院校合作,共同研制开发植物酸奶、果蔬饮料、谷物饮料、膳食纤维食品等项目。

心怀天下,志存高远。公司表示将一如既往地为人民群众奉献出放心的豆制品,永做我市食品工业企业中的佼佼者。

(记者门心洁,本文刊载于《天津日报》,2014 年 10 月 21 日)

"四源"布局助力美丽天津建设

10月中旬,凉气渐重,今冬供热季即将开始。

10月1日,天碱供热替代工程现场一片欢腾,近22公里的新建管网在穿越20余处难点后,全线贯通!疲惫却充满欣慰的笑容荡漾在每位参建者的脸庞上。近两个月的白天和黑夜,承担建设任务的能源集团滨海热电公司的干部职工忘我地投入到工程建设中。每天伴随晨曦的来临,他们有的从现场工程车里钻出来,有的从临时租住的住房里匆忙赶来,有的则直接从工程现场赶往各协调单位……为确保原天碱区域内4万户居民今冬按时供热,工程现场成了他们的常驻地,家对他们来说却成了临时的客栈、换洗衣服的地方。

能源集团工程人员介绍,为提升城市面貌,打造美丽天津、美丽滨海,原天津碱厂自备电厂的拆除迫在眉睫,为解决塘沽老城区4万户居民温暖过冬问题,经过紧张的前期筹备,8月22日,天碱供热替代工程全线动工。工程建成后,将对原天碱区域超过400万平方米进行供热,并承担新区保障房民生项目东一区的供热任务。

天碱供热替代工程折射出能源集团提高能源保障能力的整体实力,他们加快实施了中心城区四大主力热网联网工程和滨海新区核心区热电联产供热管网并网、联网及旧管网改造;实现了滨海新区中部新城、蓟县城区等供热区负荷开放;正积极推进煤炭清洁利用高效煤粉炉锅炉房试点建设,努力实现全市供热集中调度、互联互通、热源调峰互补,使集中供热安全、清洁、可靠的优势充分发挥,本市以热电联产为主的"一张网"多热源供热格局正在形成。

除了进一步提高全市供热保障能力外,在电源保障上,能源集团与山西、内蒙古外送电源项目建设合作意向相继签署,北塘热电厂一号机组正式投入生产发电,煤电高效清洁利用已经推动,对天津电力需求的保障能力进一步提升,绿色能源消费和能源结构调整的步伐不断加快。

在气源保障上,能源集团按照"上游多气源、输配一张网、安全有保障"的原则,争取新增气源,统筹输配管网布局,宝静大工程场站、津沽高压塘沽段、蓟汕联络线等工程正在加快建设完成,全市燃气中远期保障能力进一步加强。新建20公里区县供气管网等市民心工程圆满完成。

在新能源发展领域上,能源集团继续推进了风电、光伏、地热应用,开辟海上风力发电,发展光伏电站和光伏建筑一体化项目,实施了传统能源清洁化利用和新能源产业化工程。

作为全市新一轮国企改革的战略举措,能源集团认真落实市委、市政府对集团的战略部署,充分发挥在落实全市能源规划中的带头作用、在保障全市能源供应中的骨干作用、在全市重大能源项目合资合作中的主导作用,积极推进电源、气源、热源、新能源的"四源"战略实施,不断提高服务民生和能源供应保障能力,为全市经济社会发展和美丽天津建设做出积极的贡献。能源集团已分别入选2014年中国企业500强、中国服务业500强、2014年天津百强企业和天津服务业企业70强。

(记者苏晓梅,本文刊载于《天津日报》,2014年10月22日)

架起中国制造与欧洲市场之间一道彩虹

500多个托盘库位,8000多个货架库位,5000平方米的国际化物流仓库,一流的精英团队,辐射欧盟市场的超强服务能力,利和集团勇闯跨境电子商务领域,其"比利时海外仓"项目引擎驱动,架起了中国制造与欧洲市场之间一道美丽的彩虹。

2012年,利和也和其他国有外贸企业一样,在调整结构、转型发展上较劲爬坡,最终决定坚守从事了几十年的进出口主业,用创新模式来改变增长方式。那年春节前夕,各路媒体都在争先恐后报道网购销售额迭创新高的消息,老百姓也不断交流着国内网购和国外代购的各种体验。这种现象一下子激活了利和创新转型的思路,他们决定立刻组建电子商务筹备小组,开始调研市场发展前景,制定适合自身发展的电子商务发展规划。经过半年的努力,利和集团B2B、B2C电子商务平台系统已见雏形,基本满足了上线运营能力。利和人不会忘记,当第一笔交易完成时大家击掌相庆的情景,他们更加坚信攻克难关、快速发展的法宝永远是创新求变。

看似简单的事情,做起来却困难重重。利和同样遇到了电商发展初期的最大难题——销售业绩增长缓慢。2013年一整年,利和的领导班子、电商筹备组人员、业务骨干都在为每个月那几笔零星的交易愁眉不展。2013年末,在一次电子商务发展论坛上,利和集团结识了易贝网(ebay)等世界知名电商企业的代运营商——天津云动力科技有限公司,开启了老国企与新民企优势互补、合作共赢之路。2014年,两家公司达成共识,决定借助利和集团海外平台优势和贸易人才优势,借助"云动力"作为各大知名电商企业代运营商所拥有成熟的电商经验和客户群体,共同签署了《跨境电子商务供应链服务平台战略合作框架协议》,致力于携手打造一家面向欧洲市场、跨境跨平台的电子商务供应链服务商,合力搭建集货物运输、仓储、物流、外汇结算于一体的国际电子商务桥梁,提升国外消费者对中国商品网购和中国电子商务的双重体验。利和集团"比利时海外仓"项目正式启动,成为企业更快地向跨境电子商务领域转型的巨大驱动力,为搭建起中国商品与欧洲市场、欧洲

欧洲交易中心

商品与中国市场的双向互通渠道提供了新契机。

2014年9月28号,利和集团第一批派往"比利时海外仓"项目的工作人员历经两个多月的筹备,用最短的时间实现了"比利时海外仓"的正式运营。年轻的筹备人员归国后,跟身边的同事分享了在海外仓奋斗的80多个日夜,大家一起清理中国欧洲贸易中心5000平方米的仓储区域,整理划分出500多个托盘库位和8000多个货架库位,自己动手进行电子安防系统的布线,接收、搬运整理了四个集装箱货物,与荷兰的成熟电商仓储物流企业合作,学习搭建了自己的电商仓储物流管理系统平台,与比利时Röhlig公司、荷兰MCS公司、英国GLS公司及比利时邮政等欧洲本土企业达成合作意向,为今后开展跨境电子商务铺平了道路。短短运营一个月,"比利时海外仓"的日处理单量已从几单增至三百余单,预计将以60%的月增长速度稳步递增,中国商品已经能够通过海外仓快速地送达周边欧盟各国的消费者手中。

"比利时海外仓"已成为利和集团发展跨境电子商务的新亮点,搭建起中国制造与欧洲市场对接的新平台,在欧盟上空又绽放出一道美丽的彩虹。

(记者门心洁,本文刊载于《天津日报》,2014年10月23日)

天津建工集团:建设城市精品,打造天津名片

阳光明媚,碧波荡漾;树影横斜,人流如织……在占地面积90万平方米的天津市文化中心,矗立着图书馆、博物馆、美术馆、大剧院、阳光乐园、银河购物中心以及生态岛等,它们构成了全国规模最大的公共文化设施集群。其中的图书馆、大剧院、阳光乐园都是天津建工集团的杰作,作为参建者之一,工程师小刘和同事们经常故地重游,重新体会这里独特的人文气息。当时在紧张的施工中,他们没有真正欣赏过文化中心各具特色的建筑群,此时此刻,他们被其浑然天成、磅礴大气的风格深深地吸引。

作为建工集团一名普通的项目工程师,小刘指着远处的大剧院对记者介绍说,大剧院钢结构屋盖整体工程是当前国内安装工艺技术难度最大的一项工程。"在施工的那段日子里,大家每天清晨7点之前就到达现场,晚上11点后才回家。"小刘回忆说,施工人员群策群力,经过严格的施工技术论证、施工工艺优化、全过程管理监控,提前15天安全圆满地完成了1.2万吨钢屋盖的安装施工。

纵观如今的建筑行业,已经由传统的人拉肩扛变成了先进的机械化工艺,大剧院工程正是其中的代表之作。面对行业发展新浪潮,建工

集团多年来坚持质量创优，深耕"高、大、难、深"，以解决技术难题为切入点，不断加大对技术创新的投入，推动了企业技术进步和精品工程建设，集团科技质量水平得到全面提高，在深基坑、地下施工及机电安装等领域研发并成功申报多项新工艺、工法及技术专利。从艰苦创业到跨越发展，每一步都记录下了建工集团科技创新的足迹。

"干一项工程，铸一尊精品，树一座丰碑"已经成为企业的经营理念。截至目前，建工集团获得全国建筑行业最高奖——鲁班奖共42项，其中包括平津战役纪念馆、周邓纪念馆、滨海国际机场航站楼、奥林匹克中心体育场、空客A320飞机总装厂房、天津数字电视大厦、天津文化中心大剧院等;除此之外，泰安道英式风情区、于家堡金融区、地下轨道交通等一批精品名牌工程拔地而起，这些不仅是市民心目当中的标志性建筑，更是美丽天津的亮丽名片。

让一栋栋建筑拔地而起，让一座座大厦高耸入云，作为天津市建

由建工集团承建的天津市中心城区轨道交通控制中心

139

筑市场的一支主力军,建工集团正是通过建设精品工程,来承担国企的社会责任,实施"走出去"的开拓战略:承建了总医院、第二儿童医院、东站、西站、地铁部分站点以及天津科技大学、南开大学新校区等一大批重点民生工程,并且在全国 20 多个省市和北欧、南美、非洲等 13 个国家和地区开辟了新市场。

作为市国资委直接监管的国有独资大型控股集团公司,建工集团经过 62 年的艰苦创业,实现了国有资本的做大做强,已发展成为资产经营、资本运营和施工生产研发并重,集资金、管理、技术密集型为一体的天津建筑行业领军集团。目前集团资产总额达到 105 亿元,年生产能力 300 亿元以上,集团下属全资、控股、参股子公司 13 家,形成了产业链条稳固、上下游门类齐全的综合产业体系框架,成为中国 500 强企业。

做大做强精髓何在?建工集团负责人总结说,面对市场和行业发展新的机遇和挑战,建工集团以"锐意改革创新,倾心服务社会"为发展目标,以构建完美的人居价值体系为出发点,遵照"科技领先,追求卓越,诚信为本,铸就精品"的核心价值观,持续推进经营机制和管理体制优化,努力打造经营国际化、管理现代化、跨地区、跨行业、跨所有制、跨国度与国际接轨的大型现代企业集团。

正如企业员工诗歌选集当中的《愿景》一诗所言:"方奏凯旋乐,又踏新征程。足迹跨南北,诚心筑未来。"

(记者李家宇,见习记者马晓冬,本文刊载于《天津日报》,2014 年 10 月 24 日)

一张车票 一份深情

又是一个星期一,不到 10 点,地铁 1 号线鞍山道站,一位疲惫的大娘推着"轮椅大爷"出现在行色匆匆的人群中,大娘刚拿出绿色的地铁票,两个地铁站服务人员就连忙奔了过去,一个替大娘推轮椅,另一个跑去开电梯。他们显然已经是老熟人了,相互有说有笑。姑娘们把老人护送到出站口,一路推送到总医院门口。

如此温馨的场景每周一、三、五都会在这个地铁站出现。不管严寒酷暑,风里雨里,迄今已整整五年。

坐在轮椅上的大爷叫李金练,是天津轴承厂的一名退休工人,家住北辰区,5 年前患上尿毒症,紧接着半身不遂,只能靠一周三次的透析来延续生命。推轮椅的大娘是他的老伴儿孙金荣,是个不太识字的农民。两口子仅靠李师傅每月两千元退休金维持生计。得知李师傅家的困境,鞍山道地铁站的小年轻们利用歇班时间经常三五一组跑到他家里嘘寒问暖,做些力所能及的家务活儿。

李师傅并不是唯一一位得到关照的乘客。

由于紧邻天津医科大学总医院,地铁鞍山道站下车的病患特别多,不说别的,每天至少有十多位坐轮椅的患者,他们都是按时前来透析的

141

病人。开关电梯,护送穿行无障碍通道,递水,送伞……站台服务人员给他们的服务无微不至。

地铁1号线鞍山道站这一幕幕感人情景,是天津轨道交通集团各个服务站点的一抹剪影。

"以人为本、乘客至上、关注细节、服务大众"是天津轨道交通集团运营服务的宗旨。地铁1号线鞍山道站的站长武婧告诉记者,"对我们来说,乘客们捏在手里的,不仅仅是一张车票,更是一种召唤,是一份沉甸甸的责任。"

天津的轨道交通起步早、发展快。早在30年前的1984年,天津就有地铁了,是全国第二个有地铁的城市,仅仅比北京晚一点。不过,当时的地铁仅有一号线,从新华路到西站,一共8站。稍微上点儿岁数的天津人或许还都记得,当时的地铁票都是人工售票,每个车站的票面颜色都不一样,比较好分辨。那时候,不少外地人来津,在观赏小洋楼的同时,搭乘地铁也是他们的观光项目之一。一些人甚至还会把用过的天津地铁票,连同对这个时尚之都的美好印象一起,小心珍藏起来。

最近几年,天津轨道交通日新月异,1号线延长,2号线、3号线、9号线陆续开通延伸。服务设施越来越先进,服务举措也越来越人性化、精准化。站内设置了无障碍通道和垂梯,方便特殊人群乘坐;服务热线、官方微博、微信平台全运营时段为市民服务;平日、周末和节假日还会使用不同的列车运行图……受益于此,天津城市生活的内涵与外延得以充分拓展。手持一枚轻巧的绿色圆形地铁票,就可去五大道品咖啡,赴天津机场候机,到意式风情区吃西餐,奔鼓楼淘古玩,往天津开发区找投资机会……不管去哪里,各个站点的地铁工作人员都在各自岗位为您送去热情的服务,为您的通勤、旅游增添一份温馨惬意。

■ 本报记者 岳付玉

一张车票 一份深情

【纪念新中国成立65周年】
讲国企故事
看国资发展

又是一个星期一，不到十点，地铁1号线鞍山道站，一位数量的大娘推着"轮椅大爷"出现在行色匆匆的人群中，大娘刚拿出这趟的地铁票，几个地铁服务人员就迎上前去了。一个替大娘推轮椅，一个跑去开电梯，他们显然已经是老熟人了，相互有说有笑。她被社把老人护送到出站口，一路推送到总医院门口。

如此温馨的场景每周一、三、五都会在这个地铁站出现，不管严寒酷暑，风里雨里，迄今已整整五年。

坐在轮椅上的大爷叫李金栓，是天津轴承厂的一名退休工人，家住北辰区，5年前患上尿毒症，紧接着半身不遂，只能靠一周三次的透析来延续生命。推轮椅的大娘是他的老伴儿孙金变，是不太识字的农民，两口子仅靠李师傅每月两千元退休金维持生计。得知李师傅家的困境，鞍山道地铁站的工作人员就默默扛起照顾他家老夫妻的担子，做些力所能及的家务活儿。

李师傅并不是唯一一个得到关照的乘客。

由于紧邻天津医科大学总医院，地铁鞍山道站下车的患者特别多，不说别的，每天至少有十多位坐轮椅的患者，他们都是按时前来透析的病人。开关电梯、护送穿行无障碍通道、送水、送伞……站台服务人员给他们的关爱无微不至。

地铁1号线鞍山道站这一幕幕感人情景，是天津轨道交通集团各服务站点的一抹剪影。

"以人为本，乘客至上，关注细节，服务大众"，是天津轨道交通集团运营服务的宗旨。1号线鞍山道站的站长武鹏告诉记者："对我们来说，乘客们握在手里的，不仅仅是一张车票，更是一种召唤，是一份沉甸甸的责任。"

天津的轨道交通起步早、发展快。早在30年前的1984年，天津就有地铁了，是全国第二个有地铁的城市，仅仅比北京晚一点。当时的地铁仅有1号线，从新华路到西站，一共8站。那阶上点儿岁数的天津人或许还都记得，当时的纸票都是人工售卖，每个车站的票面颜色都不一样，比较好分辨。那时候，不少地铁人来津，在观食小吃的同时，搭着地铁也是他们的观光项目之一，一段人甚至还会把用过的天津地铁票，连同对这个时尚之都的美好印象一起，小心珍藏起来。

最近几年，天津轨道交通日新月异，1号线延长，2号线、3号线、9号线陆续开通运营。服务设施越来越先进，服务举措也越来越人性化、精准化，站内设置了无障碍通道，方便特殊人群；服务热线、官方微博、微信平台全运营时段为市民的列车运行图，受益于此，天津城市生活的内涵与外延得以充分拓展。手持一枚轻巧的绿色圆形地铁票，就可去五大道品油吧，赴天津机场候机，到意式风情区吃西餐，奔鼓楼淘古玩，往天津开发区找投资机会……不管去哪里，各个站点的地铁工作人员都在各自岗位为乘客送去热情的服务，为大家的通勤、旅游增添一份温馨惬意。

1989年出生的于晶晶，是1号线鞍山道地铁站的一名服务员，也是本文开头提到的帮扶李师傅的地铁员工中的一员。在接受记者采访时，她腼腆地说："作为公共交通的服务品质，传递的不仅仅是我们每个人的职业素养，更是一个城市的文明水准。"这句话，道出了本市轨道交通集团运营服务人员共同的认知与担当。

《天津日报》刊发《一张车票 一份深情》

1989年出生的于晶晶，是1号线鞍山道地铁站的一名服务员，也是本文开头提到的帮扶李师傅的地铁员工中的一员。在接受记者采访时，她腼腆地说："作为窗口行业，做好服务是我们的天职。因为公共交通的服务品质，传递的不仅仅是我们每个人的职业素养，更是一个城市的文明水准。"这句话，道出了本市轨道交通集团运营服务人员共同的认知与担当。

（记者岳付玉，本文刊载于《天津日报》，2014年10月27日）

天津文化产权交易所

——"文化+金融"的创新平台

几天前,徜徉在秋日的五大道,欣赏着比比皆是的名人故居小洋楼,一阵阵特有的文化气息扑面而来。穿过新开放的民园体育场,伴随着马车的铃声,在著名的关麟征故居,我们找到了天津文化产权交易所。

推开展厅的门,映入眼帘的是正在举办的"澄怀(佳境"当代水墨展,展厅内人头攒动,观者都在兴致勃勃地欣赏着名家佳作。一位手拿水墨画的长者引起了记者的注意。这位老先生姓王,是文交所的常客。王老先生说文交所的成立,解决了困惑他多年的难题:他是一名收藏家,一辈子精心收藏了不少书画作品,却苦于无法鉴定和交易,"现在终于有了一个值得信赖的专家团队和官方平台,能够帮助像我这样的小老百姓免费鉴定藏品并挂牌交易了。"

为使平常百姓能有更多机会欣赏到高端艺术品,交易所几乎每月都会举办画展、艺术作品展并免费向公众开放。展览不仅丰富全市人民的娱乐生活,更满足了人们的精神需求,也为全国的艺术家们提供了广泛的市场出路。此外,文交所还为个人收藏提供鉴定、挂牌交易及防伪登记服务,并对个人的作品提供版权登记服务。

经过两年的探索与实践,天津文化产权交易所打破了传统交易模式的硬性规定,针对国有及非国有文化企业发展的需求,进行了大幅度改良,近两年来,为国有文化类企业提供股权交易和企业改制服务总额逾三亿元人民币。除了传统的产权交易外,还为全国各地的文化企业提供广泛多样的融资通道,自开业以来,共为文化类企业融资近三千万元。近年来更开展了企业改制和上市业务,为中小微文化企业的发展雪中送炭、锦上添花。天津九宸数字影像公司便是受益者之一。

文物交易现场

2012年,天津九宸数字影像公司投资的三维动画片《医道少年》制作到中期,急需购进设备进行后期渲染,但关键时候掉链子——因缺钱设备无法购进,工作一度停滞,公司上下焦头烂额。这时候,天津文化产权交易所伸来了"橄榄枝",玉成企业与银行牵手,九宸的资金问题迎刃而解,搁浅的项目得以顺利进行。与此同时,市版权中心还为这家企业联系了多家电视台与发行机构帮其预销售,使公司如期回笼资金归还银行贷款,让银企双方实现了共赢。2014年,在天津文化产权交易所的推动和保荐下,该公司又完成了股份制改造和增资,于 6 月 27 日在天交所成功挂牌上市。这一次的华丽转身,使得公司更加规范了经营管理制度,拓展了融资渠道,步入了快速发展的绿色通道。

细想一下,文化人最烦恼的,往往不是生活窘迫,而是作品的版权得不到保护,藏品的真伪难以识别和认可;文化类企业最担心的,往往不是创意枯竭,而是缺钱,因为"轻资产"而贷款难。三年前,天津文化产权交易所挂牌后,困扰本市很多文化人、文化企业的烦恼与担心随之消减。

2012 年,第九届大运会的会徽、吉祥物、宣传画等标识的知识产权在天津文化产权交易所成功地进行挂牌转让。该项目在天津文交所的运作下,不仅为转、受让双方赢得了良好的经济效益,更加获得了广泛的社会效益,同时也是天津市将大型运动会知识产权权益通过公共平台进行市场化运作的第一次尝试。

公开资料显示,2011 年,在党的十七大提出推进文化体制改革的背景下,天津文化产权交易所应运而生。作为一家综合性文化产权交易机构,在天津市委宣传部和天津市国资委的领导下,交易所以文化股权、债权、物权、版权等各类文化产权为交易对象,遵循专业化、规范化、体系化的原则,依法开展政策咨询、信息发布、项目推介、投资引导、并购策划、项目融资、权益评估、产权交易组织等活动,目前已形成四大平台:文化产业投融资服务平台,文化版权交易平台,文化项目与文化产品交易平台,文化事业向文化产业转化平台。

一个国家、一个民族的强盛,总是以文化兴盛为支撑。深化文化体制改革,提升文化软实力,天津文化产权交易所身负使命,正积极探索构建本市文化产业市场的大格局。

(记者岳付玉,通讯员贾佳,本文刊载于《天津日报》,2014 年 10 月 28 日)

天津住宅集团：
担当保障房重任　为百姓安居圆梦

天气略带寒意，心中充满温暖，西于庄老住户 56 岁的徐同延，又骑着自行车来到和苑安置房项目现场，作为西于庄棚户区改造定向安置房，这里将是西于庄居民温暖的新家。从去年 12 月开工起，老徐每个月都要来新家看看，回去把新变化分享给西于庄的老邻居们。

看到老徐这位"老朋友"，住宅集团总承包公司总经理李呈蔚主动"汇报"工作，"目前的进度是四天半建好一层，而且质量过硬；徐师傅你看那里，中学和小学已经完成封顶；不久以后，公交总站、商业网点、文化中心、菜市场都会逐渐修建好，为居民生活提供便利；我们也是日夜兼程，就是想让西于庄居民早点搬进新家，咱们的心是连在一起的。"

在"老平房"里"住怕了"的老徐最关心新家的宜居舒适。李呈蔚介绍说，咱们住宅集团能确保项目建设优质高速，依靠的就是"住宅产业化"这一核心优势，并且体现在保障房开发建设的每个环节，实现了设计、开发、施工、服务的无缝对接。

从 2007 年起，住宅集团确定并实施了"住宅产业化"战略，通过对传统产业结构调整，打造了一条集房地产开发、新型建材与住宅部品制造、建筑施工、科技与服务业"四大产业板块"为一体的完整产业链,覆盖了住宅科研设计、开发建设、建材生产、住宅部品制造和管理服务全过程,形成了"一条龙"式的住宅生产与经营管理模式。

得益于"住宅产业化"领航,住宅集团实现了飞速发展,成为国有企业国有资本做大做强的典型案例。从 2007 年至今,住宅集团持续 7 年高增长,经营规模扩大了 25 倍,经济效益增长了 23 倍,跨入了中国企业 500 强,在中国房地产企业 100 强、中国服务业企业 100 强中的排名大幅提升。

也正是在 2007 年,为解决中低收入群体的住房困难,市委市政府开始大力发展保障性住房。手握"金刚钻",揽得"瓷器活",住宅集团依靠"住宅产业化"不断发展壮大,不仅在市场竞争中有了坚强的臂膀,也更有实力担当起保障房开发建设的历史重任。

数量最多、进度最快、质量最好。本市首个经济适用房双港新家园、首个限价商品房华城丽苑、首个公租房辰悦家园、总建筑面积最大的保障房小区双青新家园……由住宅集团开发建设的保障房项目随处可见。截至目前,住宅集团开发建

住宅集团施工现场

设保障房总计达 2500 多万平方米,成为本市保障房建设中的排头兵。

不仅如此,住宅集团在保障房建设中实行"三优两严一落实"工作法,不仅是对工程质量的严格管控,更是对老百姓的庄严承诺;实现工程质量、工程进度、文明施工和售后服务"四个一流",使住宅集团开发建设的保障房处处成为文明施工"样板间",栋栋成为百姓的"放心房";多个项目实现提前竣工入住,不仅让百姓乔迁新居早日圆了"安居梦",也让民心工程的温暖深入民心。

作为本市建设系统大型国有骨干企业,住宅集团把倾心倾力开发建设保障房,作为义不容辞的社会责任。充分发挥住宅产业化优势,又好又快建设保障房,这不仅是国有企业科学发展与民生安居圆梦的"一拍即合",更是落实市委市政府决策部署的"一以贯之";应该说,住宅集团担当起保障房建设,可谓"勇于担当、不辱使命",这是历史和时代的选择。

(记者李家宇,本文刊载于《天津日报》,2014 年 10 月 31 日)

在改革中砥砺前行的津融集团

2013年，我市吹响了国资改革集结号，天津津融投资服务集团在改革重组中应运而生。

津融集团的前身，是三家国有投资集团公司，彼此产业相近、行业相关、主业相同，合并后的效果立竿见影：资产规模急遽扩大，综合竞争力显著增强，行业地位明显提升。年轻的津融集团确立了宏伟蓝图——建成"体系完善、品牌突出、竞争有力、国内一流"的产业金融控股集团。

然而，行百里者半于九十，重组完成仅仅是改革发展的起点，未来的路还很长。与其他传统国有企业一样，体制、管理、分配方式、发展意识等方面存在的问题也同样困扰着新集团。津融集团新班子成立伊始，在面临着"稳定与破局""守业与创业""短期与长期""既得利益与未来利益"的选择中毫不犹豫地给出了答案——继续深化改革，推行企业经营机制的根本性变革。

如何通过改革实现持续健康发展？改革的导向是什么？津融集团总经理领导班子做出了艰难而又坚定地选择，"坚持市场化、企业化的导向不动摇，按市场规律运作企业"。为此，要自上而下地推行机构、人事、分配三项基本制度的变革,逐步建立机构简洁高效、人员精干实干、指标责任明确、绩效薪酬统一、干部能上能下的新机制,激发全体员工的激情、活力和创造力,让津融集团经受市场经济的洗礼,在市场竞争中发展壮大,实现国有资产保值增值。

随着思路确定,一系列大刀阔斧地改革如火如荼地展开了。

焦点之一,机构改革。把 15 个部室合并压缩成 10 个部室,按承担经济效益指标的不同,设立了一线业务部门和二线支持部门,每个部门的职能、责任及考核指标都由岗位说明书确定,以达到权责一致、加强风控、多创效益之目标;成立了专业的企业运营中心、财务中心,对 50 多家所属企业实施集团化管控,提高运作和管理效率,强化资源共享和优势互补,增强综合竞争能力。

《天津日报》刊发《在改革中砥砺前行的津融集团》

焦点之二,人事制度改革。集团聘请专业咨询公司对现有人力资源进行全方位地分析,科学设置岗位,建立员工双向选择、择优录用、能进能出的用工制度;规范企业中层职位设置与职数限制,积极推进管理人员竞争上岗制度,由集团班子成员、外部专家、本部全体员工和所属公司党政一把手组成评委会民主评议,票选决定中层干部上岗人选。改革力度之大可想而知。最终有 7 名普通员工得到提拔,3 名中层干部落选,2 名中层干部降职,实现了干部队伍的正常流转。

焦点之三,分配制度改革。打破"旱涝保收",摒弃"大锅饭",建立能增能减、能升能降的薪酬分配机制。集团本部加大绩效奖的比重,形成收入与绩效紧密挂钩的收入结构;全面实施所属公司的经营业绩考核,真正把考核与奖惩挂钩、与薪酬挂钩、与职务升降挂钩。

津融集团追溯前身有着三十多个春秋的历史,企业文化底蕴深厚,这一系列"以点带面""组合拳"式的改革激发了上上下下强烈的使命意识,企业活力迸发,各项工作高歌猛进。

重组当年(2013 年),津融集团就超额完成指标任务,实现利润 1.47 亿元。成立一年后,业务开展与业务创新取得多项重要突破,获批我市唯一一张金融资产管理牌照,获批筹建我市唯一一家小额再贷款集团公司,取得私募投资基金管理人资格,组建持有 6 家小额贷款公司股权的小贷集团,建立了我市国资系统规模最大的中外合资融资租赁公司,筹建了规模达 50 亿的产业金融投资基金……

国企改革催生了津融集团。新集团的深化改革又使得重组企业真正实现了 1+1>2。如今的津融集团,正秉承着"尚诚崇规、融智笃行"的企业精神,以满腔的激情抒写着国企历史新篇章。

(记者岳付玉,通讯员韩剑,本文刊载于《天津日报》,2014 年 11 月 3 日)

天津劝业场:消费者的信任是黄金

"2013 年,我馆实现总销售额同比增长 12.5%,超额完成公司下达的任务指标。"

这是张贴在劝业场黄金珠宝馆墙上的一段数据。

"为什么大家一定要来劝业场买黄金珠宝?"黄金珠宝馆的杨子治经理指了指卖场中央悬挂的匾额,自问自答,"冲的是咱的金字招牌,人家买咱的真金白银,付出的除了真金白银,还有信任啊。"

为什么信任劝业场?"百年老店,百年好合。"许多天津市民给出这样的答案。

其实,成就这带有天津特色妈妈例儿的美好愿景的,是劝业场在商品质量和服务方面下的功夫。

在天津同行业内,劝业场销售的黄金珠宝类商品规模大、品类全。在"亲和劝业,亲情服务"理念指引下,劝业场狠抓质量控制与服务建设,不断完善厂商资质审核,细化服务流程管理,开展岗位练兵比赛,聘请咨询公司调研,提升卖场购物环境,从而创出"百年商誉屹津门,诚信立店优服务"的商业佳话。

劝业场所在的金街商圈一直是天津商业的风水宝地。1927 年,一个叫高星桥的中国买办要人站在天津各街道的路口，用黄豆记录经过的人数，并根据这些黄豆的数量最终决定在法租界内的梨栈大街附近买入地皮。翌年，一座法式风格的华美大厦拔地而起，占据了整个城市的制高点。这座大厦就是天津劝业场，也是天津劝业场（集团）股份有限公司的前身。

在劝业场走过的八十多年风雨岁月中，有"城中之城，市中之市"的极盛繁华，也有日据时期的风雨飘摇；有改革春潮涌动时"欢迎您到劝业来"的欢歌，也有面对行业竞争加剧、网商迅速崛起的自我反思。

时代变迁带走了劝业场盛极时期的"八大天"，却留下了那么多传奇故事供后人赏玩。在各方力量支持与期盼下，新天华景戏院于2006年重新开业。在热播的纪录片《五大道》中，京剧武丑名家张春华回忆了当年天华景戏院上演京剧《侠盗罗宾汉》时真马充任道具的情景，对这前无古人后无来者的尝试，老人给了四字评价："盖了帽了。"2012年，天华景戏院被授牌天津市和平区"非物质文化遗产"，戏曲、曲艺、相声等演出每日精彩纷呈，吸引大批新老朋友热情捧场。

这边胡琴拉动，生旦净丑，上演悲喜故事；那边挑选试衣，红

劝华集团——劝业场

154

黄蓝黑,体验周到服务。同一卖场内,两种截然不同的休闲模式和谐相处,互不干扰,这样的事恐怕只会发生在劝业场里。无论你是白发苍苍还是风华正茂,好友相聚还是独自来访,在天华景戏院这方戏曲相声的小天地里,快乐经得起时间的打磨。

1992 年进行股份制改造,1994 年在上海证券交易所上市,2006 年完成股权分置改革,每一项改革举措都推动劝业场向现代商业企业迈进一步。时代在变,劝业场也在变,但不变的是对消费者放心购物的承诺。

一诺千金,岁月为证。

(记者吴巧君,本文刊载于《天津日报》,2014 年 11 月 5 日)

天津劝业场:消费者的信任是黄金

【纪念新中国成立65周年】讲国企故事 看国资发展

■ 本报记者 吴巧君

"2013 年,我馆实现总销售额同比增长 12.5%,超额完成公司下达的任务指标。"

这是张贴在劝业场黄金珠宝馆墙上的一串数据。

"为什么大家一定要来劝业场买黄金珠宝?"黄金珠宝馆的柜子冶经理指了指卖场中央悬挂的匾额,自问自答:"冲的是咱的金字招牌,人家买咱的真金白银,付出的除了真金白银,还有信任啊。"

为什么信任劝业场?"百年老店,百年好合。"许多天津市民给出这样的答案。

其实,成就这带有天津特色码码例儿的美好愿景的,是劝业场在商品和服务方面下的功夫。

在天津同行业内,劝业场销售的黄金珠宝类商品规模大、品类全。在"亲和劝业,亲情服务"理念指引下,劝业场牢抓质量控制与服务建设,不断完善厂商资质审核,细化服务流程管理,开展岗位练兵比赛,聘请咨询公司调研,提升卖场购物环境,从而创出"百年商誉吃津门,诚信立店优服务"的商业佳话。

劝业场所在的金街商圈一直是天津商业的风水宝地。1927 年,一个叫高星桥的中国商人站在天津各街道的路口,用黄豆记录经过的人数,并根据这些黄豆的数量最终决定在法租界内的划线大街附近买入地皮。翌年,一座法式风格的华美大厦拔地而起,占据了整个城市的制高点。这座大厦就是天津劝业场,也是天津劝业场(集团)股份有限公司的前身。

在劝业场走过的 80 多年风雨岁月中,有"城中之城,市中之市"的极盛繁华,也有日据时期的风雨飘摇;有改革春潮涌动时"欢迎您到劝业来"的欢歌,也有面对行业竞争加剧、网商迅速崛起的自我反思。

时代变迁带走了劝业场极初期的"八大天",却留下了那些多传奇故事供后人"赏玩"。在各方力量支持与期盼下,新天华景戏院于 2006 年重新开业,在当前热播的纪录片《五大道》中,京剧武丑名家裴春华回忆了当年天华景戏院上演京剧《侠盗罗宾汉》时真马先生道具的情景,对这前无古人后无来者的尝试,老人给了四字评价:"盖了帽了"。2012 年,天华景戏院被授牌天津市和平区"非物质文化遗产",戏曲、曲艺、相声等演出每日精彩纷呈,吸引大批新老朋友热情捧场。

这边胡琴拉动,生旦净丑,上演悲喜故事;那边挑选试衣,红黄蓝黑,体验周到服务。同一卖场内,两种截然不同的休闲模式和谐相处,互不干扰,这样的事恐怕只会发生在劝业场里。无论你是白发苍苍还是风华正茂,好友相聚还是独自来访,在天华景戏院这方戏曲相声的小天地里,快乐经得起时间的洗礼。

1992 年进行股份制改造,1994 年股票在上海证券交易所上市,2006 年完成股权分置改革,每一项改革举措推动劝业场向现代商业企业迈进一步。时代在变,劝业场也在变,但不变的是对消费者放心购物的承诺。

一诺千金,岁月为证。

《天津日报》刊发"消费者的信任是黄金"文章

天材建业投资有限公司：
打破围墙　迈向市场　"老玻纤"踏上新征程

今年整60岁的赵顺利从初中毕业就进入玻璃纤维总厂，从当年企业锅炉车间的学徒工到如今社会供热站的站长，他42年的工作经历，见证了一个国有企业从兴盛到困难、从转型再到重生的过程。如今这个老国企已站在发展的新起点，踏上了新征程。

在白堤路家乐福"后身"的一个巷子里，曾是玻璃纤维总厂的动力车间，赵顺利打开了紧锁的大门，"辛苦我一人，温暖千万家"的标语映入眼帘。赵顺利告诉记者，从老国企的动力车间转变为市场化供热站，这句话不仅印在墙上，更映在每个员工的心里。

如今，有40年历史的老车间连同4台燃煤锅炉即将被拆除；就在一墙之隔，新建的燃气锅炉供热站即将在今冬供热季投入使用。作为天津建材集团的下属企业，天材建业投资有限公司将其作为重点的民生工程，今年冬季将实现为60余万平方米居民和商户区域的"绿色供暖"。

记者走入新供热站的控制室，锅炉试运行数据都反映在电子屏幕上，整个操作过程实现了智能化。赵顺利告诉记者，从当年"晴天一身汗，雨天一身泥"的"苦大力"，到如今掌握知识和技术的"蓝领专家"，老国企职工学习钻研的劲头儿、吃苦耐劳的奉献精神让企业在市场竞争中闯出了一片天地；尽职尽责、为民解忧的责任心和服务意识也成为供热站在住户心中的"金字招牌"。

从新中国成立后的"老棉六"到 60 年代的玻璃纤维总厂，再到如今的天材建业投资有限公司，从锅炉房到供热站的变迁，正是这个老国企打破围墙、迈向市场的一个缩影：20 世纪 60 年代初，为了满足市场需求，"老棉六"变身成玻璃纤维总厂，从织布到生产玻璃纤维，实现了连续二十多年的辉煌；但在从计划经济向市场经济转变的大潮中，玻纤总厂遇到了和当时许多老国有企业同样的困难，竞争压力大、背负包袱多、销售渠道不畅、产品面临升级，这个曾经的利税大户在 1990 年首次出现亏损。

摆在这家老国企面前的不是如何发展的问题，而是企业六千多名员工的基本生存问题，为此企业果断决策"分化逃生"：打破物理上的围墙"破墙建脸"，在厂区外墙沿线建成商户"门脸"；打破经营范围的围墙，厂址外迁组建新生产线，生产附加值更高的产品；原有车间厂房分割成物业出租，形成新的商业集群，同时原有的后勤保障部门成立物业公司，提供供热等物业服务。

盘活优势资产、逐渐焕发活力。到 2001 年，在玻璃纤维总厂原厂址之上，逐渐形成了包括世通大厦、家乐福超市、名利达大厦、宝琪大厦等在内的商业群，整个片区也成为各类商户投资兴业的"黄金旺地"。

"在生存遇到困难的情况下，为解决职工的吃饭问题，我们想尽办法盘活优质资源，增加收入来源。"天材建业投资有限公司有关负责人回忆说，当时全体职工为了生存可谓背水一战，解决问题的核心就是打破思维上的围墙，从原先的包产包销到市场化竞争，国有企业也在这个过程中被逼出了活力,不仅妥善安置了企业的老职工,更没有向国家要一分钱。

"一路走来,风雨兼程,这是全体职工共同奉献拼搏的结果。"天材建业投资有限公司总经理刘金刚表示,从求生存到谋发展,企业将以"拼服务"作为核心竞争力,为商户提供优质的配套物业服务,精耕细作、做大做强;同时做好新增商用物业的整理开发,寻求新的增长点,实现企业的再次腾飞。

从计划经济到市场经济的转型,"老玻纤"打破围墙破茧重生,迈向市场踏上新征程。这不仅体现了国有企业的生命力与创造力,也让我们感受到老国有企业职工吃苦耐劳、拼搏奉献的精神,这些都是国有企业留下来的宝贵财富,值得"点赞"喝彩与继承发扬。正如60岁的赵顺利所言:"一砖一瓦、一钉一铆都体现咱老国企职工的品格。"

(记者李家宇,见习记者马晓冬,本文刊载于《天津日报》,2014年11月6日)

放飞钢铁梦想的巾帼之星

——记全国劳动模范、天津钢铁集团有限公司 技术中心副主任刘桂华

她主持开发的直径50毫米英标螺纹钢,填补了国内生产空白;

她组织的棒材产品参加冶金行业品质卓越产品和冶金产品实物质量评价,捧回多个"卓越"和"金杯"大奖;

四切分、强穿水、轻穿水、组态成分设计、性能命中率……一个个生硬的专业字眼,一个个行业技术难点,被她逐个攻破;

她精益求精,对螺纹钢穿水轧制优化的关键部位孔型系统进行攻关,分析制定出十大技术要点,使螺纹钢平均日产提高一倍。

她是全国劳动模范,天津钢铁集团技术中心副主任刘桂华。

要在天钢公司找到刘桂华,到哪儿找?"线上!"熟悉她的人会这么告诉你。作为产品技术主管,刘桂华很少回办公室,每天"钉"在生产第一线,用自己的聪明才智和辛勤汗水熔铸每一吨钢材,在企业提质增效转型发展的舞台上用创新和实干放飞自己的梦想。

她工作起来细致入微。对高强钢筋冶炼,她埋头于钢筋成分组态的微观世界,优化碳、硅、锰、钒等成分含量,严控碳当量,使今年高强钢筋性能命中率达到100%。

她敢于担当。南水北调的订单来得急,她主动请缨,连日奋战,在

那个寒冷的春节用热情和超凡的责任心感染着每个人;美标螺纹钢轧制任务重难度大,对参数要求近乎苛刻,刘桂华采用边轧边取样做试验边优化工艺的方法,快速掌握生产工艺关键,使得试轧一次成功,合格率100%。

城际高铁、三峡工程、新加坡"空中花园"……一个个令人瞩目的工程里都闪耀着刘桂华的巾帼风采。

她敢于创新。意大利设备,别人不敢动,她凭着装机调试时向外方专家取来的"经",对进口达涅利轧辊冷却集束管和QTB控冷系统以及轧制工艺进行创新改造与优化,使日产量增加20%~30%;新材料,没人想到应用,她通过几个通宵查阅资料,在精轧机组试用钢基轧辊和加硼高速钢轧辊,使作业率提高3倍;新工艺,没有现成的参照,她奔赴全国十几个企业对标学习,用第一手材料加上自己研究的"料理",以普碳钢代替低合金钢,采用轧后余热淬火,生产出的高强度英标螺纹钢全部出口,盈利的同时节约成本8000多万元。

她从不保守。几年来,她归纳总结的技术要点、工艺诀窍有几十本,十几万字,教出的徒弟都已成为重点岗位的技术骨干。

作为天钢公司首位女全国劳模,人们夸她为"女强人""永动机""巾帼不让须眉"……面对夸奖和荣誉,她看得很淡,她说:"自己只是天钢公司的普通一员,每一个荣誉都是新的起点,都是为企业发展贡献力量的新鞭策,轧好钢、出好材,我责无旁贷!"

她说,头戴安全帽,脚踏工作鞋,走在笔直的车间大道上,这是自己内心最惬意最舒畅的时刻,工作着是美丽的,站在轧机前,会油然生起一种欣悦感、踏实感。

(记者吴巧君,本文刊载于《天津日报》,2014年11月7日)

有色人的浴火重生

6 年间,营业收入增长 20 多倍,资产总额增长 10 多倍,利润总额增长 3 倍多,职工人均收入翻了一番;

累计实现利税超过 2 亿元,取得各种技术专利 20 多项,各类技术创新和科技研发项目 21 项;

以德国西门子公司为代表的多家跨国公司和国内大型企业也纷至沓来,洽谈业务合作。

这是中色(天津)有色金属有限公司这些年来的发展脉络。

"你看,我只需做好编程、按几个按钮就完成了所有生产程序,换到过去这可是需要一个班组历经数天的连续生产才能完成呀!"在中色(天津)有色金属公司铝合金加工中心生产线前,在有色公司工作了 40 年的张师傅指着数控机床告诉记者。

在张师傅的陪同下,我们一一走过铝合金深加工车间、铝熔铸车间、铜材加工车间。

"目前我们公司一共 5 个车间,拥有 5500 吨、2800 吨、1800 吨、1000 吨 4 条挤压生产线!倒退 6 年前,我们甚至还在使用美国二战时期的挤压机及日本昭和时期的熔炼炉,你说我们的发展快不快?"张师傅自豪地说。

中色(天津)有色公司的前身天津有色公司成立于1976年,下属企业包括天津市电解铜厂、天津市铝合金厂等多家大型企业,"银锚"牌、"四环"牌、"津光"牌等都是有色公司名噪一时的名牌产品。

在市场经济改革大浪潮中,天津有色出现了经济效益滑坡,甚至有过开不出工资的时候。

"脱胎换骨、浴火重生、华丽蜕变!"天津有色人用这样的词汇形容企业重组6年来的发展历程。

2008年,中国有色集团重组了天津有色集团的优质存量资产,成立了中色(天津)有色金属有限公司。经过几年的拼搏,2011年公司大步迈入了天津百亿企业的行列,并连续三年列入年天津市百强企业和加工制造业60强企业。

从困难企业到改革重组,再到实现百亿企业和百强企业的跨越发展,有色人抓住了两次历史机遇。

第一次抢抓机遇是改革重组。2008年以前,天津有色集团始终处于发展难、退出难的被动局面,一代一代有色人求发展的期盼和过上好日子的心声,时时刻刻激励着敲打着公司领导班子寻求突破、破茧而生的信心和决心,凭借着"不言败、不畏难、不放弃"的信念,有色人以前所未有的胆识和务实高效的态度,借助滨海新区开发开放的有利契机,抓住了与中国有色集团重组的机会,使天津有色走上了崭新的发展道路,实现了华丽转身。

第二次抢抓机遇就是建设新材料产业园。重组后,中色天津公司一方面推动企业生产经营工作的快速发展,另一方面,加快推进新材料产业园建设,提升大实力。坐落在西青中北工业园的新材料产业园项目一期占地 17 万平方米,总建筑面积近 8 万平方米,总投资超过 7 亿元,设计规模为 3.5 万吨各类有色金属加工材,产值超过 10 亿元。产业园项目 2009 年签约,2010 年奠基,2011 年开工建设,2012 年建成搬迁,成为北方地区较大的铝合金工业散热器系列产品、高速列车用铝合金车体材料、新型电动汽车用高精度铝合金电机、航空航天用稀贵金属焊接材料和配套产品的制造加工基地。

中色天津公司 6 年的发展历程,共同圆了天津有色几代人的梦想。

(记者吴巧君,本文刊载于《天津日报》,2014 年 11 月 11 日)

地铁建设中的"视频爸爸"

"'视频爸爸''视频爸爸'……"希希一遍遍地叫着,当 QQ 视频接通的一刹那,这 3 岁的小男孩眼前一亮。

视频的那一头是一张饱受风吹日晒的黝黑的脸,"希希,今天好好吃饭了吗？眼睛还疼吗？听话了吗？想爸爸了吗？"龚长树,那个被唤作"视频爸爸"的人,每一次都是这样一连串期盼的问话。

"'视频爸爸',快给我接着讲大吊车的故事啊,它吊起钢筋的大笼子,然后怎么样了？"希希焦急地问着龚长树。

"多喝点水,你那嘴上又裂干口子了。"妻子在一旁关心地说,"什么时候回家？再不回家,孩子就只认识'视频爸爸'了。"

"呵呵,等工地上地连墙打完了我就回去。你是知道的,我现在施工的地铁 6 号线宾馆西路站,周边有市委市政府、政府机关事务管理局、浦发银行、天津宾馆,这么多的机关和企事业单位,周边环境很重要,天津宾馆又是全国甚至世界政商界人士下榻的地儿,是天津对外交流、展示的一个窗口,施工中稍有不慎就会影响到轨道交通集团乃至咱天津市的形象,我得盯着啊！"龚长树不好意思地说。

妻子打断了他的话,"今天说回来,明天说回来,就是不见你人影儿。孩子做手术你不管,小孩奶奶病了你也不陪……这个周日你一定回家。"她忍泪把视频关上了。

只剩下那头,对着空空的电脑屏幕发呆的龚长树。关上电脑,他走出宿舍,望着眼前繁忙的工地,心里像打翻了五味瓶:去年 12 月,宾馆西路站场地要实行整体封围,宾水道要断交、导行。他整天忙着跟交管局完善导行方案,会同交管局设施处、交管河西支队及东风里大队梳理各个关键环节。当时,15 个月大的儿子眼睛长了散粒肿,由于没能尽快医治,最后不得不进行全麻手术。12 月 6 日,对龚长树来说是个难以忘怀的日子,那天儿子手术,恰恰也是宾馆西路站实现交通导行的日子。一边是刚做完手术缝合十多针、因麻醉还没有完全恢复意识的儿子,一边又是晚上将要组织场地封围、实现交通导行的工作。为了不耽误

室外闷热地下火热——火热的地铁施工现场

165

当晚的导行,他不听领导劝阻,依然坚持将儿子和陪伴儿子的爱人及母亲暂时安置到他所在工地的办公室,直至次日凌晨导行完成后才一起驱车回到六十多公里外的家。每想及此,这位年轻的父亲心里总是充满着愧疚。

32岁的龚长树,是天津地铁5、6号线宾馆西路站的驻地代表,有着丰富的工作经验和地铁建设人特有的一股子韧劲和钻劲。自2006年参加工作以来,他就一直奋斗在地铁建设一线。他酷爱这份事业,而长期的"五加二""白加黑"的工作状态,使得他陪妻儿的时间少之又少。因此,每次听到儿子称呼自己为"视频爸爸"时,他总有种说不出的滋味儿。

近几年来,本市轨道交通高速发展,2、3、9号线及其相关延长线相继竣工并投入运营,大大方便了广大市民的出行。另有5、6号线等几条地铁线正在紧张施工中,一张安全、高效的轨道交通网络正在津沽大地妙手铺就。而每一方工地上,都能看到无数个像龚长树这样的地铁人的身影。

如今,儿子希希已经三岁了,早已习惯了"视频爸爸"不在身边陪自己玩耍,妻子也越来越明白丈夫"舍小家为大家"的胸怀。龚长树一直有个念想:等地铁6号线通车的那一天,他一定要携妻抱子、坐着地铁好好逛逛咱美丽的天津城。

(记者岳付玉,通讯员武丽丽,本文刊载于《天津日报》,2014年11月13日)

品牌响亮的新国企——泰达集团

泰达是一个全国叫得响的知名品牌，而泰达集团作为活跃在改革开放前沿的新国企，更是为这一品牌增辉的重要原动力。

"当年中国改革开放的总设计师小平同志'开发区大有希望'的题词就是在我们集团前身企业——工业投资公司投资的丹华自行车厂会议室里写的。"在前不久泰达集团举办的题为"我与泰达的故事"座谈会上，一位老员工激动地说。故事要从30年前天津开发区也就是泰达建区伊始说起……

在这片盐碱荒滩上，泰达集团一代代建设者用自己的智慧和汗水浸润着这片土地，推动着区域开发、拉动着产业升级转型、描绘着它更加辉煌的未来。

从诞生那天起，泰达集团就将企业、产品、形象和泰达融为一体，在创业发展的进程中，致力打造具有影响力的泰达品牌系列集群，努力将"泰达"这一属于天津开发区也属于泰达集团自己的品牌亮眼地呈现在世人面前，为社会公众提供信得过的产品和服务。他们虽然不是能将荒滩"点石成金"的神话创造者，但他们是一步一个脚印踏实创业更接地气的实干家。

泰达集团

从开发区西区的第一幢大楼,到中新生态城的第一根地桩,到南港工业区 80 万立方油罐,再到滨海会展、滨海国际会议中心、泰达足球场、泰达时尚购物中心、北塘总部基地……一个个重点建设项目,泰达集团区域开发的脚步从未停歇;从参与开发区建区最早期的 150 家合资企业的设立与运营,到逐渐瘦身退出,专注地从事区域开发和房地产及现代服务业两大主业的运营,其间先后与 50 多家国内外知名大型企业如斯坦雷、雀巢、星巴克、易买得、宝力豪、万科、帕森斯、迪卡侬等形成长期合作伙伴关系并使这些国际知名品牌在开发区落地生根……泰达集团参与和亲历了开发区引进外资、推动产业发展、产业转型升级的喜悦和阵痛,并成功发展至今的全过程。

当您在泰达体育休闲公园、泰达足球场享受运动与健身的畅快时,当您在开发区永旺购物中心、动感街区、泰达时尚广场体验购物与休闲的乐趣时,当您有幸参加夏季达沃斯论坛、手机展、文创展和数届城市生态论坛时,抑或当您在北塘企业总部基地驻扎创业时,其实泰达集团的"泰达"品牌就在您的周围。

半个甲子的时光荏苒,伴随着开发区成长起来的泰达集团,抓住滨海新区开发开放的历史性机遇,已成长为滨海新区开发建设的生力军。

由以单纯一级土地整理为主业逐步发展成为以区域开发、房地产及现代服务业为主的综合性大型国有企业集团,泰达集团旗下拥有1家上市公司及数十家全资、控股和参股企业,资产规模超过400亿元。如今,秉承弘扬泰达精神、服务区域发展的企业使命和诚信、专业、唯实、人本、创新的文化理念,泰达集团继续迈着踏实稳健的步伐不断前行。

一方面,依托"泰达"品牌的影响力,泰达集团走出滨海,布局津门,辐射全国。从市区内的信达广场、"河与海",到成都、扬州、南京、大连、海南,都有泰达集团开发建设的足迹。

另一方面,紧抓京津冀一体化发展战略的大好时机,泰达集团以"壮士断腕"的勇气,持续深化国企改革,大力推进"四个转变"。

将专业化作为集团产业布局的根本标准,实现发展方向从多元化向专业化转变。

将效益作为集团经营的核心目标,实现发展方式从外延扩张型向内涵增长型转变。

将集团管控作为运营的首要基石,实现管理方式从分散向集中转变。

将求真务实的作风内化为集团企业文化的主流旋律,把实干兴业贯彻于集团的品牌文化。

转变迸发出的是源源不断的企业活力。

《天津日报》刊发《泰达集团　品牌响亮的新国企》

通过大幅度资产整合,削枝强干,泰达集团果断清退低效资产企业27家,提升了资产质量,同时,加强制度建设,推进绩效考核,转变工作作风,提升管理水平。2013年,泰达集团在历史上主营收入首次突破125亿元,同比上年翻了近一番,历史上首次进入"百亿企业集团",被评为天津市文明单位,获"中国房地产优秀企业公民"等大奖。

走进泰达集团的道德讲堂,墙上"世界眼光、国家标准、人才摇篮、知行基地"十六个大字格外醒目。这正是泰达集团泰达品牌能够越叫越响亮、美誉度不断飙升的写照,表达了泰达集团新国企人不辱使命,不负重托的心声。

(记者万红,本文刊载于《天津日报》,2014年11月14日)

一个金融机构的情怀

如果不是亲眼所见,我可能怎么也想象不到,一个严谨、专业、高端的金融机构,竟有如此柔情似水的一面。

这家金融机构,正是北方信托公司。也难怪,在人们的印象里,这种专门为机构和居民提供高端又专业的理财服务、为企事业单位提供各类融资及中介服务的公司,实在是"高大上",与我等寻常百姓总有几分说不出的距离感。

直到我听到了这个真实的故事——

故事的主人公是一位患有缺钾性肌肉萎缩病症的孤寡老人,名叫耿德平。耿大娘很不幸,无儿无女,老伴早年去世,在津举目无亲,也没有任何退休金和收入来源;耿大娘又很幸运,老伴给她留下了一笔养老存款,而且,在最无助的时候,她邂逅了北方信托!时间是 2005 年,在北方信托举办的一次社区金融知识宣传活动中,耿大娘来了,她反反复复地向两位客户经理咨询。从她不无外行的提问里,客户经理看出她对理财基本是个"门外汉"。而耿大娘不幸的境遇摆在那里,客户经理深知,老伴儿留给她的这些钱,如果不合理的配置,仅仅放银行里吃单一的活期利息,根本不够耿大娘每年的医药费。

客户经理把耿大娘的情况及时反映给公司，公司当即决定组建北方信托关爱小组，定期问候大娘。他们还与居委会建立联系，及时了解大娘近况，并分配了专业的客户经理为大娘合理配置资金理财。时光荏苒，一年又一年的安全兑付，一期又一期的利息收入，从陌生到熟知，从怀疑到接受，从客户到亲人，耿大娘成了北方信托最忠诚持久的客户。牵手北方信托近十年，耿大娘的养老金保值增值了——她的资金每年平均收益率均达到 9% 左右，她再也不用为生计发愁、为物价上涨而担忧。

"这些孩子(客户经理)个个业务顶呱呱，人都特别好。他们不仅仅是我的理财顾问，也是我的亲人。"老人一遍又一遍地说。由于腿脚不便，她每次办理认购手续，客户经理都亲自接送，还帮助关注治疗缺钾体质的新型医疗技术。每逢大娘生日及重大节日，他们都会去她家慰问。对耿大娘来说，最开心的事，莫过于每次理财兑付时，第一时间联系客户经理进行产品衔接。80 岁高龄的她，原本举目无亲、疾病缠身，因为理财，有缘结识这群高学历高素质的年轻人，体验到了人间真情的温暖。

《天津日报》刊发《一个金融机构的情怀》

走进北方信托，你会发现耿

大娘的故事并非孤例。多年来,该公司多次慰问社会困难家庭,资助贫困学生,曾被市精神文明建设委员会评为市精神文明创建文明单位,被市红十字会选为"天津市慈善之星"。

"用我们的勤劳与智慧管好财富,创造价值,造福社会,本来就是我们的使命啊,"北方信托的几位客户经理微笑着说,"我们公司的核心价值观就是'以人为本、客户至尊、诚信立业、和通天下'。公司的文化理念'创造价值、造福社会'已深深地植入我们每个人的脑海里。"

成立于 1987 年的北方信托公司,目前恰似一位风华正茂的青年。员工平均年龄 37 岁,本科以上学历占比 93%,具有经理级以上的专业人员占比 80% 多。近年来,在创新驱动下,企业活力迸发,信托资产管理规模逐年提升,资产总额由 2007 年的 31 亿元增长到 2013 年的 2974 亿元,增长了 95 倍。8 年间,公司累计实现净利润 20 亿元,信托资产指标大幅提升。

站在新的起点,肩负着包括耿大娘在内的众多客户的殷殷期待,致力于成为"金融功能集成者、社会资源整合者"的北方信托,正从行业中上水平向行业领先梯队阔步挺进。

(记者岳付玉,本文刊载于《天津日报》,2014 年 11 月 17 日)

天津水产集团:打造安全可靠的冷链物流体系

"当当吃海货,不算不会过。"在天津,这是一句尽人皆知的俗语,简单的十个字足以反映出天津人对水产品的喜爱。为保障水产品供应、丰富市民餐桌,水产集团不断转型发展,一路风雨兼程,始终将百姓的需求摆在首位。

计划经济年代,水产品作为城市菜篮子的组成部分之一,保障市民吃鱼是当时的重要任务。改革开放后,国家率先放开了水产品价格和市场,国有水产企业迎来发展的"春天"。1980 年,天津国有水产养殖企业与香港企业合资组建的天津滨海养虾场,成为改革开放以后本市最早引进境外资金的合资企业之一。为响应市委、市政府提出的"苦干三年、吃鱼不难"的工作部署,天津国有水产企业投资新建海洋捕捞渔船 20 艘,年捕捞水产品 3 万余吨,同时积极发展海淡水养殖业,推进实施联合国 2730 项目,国有水产养殖面积达到 5 万亩。

20 世纪 90 年代中后期,国有水产企业积极推进产业转型。海洋捕捞企业走出国门,远赴西非渔场,天津国有远洋渔船的作业分布在世界三大洋,捕捞金枪鱼、鱿鱼、秋刀鱼等远洋水产品资源,为国内百姓带来远洋捕捞水产品近 20 万吨。同期,国有水产供销企业加强与日本企业合作,在本市率先开展国外水产品的来料加工业务,年加工水产品 2 万吨,出口创汇 3000 万美元,成为天津市食品工业 50 强企业。

进入 21 世纪,天津的国有水产企业整体转制为水产集团,通过对外引资合作,投资新建了一批冷链物流项目,实现了国有水产企业的新一轮转型升级。2003 年与台湾企业合作投资,在天津滨海新区建成北方最大的五洋海产超低温金枪鱼精深加工基地,企业按照国际标准加工金枪鱼,返销国际市场,年加工能力 3000 吨,出口创汇 2000 万美元,大大提升了天津水产品加工业的产业档次。2004 年引进外资对老的国有水产供销企业实施改制,改造、提升了冷库与市场经营运营管理方式,创立"陈冷"的市场品牌。

随着水产品(冻品)冷链物流、畜禽饲料生产、远洋渔业、物产经营被确定为集团四大产业板块,一个重大项目的开启又为水产集团翻开了崭新的一页。2007 年,按照天津城市规划的总体要求,集团采取引资合作的方式实施,将陈塘庄水产冻品交易市场搬迁东移至东丽区外环线附近,启动建设占地 230 亩的鑫汇洋冻品冷藏物流加工基地。经过两年多的拼搏努力,眼下,这个目前本市最大的单体超 5 万吨的冷库建设项目,已建有冷库 10 万吨,且承担着本市居民所需大宗肉类冻品、

水产集团——远洋捕捞成果累累

国家储备肉、冬储菜的冷冻冷藏任务,充分发挥了行业龙头作用。

从计划经济年代的供应紧张,老百姓吃鱼要凭票,到如今天津的水产品不仅能够保障本地市场,还辐射华北、东北、西北地区,水产集团在其中扮演了重要的角色。目前,作为国家级、市级农业产业化龙头企业,水产集团拥有冷链物流企业10家,万吨冷库10座,总吨位21万吨,分布在市内6区、外环周边和滨海新区的海洋高新区、东疆保税港区、中心渔港等区域。未来,市水产集团还将进一步发挥自身冷冻、冷藏优势,扩大对内对外合作,整合社会资源,打通上下游供应渠道,打造安全可靠的城市冷链物流配送体系,为城市居民提供安全放心、可追溯的冷冻、生鲜食品,确保百姓的餐桌安全。

"责任于心、勇于担当、实干兴企",是水产集团的企业精神。"作为历史悠久的国有水产企业,企业精神不仅推动着集团员工开拓创新,更督促我们承担更多的社会责任。"

(记者胡萌伟,本文刊载于《天津日报》,2014年11月18日)

海鸥表——演绎国表魅力

　　日前,纪念中国"首表"诞辰 60 周年巡展 "我有一颗中国心——海鸥表 60 年文化展"陆续在全国各大城市举行。展览以图文并茂的表现形式,集中呈现一幅载入新中国轻工业史史册的"海鸥表"发展画卷,重点描述其"始于 1955 年中国第一只手表"的诞生发展以及丰姿多彩的机械腕表技艺,众多图片与实物为观者奉上一场富于知识性的手表文化大餐。

　　浓缩的展览背后是海鸥表 60 年的风雨历程。在新中国成立初期,中国工业百废待兴,时任国家总理的周恩来提出了"填补工业空白"的战略规划。在多方推动下,1955 年四位修表师傅组成的手表试制小组成立,经过艰苦的探索和紧张研制,同年 3 月 24 日,手表的"滴答"声终于在万众期待中响起,中国人有了自己的手表!"只能修表不能造表"的时代就此终结!

　　1957 年,天津手表厂成立,机械手表生产逐渐形成规模。特别是 1966 年"东风表"的研制成功,又一次将天津手表厂推向了辉煌。"东风表"凭借精确的走时、过硬的质量成为当时最为流行商品之一, 在那个物质缺乏的年代,能够拥有一款"东风表"绝对是一件值得骄傲的事。

　　第一只国产手表的诞生、第一只航空表、第一只女装表、第一只出口手表、第一只获得国际金奖的中国手表……数十年间，天津手表厂一次次创造历史又刷新历史，而这无数个"第一"也共同铸就了中国民族制表业发展的丰碑。

经过半个多世纪的探索和发展，昔日的天津手表厂变成了今天的天津海鸥表业集团，而雄厚的技术力量和品牌基础依然延续并日渐强大。

如今，海鸥集团以"跻身世界一流，创'海鸥'国际知名品牌"为企业愿景，始终瞄准国际手表技术最前沿，坚持创新，不断开拓，相继推出了陀飞轮、三问表、万年历、超复杂结构三合一手表、立体陀飞轮表等高端复杂结构机械表，惊艳国内外市场，一次又一次向世界展示了中国精密仪器的制造实力。

在"飞"向世界的途中，"海鸥"也曾受到过风浪的侵袭。2008年，在瑞士巴塞尔国际钟表珠宝展览会上，海鸥集团自主研发的"双陀飞轮"手表遭遇了来自瑞士知名制表企业的侵权诉讼。过硬的自主创新能力和到位的知识产权保护措施帮助海鸥集团取得了最终胜利，也让海鸥

海鸥手表

海鸥表：
演绎国表魅力

■ 本报记者 陈璠

目前，纪念中国"首表"诞辰60周年巡展——"我有一颗中国心——海鸥表60年文化展"陆续在全国各城市举行。展览以图文并茂的表现形式，集中呈现一幅新中国轻工业史上具有记载的"海鸥表"发展画卷，重点描述其"始于1955年中国第一只手表"的诞生发展以及丰姿多彩的机械腕表技艺。众多图片与实物为观者奉上一场富于知识性的手表文化大餐。

浓墨的展览背后是海鸥表60年的风雨历程。在新中国成立初期，中国工业百废待兴，时任国家总理的周恩来提出了"填补工业空白"的战略规划。在多方推动下，1955年四位修表师傅组成的手表试制小组成立，经过艰苦的探索和紧张研制，翌年3月24日，手表的"滴答"声伴着在万众期待中响起，中国人有了自己的手表。"只能修表不能造表"的时代就此终结！

1957年，天津手表厂成立，机械手表生产逐渐形成规模。特别是1966年"东风表"的研制成功，又一次将天津手表厂推向了辉煌。"东风表"凭借精确的走时，过硬的质量成为当时最为流行的商品之一。在那个物质极度匮乏的年代，能够拥有一款"东风表"绝对是一件值得骄傲的事。

第一只国产手表的诞生，第一只航空表，第一只女装表、第一只出口表、第一只获得国际金奖的中国手表……数十年间，天津手表厂一次次创造历史、刷新历史，而这无数个"第一"也共同铸就了中国民族制表业发展的丰碑。

经过了半个多世纪的探索和发展，昔日的天津手表厂变成了今天的天津海鸥表业集团，而雄厚的技术力量和品牌基础依然延续并日新壮大。

如今，海鸥集团以"跻身世界一流，创'海鸥'国际知名品牌"为企业愿景，始终瞄准国际手表技术最前沿，坚持创新，不断开拓。相继推出了陀飞轮、三问表、万年历、超复杂结构三合一手表、立体陀飞轮表等高端复杂结构机械表，惊艳国内外市场，一次又一次向世界展示了中国精密仪器的制造实力。

在"飞"向世界的途中"海鸥"也曾受到过风浪的袭击。2008年，在瑞士巴塞尔国际钟表珠宝展览会上，海鸥集团自主研发的"双陀飞轮"手表遭遇了来自瑞士知名制表企业的侵权诉讼。过硬的自主创新能力和到位的知识产权保护措施帮助海鸥集团取得了最终胜利。也让海鸥人充分意识到拥有自主知识产权才是走向国际市场的核心竞争力。千锤百炼，厚积薄发。目前，海鸥表机芯生产已形成12个系列，200余品种，自主知识产权产品达70%以上。

从制作简单的机械表到掌握复杂钟表的核心技术，从只有一间小屋和四位师傅的试制小组到拥有2700多名职工的大型国有企业，60年来海鸥集团历经风雨，见证辉煌，已经发展成为手表机芯年产能力超过500万只，成品表生产能力40万只的行业标志性企业。

目前，海鸥集团在全国开设了240家专卖店，销售网络遍及东南亚12个国家和地区。60年来，"海鸥"创造历史、记录时间，已经成为世界钟表行业中不可或缺的中国之星！

《天津日报》刊发《海鸥表：演绎国表魅力》

人充分意识到拥有自主知识产权才是走向国际市场的核心竞争力。千锤百炼，厚积薄发。目前，海鸥表机芯生产已形成12个系列，200余品种，自主知识产权产品达70%以上。

从制作简单的机械表到掌握复杂钟表的核心技术，从只有一间小屋和四位师傅的试制小组到拥有2700多名职工的大型国有企业，60年来海鸥集团历经风雨，见证辉煌，已经发展成为手表机芯年产能力超过500万只，成品表年生产能力40万只的行业标志性企业。

目前，海鸥集团在全国开设了240家专卖店，销售网络遍及东南亚12个国家和地区。60年来，"海鸥"创造历史、记录时间，已经成为世界钟表行业中不可或缺的中国之星！

（记者陈璠，本文刊载于《天津日报》，2014年11月19日）

滨海航母主题公园

——天津旅游产业的航空母舰

驱车行驶在滨海新区核心区中央大道上，透过车窗远眺辽阔的渤海湾，心旷神怡之感油然而生。车行不久，一艘巨舰的身影呈现在海天相交的天际线上，不要以为自己误闯进了军港禁区而不安，那其实就是享誉津门的滨海航母主题公园。

跟随着路标的指引，来到主题公园的大门前，展现在眼前的是一座座俄式建筑，游客们拿到的门票不是简单的入场券，而是一本航母护照。检票员盖上醒目的入境签证章，走在红花绿树掩映下的俄罗斯风情街上，两侧店铺橱窗里的商品琳琅满目，有别致的套娃、醇香的大列巴、爽口的格瓦斯，令人目不暇接，《莫斯科郊外的晚上》那悠扬的旋律回响在耳畔，这一切都仿佛已将人们带入异域他乡。

穿过俄式风情街，越过开阔的声呐广场，登上天桥，公园的主角终于登场了，基辅号航空母舰近距离地呈现在人们眼前。船舷上一面面彩旗迎风招展，舰岛上防空雷达搜索着防区内的可疑目标，甲板上的舰载武装在阳光下熠熠生辉，这艘庞然大物庄严而又安详地停泊在港湾，向每一个来访者讲述着它过去的辉煌与荣耀。

说到这里，那些尚未到过滨海航母主题公园的朋友是否已按捺不住亲身一探的冲动？可你想不到的是，就在十年前，这里还是一片寸草不生的荒滩，基辅号航母作为废旧钢铁被从乌克兰军港拖曳到这里，默默地等待着被破拆的命运。由于当初采购航母的民营企业资金运转不畅，考虑到区域发展的长远利益，泰达控股最终接下了这艘巨舰。基辅号的命运也因此出现了转折，是按照采购初衷将其破拆后作为废旧钢铁处置，还是保留下来升级改造使其成为旅游景区？经过几轮的可研论证，泰达人基于三个理由最终选择了后者，一是资源稀缺，当时我国引进的航母只有三艘，除基辅号外，明斯克号落户深圳，作为当地著名的旅游景区已是声名远播；瓦良格号即为当前大名鼎鼎的"辽宁号"的前身；二是主题鲜明，燕赵之地自古多慷慨悲歌之士，军事主题公园在中

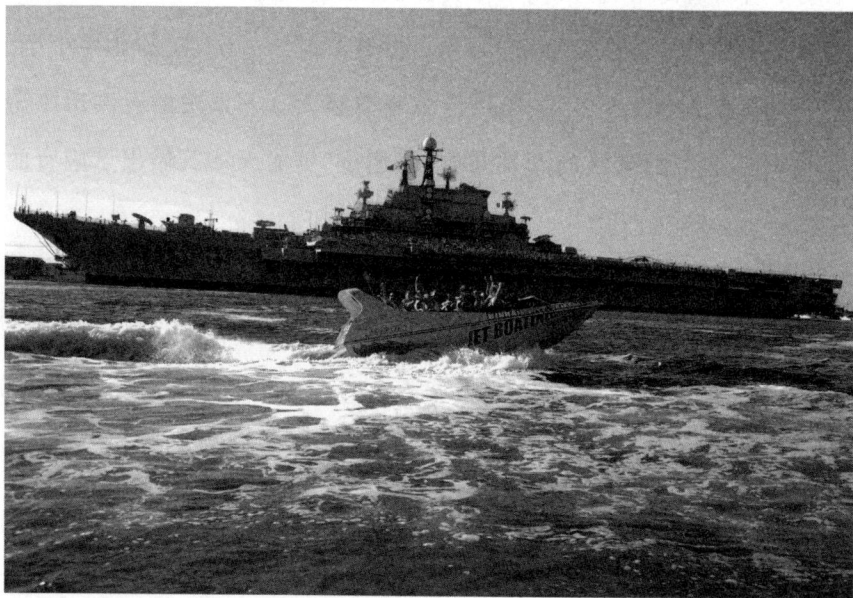

2013 年 9 月 1 日，滨海航母主题公园继"空中巴士"起航之后，又一大型国际化体验项目喷气飞艇正式开放。该项目为世界上最惊险刺激的海上娱乐项目之一，被称为"水上过山车"。喷气飞艇时速达 80 公里，全速前进可 360 度急速回旋，由新西兰船长掌舵

181

国北方有着广泛的受众群体,并为人们津津乐道;三是地缘优势明显,滨海新区作为国家战略发展的新载体,提升区域价值,聚拢区域人气,完善现代服务产业成为当务之急,基辅号无疑会成为这样一颗制胜的棋子。

泰达人的决定让这艘锈迹斑驳的巨舰焕发出崭新的活力。

事非经过不知难,泰达控股为此组建了滨海航母公司,专门负责开发运作基辅号,从舰体改造到营销策划,从修桥补路到栽花植树,从广告宣传到招商引资,一切从零开始,凭着"泰达精神"中那份对事业的执着,迎难而上。皇天不负有心人,2005年滨海航母主题公园开门纳客,2009年推出"航母风暴"实景演出,2011年世博天津馆落户公园,2014年俄罗斯风情街落成开街,飞车特技演出闪亮登场。如今的滨海航母已从当年那个年收入仅2000万元、游客不足19万人次的业界小卒,成长为年收入愈1.5亿元、年接待游客突破150万人次的天津市旅游龙头企业,为滨海新区的开发开放,为建设"美丽天津",做出了应有的贡献。

十年磨一剑,滨海航母在天津旅游业已占有一席之地,但身处国内旅游市场转型升级的攻坚期,滨海航母的掌舵人们深知公司面临着新的机遇和挑战。他们表示将秉承航母主题的经营理念,不断推陈出新,提升旅游产业附加值,打造航母旅游产业链,推动主题公园健康持续发展,使滨海航母真正成为天津旅游产业的"航空母舰"。

(记者岳付玉,本文刊载于《天津日报》,2014年11月20日)

起士林：百年老店焕发新光彩

精致的餐具、优雅的环境、可口的西点,起士林二楼维克多利西餐厅成为范先生约会女友常去的地方。

"我们近年对现有的三个餐厅进行了重新定位,不但突出了各餐厅的经营特点,更体现了百年西餐老店的精髓。二楼时尚简约,三楼保留德国传统风味,突出现酿啤酒特色,是商务洽谈的理想场所,四楼则是法式菜系,金碧辉煌、富丽豪华。"起士林大饭店负责人告诉记者。

据介绍,这些年,起士林也利用电子商务平台拓展销售渠道,除了开始团购,还先后开通微博、微信平台,与消费者及时互动。每年的销售收入都不断增长。起士林的"罐焖牛肉""奶油烤什锦""起士林啤酒猪肘"受到广大食客推崇,每到周末,很多北京客人都会慕名而来。

起士林是天津最早的西餐馆。1900 年八国联军侵占天津以后,有一个随侵略军来津的德国厨师起士林,以制作面包、糖果著称。德军撤走后他和妻子留在了天津,在旧法租界中街(今解放北路与哈尔滨道交口附近),以酒吧形式开设了一家小餐馆,以自己的名字"起士林"为店名,自制精美的糖果和面包,还供应德式、法式大菜。到 20 世纪 30 年代,生意更加兴隆,餐馆发展扩充为五间门脸,同时还附设西洋味十足的舞厅和露天餐厅。起士林逐渐成为天津最有影响、最有韵味的西式餐馆。

随着时代的变迁,起士林在历史的磨砺中依旧魅力不减,为讲情调、爱生活的食客提供安宁的避风港。作家张爱玲曾对起士林的面包情有独钟,邓小平同志曾对"红菜汤"赞不绝口。作为中国第一家西餐店,起士林大饭店曾接待过毛泽东、刘少奇、周恩来、邓小平、吴仪等一大批国家领导人及外国政要。

新中国成立以后,起士林餐厅先后更名为天津餐厅、工农兵餐厅等,1990年7月5日,起士林正式更名为"起士林大饭店"。现今的起士林大饭店总店坐落于和平区浙江路33号,营业面积达4800平方米,同时下辖1个西点生产厂(雅安道厂)和2个西饼直营店(小白楼总店、体北店)以及北京、北戴河、武清分店,经营德、俄、英、意、法等各国的西式

百年起士林

大餐、西点、冷热饮、糖果、咖啡、面包、饼干等,是集餐饮、食品加工、销售为一体的综合性西餐店。

近年来,随着时代的发展,特别是国家加强国资监管以来,百年西餐名店、国有企业起士林不断与时俱进。2007 年、2008 年及 2010 年,起士林大饭店先后进行了重装改造,饭店内软硬件水平都得到了大幅提升,一跃成为天津乃至北方地区历史文化悠久、品位档次高端、就餐环境舒适、服务水平优质、营业面积最大的西餐饭店。凭借独特的历史和杰出的贡献,起士林大饭店成为国内首家被中国饭店协会和国际饭店与餐馆协会共同授予的"国际西餐名店"。2012 年 12 月 31 日,中国工商行政管理总局商标评审委员会发布公告,认定起士林为中国驰名商标,这是继荣获"中华老字号""国际西餐名店"称号后,起士林大饭店获评的又一殊荣。

起士林大饭店至今已走过 113 年的风雨历程,适应着社会经济的循环兴替,跨越着不同的时代更迭,充分验证了天津是一座开放、包容、进步、和谐的美好城市。

(记者吴巧君,本文刊载于《天津日报》,2013 年 11 月 21 日)

中新药业:打造品质铸未来

天津中新药业集团股份有限公司最新数据出台:

今年前三季度,实现营业收入 50.86 亿元人民币,同比增长 13.66%;实现归属于母公司净利润 2.57 亿元人民币,同比增长 8.45%;实现自营利润 2.64 亿元人民币,同比增长 10.7%;

26 个大品种累计实现销售收入 155.5 千万元,其中,胃肠安、清肺消炎丸、金芪降糖片等大品种的销售规模较上年同期增幅达 20%以上;

中新药业已跨入中国最具竞争力医药上市公司 20 强,旗下龙头产品速效救心丸年销售近 10 亿元,另有通脉养心丸、清咽滴丸、特子社复、京万红软膏 4 个销售过亿元品种和紫龙金片、胃肠安、癃清片、舒脑欣滴丸、清肺消炎丸等 7 个销售收入超过 5 千万元的品种,"一龙多虎,龙腾虎跃"的大品种格局逐步显现。

回溯到 2006 年,却是另外一种模样——

自营利润低,多数企业亏损;主打产品速效救心丸市场价格混乱;商业公司业务雷同,无序竞争,自 2000 年开始无一年盈利;因连续两年亏损,公司在 A 股市场上戴上了"ST"帽子……

走出低谷,实现"二次创业新腾飞",中新药业是如何做到的?

不断改革创新,以及对品质的不懈追求,这是中新药业人给出的答案。

8 年来,中新药业面对困难没有退缩,而是在天津医药集团的支持和领导下,认真分析形势,找原因,想对策。

他们适时转换经营模式,让速效救心丸恢复活力;调整组织架构进行资源整合,规范销售流程;合理配置人员,加强集团管控,提升运营效率……

中新药业:打造品质铸未来

【纪念新中国成立65周年】
讲国企故事 看国资发展

■本报记者 吴巧君

天津中新药业集团股份有限公司最新数据显示:

今年前三季度,实现营业收入 50.86 亿元人民币,同比增长 13.66%;实现归属于母公司净利润 2.57 亿元人民币,同比增长 8.45%;实现自营利润 2.64 亿元人民币,同比增长 10.7%;26 个大品种累计实现销售收入 155,500 万元,其中,胃肠安、清肺消炎丸、金芪降糖片等大品种的销售规模较上年同期增幅达 20%以上;中新药业已跨入中国最具竞争力医药上市公司 20 强,旗下龙头产品速效救心丸年销售近 10 亿元,另有通脉养心丸、清咽滴丸、特子社复、京万红软膏 4 个销售过亿元品种和紫龙金片、胃肠安、癃清片、舒脑欣滴丸、清肺消炎丸等 7 个销售收入超过 5 千万元的品种,"一龙多虎,龙腾虎跃"的大品种格局逐步显现。

倒退到 2006 年,却是另外一种模样——

自营利润低,多数企业亏损;主打产品速效救心丸市场价格混乱;商业公司业务雷同,无序竞争,自 2000 年开始无一年盈利;因连续两年亏损,公司在 A 股市场上戴上了"ST"帽子……

走出低谷,实现"二次创业新腾飞",中新药业是如何做到的?

不断改革创新,以及对品质的不懈追求,这是中新药业人给出的答案。

8 年来,中新药业面对困难没有退缩,而是在天津医药集团的支持和领导下,认真分析形势,找原因,想对策。

他们适时转换经营模式,让速效救心丸恢复活力;调整组织架构进行资源整合,规范销售流程;合理配置人员,加强集团管控,提升运营效率……

一系列切实可行的有效措施,让公司逐渐走出低谷。不到 3 年的时间,中新药业在 2008 年顺利摘掉了"ST"帽子。之后又连续 5 年实现了持续快速发展,并在 2013 年昂首跨过百亿集团的门槛。

党的十八大召开之后,面对国有企业全面深化改革继续推进转型升级的大趋势,中新公司能否站在新高度,攀越新高峰,实现科学发展,创新发展,持久发展,已然成为摆在中新药业面前的一个重大课题。在公司转型升级创新发展的重要关口,中新药业董事长王志强放眼长远,给出了答案——打造"品质中新"!

如何打造"品质中新"? 历史的经验告诉中新人,品质是公司生存之本!诚如"天人同序,惠福民生"是一代代中新人身体力行凝华成的品格志向,"中药创新,笃行致远"是公司始终坚持的发展方针;"务实创新、诚信尽责"是公司的企业精神;而"炮制虽繁必不敢省人工,品味虽贵必不敢减物力"等祖训是公司始终恪守的制药原则……这些理念无不闪耀着品质的光辉!

打造"品质中新",就是要继续以高品质的产品奉献消费者,以高信誉的交往开展合作,以高质量的运营回报股东,以高素质的员工奉献社会和家庭……

为此,"依托中药核心业务向上下游延伸,围绕主体产业向相关领域扩展,做长做粗'产业链'的发展思路赫然出台;整合资源,搭建平台,夯实着眼终端的科学营销模式;实行金融和实业双轮驱动,以资本运营拓展发展新空间;推进机制建设和信息化管理相结合,提升集团化科学管控水平……一系列措施围绕打造"品质中新"纷纷展开。

长风破浪会有时,直挂云帆济沧海。顺应时代发展,以改革创新为动力,不断追求品质的中新药业,定会迎来更加光辉灿烂的明天。

《天津日报》刊发《中新药业:打造品质铸未来》

一系列切实可行的有效措施,让公司逐渐走出低谷。不到 3 年的时间,中新药业在 2008 年顺利摘掉了"ST"帽子。之后又连续 5 年实现了持续快速发展,并在 2013 年昂首跨过百亿集团的门槛。

党的十八召开之后，面对国有企业全面深化改革继续推进转型升级的大趋势，中新公司能否站在新高度、攀越新高峰，实现科学发展、创新发展、持久发展，已然成为摆在中新药业面前的一个重大课题。在公司转型升级创新发展的重要关口，中新药业董事长王志强放眼长远，给出了答案——打造"品质中新"！

如何打造"品质中新"？历史的经验告诉中新人，品质是公司生存之本！诚如"天人同序，惠福民生"是一代代中新人身体力行凝华成的品格志向，"中药创新、笃行致远"是公司始终坚持的发展方针；"务实创新、诚信尽责"是公司的企业精神；而"炮制虽繁必不敢省人工，品味虽贵必不敢减物力"等祖训是公司始终恪守的制药原则……这些理念无不闪耀着品质的光辉！

打造"品质中新"，就是要继续以高品质的产品奉献消费者，以高信誉的交往开展合作，以高质量的运营回报股东，以高素质的员工奉献社会和家庭……

为此，"依托中药核心业务向上下游延伸，围绕主体产业向相关领域扩张，做长做粗产业链"的发展思路出台；整合资源，搭建平台，夯实着眼终端的科学营销模式；实行金融和实业双轮驱动，以资本运营拓展发展新空间；推进机制建设和信息化管理相结合，提升集团化科学管控水平……一系列措施围绕打造"品质中新"纷纷展开。

长风破浪会有时，直挂云帆济沧海。顺应时代发展，以改革创新为动力，不断追求品质的中新药业，定会迎来更加光辉灿烂的明天。

（记者吴巧君，本文刊载于《天津日报》，2014 年 11 月 27 日）

天津中天对外服务有限公司：
努力前行的 FESCO 天津

朝阳初升,秋高气爽,位于小白楼泰达大厦七楼的天津中天对外服务有限公司紧张忙碌而充实的一天又开始了,"李先生,您的档案、保险材料都已办好,预祝您在新的单位工作顺利!""您好,我是 FESCO 天津客服专员小张,您的体检报告已出,请您来领取。"他们聚精会神地清理、翻阅着人事档案、劳动合同、保险手册等,这是活跃在本市的一支从事人事代理业务服务的年轻团队,他们以自己是 FESCO 人而自豪。

天津中天对外服务有限公司是中国天津国际经济技术合作集团公司(简称天津外经集团)所属的一家立足于天津、服务环渤海、业务遍及华北地区的专业人力资源外包服务企业。2000 年以前,它还只是天津市对外经济联络局(天津外经集团前身)的一个小业务部。2000 年后,由天津外经集团投资成立公司,简称"中天外服"。公司成立之初,从零起步,身处人力资源服务行业高度竞争的环境,面临传统经营方式和服务产品受到新技术、新模式和新服务的挑战,他们以创新的思维,以蚂蚁啃骨头的韧劲不断提升服务质量、拓展业务范围、扩大客户规模。

2009 年 4 月,中天外服确定了"外求联合,内增实力,强化队伍,创造优势"的改革思路,其上级天津外经集团领导班子审时度势,抓住机遇,前瞻性地做出了人力资源业态走联合发展之路的决定,成功实现了与中国人力资源服务行业领跑者——北京外企人力资源服务有限公司(FESCO)的战略合作,重组天津中天对外服务有限公司,在天津人力资源服务市场树立了"FESCO天津"的服务品牌。自此,中天外服与北外企走上了"联姻"之路,以平等、坦诚的合作为基础,展开了强强联合。正如天津外经集团法定代表人、总经理迟捷在中天外服重组仪式讲话中提到的,"天津外经集团和北京外企集团联合重组中天外服公司,标志着以行业龙头骨干企业为先导,京津两地在现代服务业的战略合作上迈出了重要一步,一个依托于国家滨海新区开发开放战略的具有国际化、市场化和规模化发展趋势的现代人力资源服务新企业诞生了"。在

天津中天对外服务有限公司:

努力前行的 FESCO 天津

【纪念新中国成立65周年】
讲国企故事
看国资发展

■本报记者 门心洁

朝阳升起,位于小白楼泰达大厦7楼的天津中天对外服务有限公司紧张忙碌而充实的一天又开始了。"李先生,您的档案、保险材料都已办好,预祝您在新的单位工作顺利!""您好,我是FESCO天津客服员小张,您的体检报告已出,请您及时查看。"他们聚精会神地清理、翻阅着人事档案、劳动合同、保险手册等,这是活跃在本市的一支从事人事代理业务服务的年轻团队,他们以自己是FESCO人而自豪。

天津中天对外服务有限公司是中国天津国际经济技术合作集团公司(简称天津外经集团)所属的一家立足于天津、服务环渤海、业务遍及华北地区的专业人力资源外包服务企业。10年以前,它还只是天津市对外经济联络局(天津外经集团前身)的一个小业务部。2000年后,由天津外经集团投资成立公司,简称

"中天外服"。公司成立之初,从零起步,身处人力资源服务行业高度竞争的环境,面临传统经营方式和服务产品受到新技术、新模式和新服务的挑战,他们以创新的思维,以蚂蚁啃骨头的韧劲不断提升服务质量、拓展业务范围、扩大客户规模。

2009年4月,中天外服确定了"外求联合,内增实力,强化队伍,创造优势"的改革思路,其上级天津外经集团领导班子审时度势,抓住机遇,前瞻性地做出了人力资源业态走联合发展之路的决定,成功实现了与中国人力资源服务行业领跑者——北京外企人力资源服务有限公司(FESCO)的战略合作,重组天津中天对外服务有限公司,在天津人力资源服务市场树立了"FESCO天津"的服务品牌。自此,中天外服与北外企走上了"联姻"之路,以平等、坦诚的合作为基础,展开了强强联合。正如天津外经集团法定代表人、总经理迟捷在中天外服重组仪式讲话中提到的"天津外经集团和北京外企集团联合重组中天外服公司,标志着以

行业龙头骨干企业为先导,京津两地在现代服务业的战略合作上迈出了重要一步,一个依托于国家滨海新区开发开放战略的具有国际化、市场化和规模化发展趋势的现代人力资源服务新企业诞生了。"在FESCO与天津外经集团两大国资委下属企业的强力支持下,中天外服借助滨海新区的快速发展,正式进入全新的发展阶段。他们凭借多年人力资源服务经验和区域市场资源优势以及先进的经营理念,在保障诚信守法经营的基础上,构建优质平台。今天的中天外服公司专门从事外国及港澳台企业在津设立代表机构的承办,为外商代表处、三资企业和国内知名企业提供高水准的人才派遣和人事代理以及人力资源招聘、猎头服务、员工培训、员工个人职业生涯规划、毕业生就业指导咨询、企业劳动法律法规咨询等人力资源业务。服务于国内外众多客户,包括国际知名企业、三资企业、国有企业、民营企业,横跨通信电子、IT、互联网、汽车、民航等高新科技领域和石化、医疗、金融、交通等行业,他们通过FESCO在全国构筑的服务网络对全国220多个城市和地区的客户提供服务,实现了一地签约服务全国的业务模式。

在企业发展进程中,一支以"70后"担纲、"80后"和"90后"为主体的人力资源服务团队应声而出,他们朝气蓬勃,面对琐碎的、涉及服务对象切身利益的工作内容,没有"娇骄"二气,只有全心全意的服务意识和理念,笑迎来自不同地区、行业的服务对象。相信他们在"内促升级、外扩平台"的发展目标下,适应改革新常态,定会成为本市人力资源服务行业的前沿部队。

《天津日报》刊发《天津中天对外服务有限公司:努力前行的 FESCO 天津》

FESCO 与天津外经集团两大国资委下属企业的强力支持下，中天外服借助滨海新区的快速发展，正式进入全新的发展阶段。他们凭借多年人力资源服务经验和区域市场资源优势以及先进的经营理念，在保障诚信守法经营的基础上，构建优质服务平台。今天的中天外服公司专门从事外国及港澳台企业在津设立代表机构的承办，为外商代表处、三资企业和国内知名企业提供高水准的人才派遣和人事代理以及人力资源招聘、猎头服务、员工培训、员工个人职业生涯规划、毕业生就业指导咨询、企业劳动法律法规咨询等人力资源服务业务。服务于国内外众多客户，包括国际知名企业、三资企业、国营企业、民营企业，横跨通信电子、IT、互联网、汽车、民航等高新科技领域和石化、医疗、金融、交通等行业，他们通过 FESCO 在全国构筑的服务网络为全国 220 多个城市和地区的客户提供服务，实现了一地签约服务全国的业务模式。

在企业发展进程中，一支以"70 后"担纲、"80 后"和"90 后"为主体的人力资源服务团队应运而生，他们朝气蓬勃，面对琐碎的、涉及服务对象切身利益的工作内容，没有"娇骄"二气，只有全心全意的服务意识和理念，笑迎来自不同领域、行业的服务对象。相信他们在"内促升级、外扩平台"的发展目标下，适应改革新常态，定会成为本市人力资源服务行业的前沿部队。

（记者门心洁，本文刊载于《天津日报》，2014 年 11 月 25 日）

环渤海金岸(天津)集团股份有限公司：
"四连跳"助推小市场实现大发展

走进环渤海国际名家居购物中心,现代化的商业环境,国际知名品牌的家居建材琳琅满目,然而在二十多年前,这里还只是一个砂石料供应站,这样的变迁正是环渤海金岸(天津)集团股份有限公司(以下简称"环渤海")跨越发展的一个缩影。作为天津建材集团所属的国有企业,环渤海走出了一条以市场需求为导向,盘活国有资产、建设特色商品市场、实现转型跨越式发展之路。

如果说,这里有什么机缘巧合的话,那就是伴随着整个国家由计划经济向市场经济的转型,环渤海的创业者们抓住了1992年首次由天津建材集团承办全国订货会的契机, 连续争取在津承办了12届订货会。在为政府部门参展企业的服务中,他们不仅建立了良好的关系,积累了创业的"第一桶金",更敏感地捕捉到了发展"永不落幕"的商品市场的机会,培养了强烈的市场意识。从1993年不足600平方米的一个小礼堂改造的首个卖场起步,到如今形成总计占地近千亩,营业面积近70万平方米,涵盖家居、汽车、工业和基建领域四大行业、五大市场,覆盖市区和滨海新区市场的天津专业市场航母, 环渤海实现了转型跨越式发展的"四连跳"。

1997年,是真正的环渤海市场元年。这一年,他们在集团领导支持下,接受了河西建材供应公司,利用靠展销会积累的50万元起步办市场,从此,一个响亮的名字"环渤海建材中心批发市场"诞生了,实现了由仓储业向市场发展的"第一跳"。

2000年,滨海市场的概念刚刚萌生,开发区发展起步不久,环渤海的创业者们敏锐地看到滨海家居和工业服务市场的潜力,果断进军滨海市场,利用集团塘沽建材供应公司的土地和建筑资源,创建了滨海首家集建材家居与工业后服务于一体的专业市场。同时,市内市场首个现代意义的商厦拔地而起,实现了市内、滨海两大市场的共同发展的"第二跳"。

2004年,他们以"解开包袱是财富,带着感情搞改革"的精神,再度接收了陷于困境的天津油毡厂。环渤海的创业者们又捕捉到了汽车进入家庭的蓬勃之势,着手创建了天津真正意义的汽车后服务市场——环渤海汽车城,实现了"第三跳"。此后又相继开拓发展了"石材专业市场"。

2012年,在建材集团统筹决策下,以环渤海为龙头发展集团流通业,实现滨海企业转型发展的决策开始实施,环渤海乘势而上,迅速在原有玻璃工业企业占地基础上,发展壮大了工业后服务市场,2014年9月28日,又在建材集团投资建设下,实现了建筑面积12.8万平方米的环渤海国际家居购物中心开业运营,完成了以一个市场盘活两个企业资源的目标,实现了转型发展的"又一跳"。

如何引领经营者树立正确的利益观,环渤海人在实战中认识到,这不仅是创建品牌市场的价值基础,更应成为全体环渤海人的企业愿景。环渤海始终秉承着"以人为本、以德为尚、以爱为核、以义为先"的爱心文化,将慈善内容纳入每年的工作白皮书。从定向资助社会贫困家庭,到帮助贫困家庭大学生实现大学梦,环渤海人连续14年坚持元旦助困和7月助学两大慈善活动,用爱心教育和引导全体经营者,净化心灵,升华理想,并不断发展为员工、对企业、对社会的爱与责任,深刻影响着环渤海企业文化建设。通过十多年的坚守,环渤海由一个经营市场企业转变为一个坚决履行社会责任的诚信企业。

如今的环渤海,已经不再只是天津的环渤海,更是整个区域的环渤海。"把握需求、精耕细作,为企业发展提供了不竭动力。"环渤海金岸集团股份有限公司负责同志总结说,通过面向市场的高速发展与老国企的改造紧密结合,整合已有的国有资产,使其更适应市场发展需求,从不盲目扩展、拒绝贪大求快,而是精耕细作,顺势、借势、做势、谋势,使企业做大做强,也实现了传统流通业态的转型升级,探索出一条适应自身特点的发展模式,从而走出了从小市场到广阔天地的发展之路。今后,环渤海将在微电子产业上下大力气,建设一个集实体市场与电子商务市场于一体的大的产业链,不断开拓创新,以电商市场服务实体市场,依托资源优势谋篇布局。让我们共同期待环渤海的"新一跳"。

(记者李家宇,见习记者马晓冬,本文刊载于《天津日报》,2014年11月26日)

老农场焕发新生机

虽值初冬雾霾天,更忆早春欢聚时。今年5月11日,天津农垦华北城,180余名老知青从各地赶来,参加一个对他们来说意义非凡的约会——武清农场64届知青50周年联谊会,"重回武清、共话当年"。在笑声与泪水中,他们仿佛又回到了半个世纪前……

50年前,同样是草长莺飞的5月,一群十五六岁满脸稚气的姑娘小伙来到当时的武清县一个叫郎藕洼的地方,除草挖渠,开荒拓地。他们,就是天津农垦武清农场的第一批下乡知青,而郎藕洼所在地,就是天津知青下乡点之一——武清农场。这里北距武清杨村镇5公里,南与北辰汉沟镇接壤,原是一片古海滩,见证过北运河水的肆虐泛滥,也见证过直奉大战的战火硝烟。50年前,这里"冬春白茫茫,夏秋水汪汪,栽树不活苗不长,光收碱蒿不打粮"。故地重游,老知青们仿佛又回到了从前,住着用稻草盖顶、临时搭建的棚舍或刚清理过的场房仓库里,睡着大通铺,连场部办公室也只有几间小平房。记得当年,刚刚建立的武清农场曾受到中央首长及天津市等各级领导的亲切关怀,他们喃喃地说,"那段艰苦岁月锻炼了我们的意志!武清农场的生活,是我们一生的精神财富。"

可是,可是,当年的郎藕洼在哪儿呢?

"您们眼前这一排排繁华的商户所在地就是呀！"武清农场负责人笑着说，昔日的郎藕洼，如今已成为武清区一片炙手可热的宝地了，"咱们在这里开发的天津华北城，是 2009 年天津市 20 项重大服务业项目之一呢！总建筑面积超过 200 万平方米，投资超过 40 亿元人民币。"农场负责人自豪地说。眼下，华北城一期工程已经落成，包含了华北国际建材采购中心、海宁皮草时尚中心、香港皇朝家私旗舰店等。华北城二期项目及华北摩尔国际广场、国际家居广场等，也正在有序建设中。不仅如此，武清农场的平房改造也划上了圆满的句号。521 户职工群众告别了低矮潮湿的陋室，搬进了宽敞明亮的新楼房。

——看到青春年少时燃烧过激情的地方，半个世纪后竟有如此惊艳的绽放，还有什么比这更让人欣慰和激动的呢！老知青们忍不住热泪盈眶。

农场负责人难抑兴奋地向前辈们"汇报"说，四年前，同样在这片热土上，农场还与当地政府及北京经济技术开发总公司合作上马了天和城项目。这个项目定位为大型运动、居住、旅游、度假休闲城，能够提供商务会议、旅游休闲、娱乐健身等多项高端综合性商业服务。一旁的农场小年轻补充说，目前，天和城南湖景观工程已完美收官，景观区总面积 380 公顷，绿化和水系面积高达 80% 以上，咱们去逛逛吧。

徜徉于天和城南湖景区的碧树绿水之间，老知青们个个心旷神怡。"我们一定让这里成为京津走廊一道亮丽的风景线。事实上，它已经成为 2015 年第三届中国绿博会的展会场地了……"听着后生小辈铿锵的话语，老知青们由衷地笑了。没错儿，这就是咱农垦人，坚毅、豁达、乐观、蔑视一切困难、敢想敢拼，勇于牺牲奉献，也因此，天津农垦才得以乘风破浪、奋勇向前。

（本报记者岳付玉，本文刊载于《天津日报》，2014 年 11 月 27 日）

渤化"729"——中国乒乓器材的骄傲

从胶皮、套胶、成品球拍到运动地胶、球台、乒乓球……8大系列200余种产品,销售额在国内市场名列前茅;

持续领先的科研技术优势、卓越的品质保障、高度的市场契合力、周到的客户服务……为中国国球事业的持续发展提供强有力的支撑;

"立足天津、深入全国、拓展海外",指明前进方向的战略格局已然铺开。

这就是津产乒乓器材品牌"729"。

"729"品牌诞生在天津市区海河边的天津渤海化工集团橡胶工业研究所院内。因为"729"品牌的第一块胶皮诞生于1972年9月,为了纪念这一成功的日子,第一块胶皮被命名为"友谊—729"。该产品以弹性大、摩擦力强,具有极好的"弧圈球"性能而著称。

"友谊—729"作为天津市著名商标和名牌产品,不仅使一代又一代中国乒乓健儿如虎添翼,成为我国乒乓健儿在世界乒坛上摘金夺银的犀利武器,更是以其独特的优点销往全世界。

创新是力量的源泉。

"729"在其近40载的发展历程中,不断对乒乓行业市场进行充分剖析,及时转变经营观念和管理观念。他们将过去只注重生产、成本、价格、产品等生产性因素,变为注重顾客、服务、品牌和人才等市场因素,从消费者需求出发,增强与市场的互动,让品牌回归大众。

渤化729:中国乒乓器材的骄傲

■ 本报记者 吴巧君

友谊胶、套胶、成品球拍到运动地胶、球台、乒乓球……8 大系列 200 余种产品,销售额屡在国内市场名列前茅;

持续领先的科研技术优势、卓越的品质保障、高度的市场契合力,周到的客户服务……为中国球事业的持续发展提供强有力的支撑;

立足天津,深入全国,拓展海外,指引前进方向的战略格局已然铺开。

"729"品牌诞生在天津市区海河边的天津渤海化工集团橡胶工业研究所院内。因为"729"的第一块胶皮诞生于 1972 年 9 月,为了纪念这一成功的日子,第一块胶皮被命名为"友谊—729"。该产品以"弹性"大、"摩擦力"强,具有极好的"弧圈球"性能而著称。

"友谊—729"作为天津市著名商标和名牌产品,不仅让一代又一代中国乒乓健儿如虎添翼,成为我国乒乓健儿在世界乒乓坛上揽金夺银的犀利武器,更是以其独特的优点销往全世界。

2000 年,国际乒联为了提高乒乓球运动的观赏性,决定将乒乓球的直径从38mm改成40mm,"大球"时代到来了。为了应对这种变化,天津橡胶工业研究所科技人员加大研发投入和技

【纪念新中国成立65周年】
讲国企故事
看国资发展

创新是力量的源泉。

"729"在其 40 多载的发展历程中,不断对乒乓行业市场进行充分剖析,及时转变经营观念和管理观念,他们改变过去只注重生产、成本、价格、产品等生产性因素,变为注重顾客、服务、品牌和人才等市场因素,从消费者需求出发,增强与市场的互动,将品牌回归大众。

术攻关,很快推出"729—2"快速反胶、"729—40"海绵套胶等高品质反胶系列新品,得到了市场的认可;他们面对国际乒联提高对乒乓球球拍胶黏剂标准的要求,率先在国内研发出无毒胶水;2008 年奥运会后,在业内同行普遍面临技术瓶颈的同时,"729"又凭借研发优势,抓住机遇,大举推出了无机时代的新王者——"729—08劲速",目前这款产品在被国家队队员广为接受的同时,通过3年时间上百种试验配方的技术改进,2014 年又陆续推出"729—奔腾"系列新品。

科技创新,不仅让"729"在乒乓器材套胶领域领跑国内同行业,更直接促进了企业的大力发展。2006 年 1 月 2 日,企业正式搬迁到天津高新区华苑科技产业区,80 亩产业用地的大手笔投入,标志着天津"729"迎来了从市场扩充到品牌腾飞的高速发展期。

历史的辉煌属于过往。在当今市场营销不断变化的背景下,"729"人深刻地意识到,只有改变传统思维模式,建立以品牌为核心的整体营销战略,才能建立起民族品牌与国外品牌抗衡的硬实力。

在企业发展上,"729"摆脱以往直线型、割裂式运作方法,采取项目制管理思路,将产品研发、市场创意、品牌管理、市场营销等整合于一体,将各职能部门分散的自我意识高度集中,倡导技术为先导、管理作基础、市场为核心、服务作保障,形成协作创新、诚信负责、用心缔造的高效团队。

此外,"729"为了培养中国乒乓球后继有人,连续多年赞助全国中学生乒乓球比赛和全国青少年U—17赛事,实现了企业社会效益和经济效益的双丰收。

《天津日报》刊发《渤化729:中国乒乓器材的骄傲》

　　2000 年,国际乒联为了提高乒乓球运动的观赏性,决定将乒乓球的直径从 38 毫米改成 40 毫米,"大球"时代到来了。为了应对这种变化,天津橡胶工业研究科技人员加大研发投入和技术攻关,很快推出"729—2"快速反胶、"723—3"、"729—40"海绵套胶等高品质反胶系列新品,得到了市场的认可;他们面对国际乒联提高对乒乓球球拍胶黏剂标准的要求,率先在国内研发出无毒胶水;2008 年奥运会后,国际乒坛的"禁胶时代"随之到来,在业内同行普遍面临技术瓶颈的同时,"729"又凭借研发优势,抓住机遇,大举推出了无机时代的新王者——"729—08 劲速",目前这款产品在被国家队队员广为接受的同时,已经成为众多选手决战乒坛的利器;通过 3 年时间上百种试验配方的技术改进,2014 年又陆续推出"729—奔腾"系列新品。

　　科技创新,不仅让"729"在乒乓器材套胶领域,领跑国内同行业的技术水平,更直接促进了企业的大力发展。2006 年 1 月 2 日,企业正式

搬迁到天津高新区华苑科技产业园区,80 亩产业用地的大手笔投入,标志着天津"729"迎来了从市场扩展到品牌腾飞的高端发展时期。

历史的辉煌只属于过去,在当今市场营销不断变幻的背景下,"729"人深刻地意识到,只有改变传统思维模式,建立以品牌为核心的整体营销战略,才能建立民族品牌与国外品牌抗衡的硬实力。

在企业发展上,"729"摆脱以往直线型、割裂式运作方法,采取项目制管理手段,将产品研发、市场企划、品牌管理、市场营销等整合于一体,将各职能部门分散的自我意识高度集中,倡导技术为先导、管理作基础、市场为核心、服务做保障,形成协作创新、诚信负责、用心建言的高效团队。

同时,"729"为"培养中国乒乓球后继有人",连续多年赞助全国中学生乒乓球比赛和全国青少年 U—17 联赛,实现了企业社会效益和经济效益的双丰收。

(记者吴巧君,本文刊载于《天津日报》,2014 年 11 月 28 日)

在车间办公的好经理

——记全国钢铁工业劳动模范、天津市冶金集团(控股)有限公司轧一迁安公司总经理钱建国

他是个把办公室"搬"到车间的总经理:在渤钢集团冶金轧一迁安公司,人们要找他,不用到经理办公室,因为在那儿很少能找到他,而是要到车间里、高炉旁,他的身影在那里出现的频率远远高于办公室;

他争强好胜,是个眼睛向内找差距,不断自我加压的领导者:在他领导下,"站排头、争先进",一直是轧一迁安公司的企业文化,公司把行业对标工作常态化,轧一迁安独创的"对标项目册"成为兄弟公司学习的范本,行业对标也促进公司各项指标不断提升,其中有 9 项经济技术指标占据国内同行业先进地位;

他知人善用,善于把企业困难和任务向干部职工交底,遇重大事件或决策必定通过各种途径征求职工意见,调动广大职工的积极性和创造性,增强企业凝聚力;

他就是天津市"五一"劳动奖章获得者、全国钢铁工业劳动模范、渤钢集团冶金公司轧一迁安公司总经理钱建国。

在他带领下,轧一迁安公司经营状况连创历史新高,工业总产值逐年增加——在 2012 年企业铁、钢、材产量创造建厂以来历史最好水平基础上,2013 年,完成铁 189.8 万吨、钢 194.2 万吨、材 190.8 万吨。其

中,钢、材产量双双创历史最好水平;全年实现工业总产值77.6亿元,同比增长18.26%;工业增加值完成3.26亿元,同比增加116.8%;实现利税总额1.79亿元,同比增长59.3%;今年前9个月,公司铁前成本完成2227元,较去年2436元,降低了209元,实现了铁前降低100元的任务目标。

在他和班子共同努力下,轧一迁安公司企业烧结固体燃料消耗、烧结机作业率、铁水合格率等多项指标一直位列行业先进;炼钢铸坯合格率100%,与唐钢并列行业第一;轧钢综合成材率98.42%,台时产量304.45吨,也一直排在行业先进水平。

"要占据市场优势,必须实施新品战略",这是他带领企业员工在市场中摸爬滚打总结出的生产理念。在这种理念带动下,2010年起,企业相继成功冶炼了SPA-H、DR510、G35B、弹簧钢等20余个新钢种。目前,轧一迁安公司已经具备了批量生产冷轧基料等8大系列30余个牌号产品的生产能力,不仅大大提

【纪念新中国成立65周年】
讲国企故事
看国资发展

在车间办公的好经理
——记渤钢集团冶金轧一迁安公司总经理钱建国

■ 本报记者 吴巧君

他是个把办公室"搬"到车间的总经理;在渤钢集团冶金轧一迁安公司,人们要找他,不用到经理办公室,因为在那儿很少能找到他,而是要到车间里,高炉旁,他的身影在那里出现的频率远远高于办公室。

他争强好胜,是个眼睛向内找差距,不断自我加压的领导者;在他领导下,"站排头、争先进",一直是轧一迁安公司的企业文化,公司把"行业对标"工作常态化,轧一迁安独创的"对标项目册"成为兄弟公司学习的范本,"行业对标"也促进公司各项指标不断提升,其中有9项经济技术指标占据国内同行业先进地位。

他知人善用,善于把企业困难和任务向干部职工交底,遇重大事件或决策必定通过各种途径征求职工意见,调动广大职工的积极性和创造性,增强企业凝聚力。

他就是天津市"五一"劳动奖章获得者、全国钢铁工业劳动模范、渤钢集团冶金公司轧一迁安公司总经理钱建国。

在他带领下,轧一迁安公司经营状况连创历史新高,工业总产值逐年增加。2013年实现工业总产值77.6亿元,同比增长18.26%,实现利税总额1.79亿元,同比增长59.3%。今年前9个月,公司铁前成本完成2227元,较去年2436元,降低了209元,实现了铁前降低100元的任务目标。

在他和班子共同努力下,轧一迁安公司企业烧结固体燃料消耗、烧结机作业率、铁水合格率等多项指标一直位列行业先进;炼钢铸坯合格率100%,与唐钢并列行业第一;轧钢综合成材率98.42%,台时产量304.45吨,也一直排在行业先进水平。

"要占据市场优势,必须实施新品战略",这是他带领企业员工在市场中摸爬滚打总结出的生产理念。目前,轧一迁安公司已经具备了批量生产冷轧基料等8大系列30余个牌号产品的生产能力,还提高了公司的经济效益,也为公司拓展销售市场提供了保障。近年来,公司产品不但打入了国内产品销售空白地区,还远销海外市场,并且,连续几年实现了产品销售率、回款率、合同执行率等三个100%。

"以人为本、共生共赢",这样的企业文化让企业员工不断在企业发展中获益,也极大地调动了大伙的积极性,更好地促进了企业发展。在轧一迁安公司,连年来职工保险、福利、薪酬等随着企业效益增长而水涨船高,带薪年假8月开始实施,为职工又增添一项福利;在资金紧张情况下,公司不忘拿出超过纯净水生产线,解决职工饮水问题;两厂区均投入了纯净水生产线,解决职工饮水问题;为方便职工阅读,建成了职工书屋;为提高职工的饮水质量,给职工宿舍安装了饮水机,添置了桶装水;并为每间宿舍安装了网线及有线电视。

这个把办公室"搬"进车间的好经理受到了企业员工一致的爱戴,连续三年,企业员工把他先进工作者、优秀共产党员、技术创新能兵、"五一"劳动奖章、天津市劳动模范等这些"好名称"都给了这位好经理。

《天津日报》刊发《在车间办公的好经理》

高了公司的经济效益,也为公司拓展销售市场提供了保障。近年来,公司产品不但打入了国内产品销售空白地区,还远销海外市场,并且连续几年实现了产品销售率、回款率、合同执行率三个100%。

"以人为本,共生共赢",这样的企业文化让企业员工不断在企业发展中获益,也极大地调动了大伙的积极性,更好地促进了企业发展。在轧一迁安公司,连年来职工保险、福利、薪酬等随着企业效益增长而水涨船高,带薪年休假8月开始实施,为职工又增添一项福利;在资金紧张情况下,公司不忘拿出部分资金用于改善职工生活,两厂区均投入了纯净水生产线,解决职工饮水问题;为方便职工阅读,建成了职工书屋;为提高职工的饮水质量,给职工宿舍安装了饮水机,添置了灌装水;并为每间宿舍安装了网线及有线电视线。

这个把办公室"搬"进车间的好经理受到了企业员工一致的爱戴,连续三年,企业员工把先进工作者、优秀共产党员、技术创新标兵、"五一"劳动奖章、天津市劳动模范等这些"好名称"都给了这位好经理。

(记者吴巧君,本文刊载于《天津日报》,2014年12月1日)

立达海水：以高科技打造优质水产品

"当当吃海货,不算不会过",这句天津俗语充分表明了海鲜在我市百姓餐桌上的重要地位。天津立达海水资源开发有限公司作为我国北方大型海珍品繁育、养殖企业,年生产虾苗种达9亿尾,珍品鱼8万斤,"津立达"牌半滑舌鳎、多宝鱼、鳗鱼、河豚、刺参、石斑鱼、南美白对虾等生态海珍品销往全国各地,供不应求。

前些年,由于各种原因造成渤海湾水质严重污染,加上粗放型生产方式无节制地向渤海湾排放污水,使海水养殖业陷入了一个恶性循环的怪圈——海水养殖的鱼、虾连年大面积减产,受到污染的海水养殖产品百姓不敢吃。

在立达集团的领导下,公司确立了"树立社会责任,依靠科技创新,为百姓提供放心海产品"的发展宗旨,大力实施以科技引领企业转型升级的发展战略。近三万平方米的封闭式养殖车间依次而建,生态型全封闭内循环养鱼车间、工厂化苗种繁育车间、跑道式对虾养殖实验车间、越冬温室暖棚等一批具有高科技含量的设施化养殖设施,组成了各具特色的生产集群。

半滑舌鳎是公司培育的主打产品之一。在上千平方米的半滑舌鳎养殖车间里,灯光昏暗、空气潮湿、温度恒定。在手电光的照射下,可以看到一层一层的半滑舌鳎沉在池底缓慢游动。工作人员介绍说:"为避免海水污染及细菌传播,养殖车间采用全封闭循环水处理技术,'把大海搬进车间',平均每天要进行24次的过滤循环来净化水质,在这种环境下生长的半滑舌鳎个头大、肉质嫩、味道鲜,出池大多在3—5斤左右,深受广大消费者的喜爱,是市场少见的优质品种。"

无添加剂的绿色饵料是预防病害侵袭的有效保证。这些饵料禁止添加激素、重金属离子、抗生素、镇静剂、化学添加剂。

在具备独立承担国家重点科技项目研究与开发能力的实验室,整齐地陈列着显微摄像设备、水质分析仪等50多台先进设备,这里对6项水化学因子进行24小时动态监测,准确提供水质情况报告。

在实验室旁的成果展示墙上,醒目地挂着"天津立达海水资源开发

天津立达海水资源开发有限公司院士工作站揭牌仪式

有限公司院士工作站"的牌子。工作人员介绍说："这是我市成立的首家海水养殖院士工作站，赵法篦、雷霁霖院士带领一批水产养殖专家，直接指导、帮助企业加速科技成果向现实生产力转化，使公司抢占了科技进步的制高点。"

目前，海水公司已与中国水产科学研究院黄海水产研究所、中国海洋大学、天津农学院等科研院所签署和实施了 14 项科研项目，包括：国家"863"、科技部、农业部及省市级科技课题，成功引进了 27 项最新技术和 13 个名优新品种，荣获多项市级、区级科技进步奖，并完成 8 项科技成果登记。现代化生态型内循环养殖系统，使公司养殖水循环利用率达到 90% 以上，鱼类单位产量 30 千克/平方米，经营利润每年以 30% 以上的速度增长。

海水公司在追求经济效益的同时始终重视公益事业。公司先后将 25 万尾半滑舌鳎鱼苗放流渤海。为了更好地发挥市级重点龙头企业的示范带动作用，公司注册成立了"天津市津水水产养殖专业合作社"，全方位地为广大农渔民提供科技服务。目前，合作社已发展成员 700 余户，带动工厂化养殖面积 6 万平方米、池塘养殖面积 5 万亩。

海水公司的领导对我们说："通过干部员工的不断努力，公司已经走上了科学健康持续发展的快车道，今后将继续坚持以科技创新培育企业核心竞争力，力争成为北方地区海水养殖领域的领军企业。"

（记者门心洁，本文刊载于《天津日报》，2014 年 12 月 2 日）

天津"飞鸽"：车轮流转中的时代变迁

10月1日,100辆暗红色的飞鸽牌复古公共自行车亮相杭州西湖边。它们朴实低调的外表下有一个"高大上"的内核,整车由环保材料制作,1秒变速、真皮座椅、反光轮胎,最为骄傲的是,这款自行车是由天津飞鸽车业发展有限公司特意为2014天津夏季达沃斯论坛研发的,并曾服务于论坛嘉宾。

10月10日,在2014亚洲自行车精品博览会上,上百家国内外品牌厂家到会,展出了不少行业最前沿的产品,但相比于参展的众多欧美风格山地车,飞鸽集团推出的"复古车"博得了更多青睐。其中一辆名为"荷香"的飞鸽自行车更是吸引了许多人驻足观看,该车车架上绘有清新脱俗的荷花、金鱼等元素,浓浓的"中国风"扑面而来。

有人说,世界的自行车王国是中国,中国的自行车之城是天津。曾经,自行车是天津最响亮的"代名词"。79年前,中国第一辆自行车下线,后经毛泽东盛赞,再之后又作为礼物被赠送给老布什、小布什、奥巴马等多位外国元首,让"飞鸽"与"国礼"深深地结缘。二十世纪七八十年代,作为百姓生活中最主要的交通工具,自行车几乎人手一辆。不论是作为"国礼"的飞鸽自行车,还是普通百姓骑着的飞鸽自行车,历经几十年风雨,依旧保持着那份淳朴、那份精工细作。

在计划经济时代,"飞鸽"曾是天津经济的支柱,多次被评为名优产品,与"永久""凤凰"一同被誉为中国三大自行车品牌,为当时人们的生活增添了一抹亮色,一辆崭新的"飞鸽"往往是最令人称羡的嫁妆。

改革开放之后,"飞鸽"为中国轻工业的发展做出了举足轻重的贡献,日产超过万辆,平均每 5.2 秒就飞出一只"鸽子",让天津自行车厂成为全世界最大的自行车生产厂家,产品遍布世界多个国家和地区,也让中国成为名副其实的"自行车王国"。

过硬的质量和响当当的名气让"飞鸽"一度成为中国的名片。1989 年 2 月,时任国务院总理的李鹏将两辆飞鸽自行车赠送给来华访问的时任美

飞鸽集团产品展览

国总统布什。此后,"飞鸽"先后数十次被当作礼品赠予外国首脑。25 年后的今天,美国前总统乔治·布什博物馆依然陈列着那辆飞鸽车。时至今日,飞鸽自行车仍然是外交部制定的"国礼",今年 6 月又一辆"国礼"飞鸽自行车飞出国门,由中国代表团赠送给了英国首相卡梅伦,"飞鸽"成为传播友谊、连接世界的文化使者。

随着时代的进步,汽车走进千家万户,而自行车清脆的铃声渐渐消失在人们的耳畔。在市场经济的浪潮中,"飞鸽"面临着生死存亡的考验。和众多国有企业一样,债务重、人员多、机制僵化等问题使"飞鸽"雪上加霜。

207

2 | 要闻

2014年12月3日 星期三 责任编辑:刘一淳 TIANJINDAILY 天津日报

黄兴国主持召开市政府党组会传达贯彻市委十届六次全会精神
深入推进依法行政加快建设法治政府

肖怀远主持市人大常委会主任会议学习贯彻市委全会精神
认真履行人大职责 全面推进依法治市

市政协召开党组扩大会议
传达学习市委十届六次全会精神

市纪委举行学习贯彻市委十届六次全会精神
不断取得党风廉政建设和反腐败斗争新成效

市委统战部向党外人士通报市委十届六次全会精神
依法循制履职尽责 懂法守法促进和谐

督促指导第一批教育实践活动单位民主生活会工作部署会召开
严督实导确保民主生活会高质量

市政法委传达学习市委十届六次全会精神
政法机关要做推进依法治市的主力军排头兵

限禁烟花爆竹 你我自觉遵守
外环线内炮摊正月初五就收摊
本市羊年春节烟花爆竹进货量环比减四成 临时网点销售时段缩短十天

白事执花语 鞭炮声渐稀
殡葬处：家属携带烟花爆竹将不予运输

天津"飞鸽"：
车轮流转中的时代变迁

■ 本报记者 陈璠

《天津日报》刊发《天津"飞鸽"：车轮流转中的时代变迁》

为了摆脱困境,保住"飞鸽"品牌,飞鸽集团经历了多次改制、重组,投资建立了飞鸽车业发展有限公司。广大干部职工攻坚克难、负重创新,付出了不懈的努力,以其质量优良、服务周到、款式多样、价格适宜等综合要素,恢复、巩固了市场,开发、扩展了市场,终于走出困境。

　　浴火重生的"飞鸽"顺应回归自然、健康休闲、运动娱乐的消费需求,不断调整产品结构,采用新技术、新材料、新工艺,迈出了转型升级的新步伐。在做好大众产品的同时,实现了从代步工具发展到休闲运动产品的转变,彰显了老品牌的新风采,有效拓展了国内国际市场。

　　如今飞鸽自行车的销售网点达1200多家,出口全球60多个国家和地区。天津"飞鸽"振翅高飞,正在飞向更加辉煌的未来。

　　　　　　(记者陈璠,本文刊载于《天津日报》,2014年12月3日)

长芦盐业：千年老字号的转型青春路

在近年经济下行压力加大的形势下，天津市长芦盐业总公司却交出了一份漂亮成绩单，连续几年各项经济指标逆势上扬——

2012 年，营业收入居全国各省市区盐业公司前列；2013 年营业收入是 2010 年的 4.7 倍，利润总额、资产总额、净资产分别是 2010 年的 2.9 倍、2.6 倍和 8 倍；今年前三季度，实现营业收入同比增长 21%，各项指标创出历史最好水平。

"效益增长高于速度增长，非盐产业营业收入和利润贡献率高于传统盐业，科研投入增幅高于利润增幅。"长芦公司负责人告诉记者。这"三个高于"是近年长芦公司调结构、转方式、重创新，既立足盐又跳出盐业，推动古老传统盐业不断变革发展的有力佐证。

2011 年下半年开始，长芦公司制定"十二五"发展规划，谋划了以盐业为基础、资本运营为龙头、商贸物流和化工新材料为支柱、房地产为支撑的产业发展布局。

在做精盐业基础板块上，他们以市场需求为导向，加快食盐产品升级，绿色食盐比重由不足 10% 提高到 90% 以上，并进一步优化销售网络布局和送销服务，设立市场直营店，缩短销售环节。在提高传统盐业科技含量方面,与中盐共同投资 1.2 亿元建成了全国盐业第一个"六位一体"集约化食盐基地,让中国盐业研发转化中心落户长芦,天津从而成为国内高端食盐创新基地。

在做强资本运营龙头板块上,长芦投资公司的 4 个股权投资项目收益良好——控股十堰天赐公司,其米黄玉储量全国最大,品质优良;控股央企华信化工公司,其拥有 47 项专利、17 项国内行业标准和 13 项核心技术;参股晶日金刚石公司,其拥有先进的超硬材料生产工艺技术及行业资源;参股博瑞祥公司,其在手机游戏、动漫领域拥有原创技术优势。资本运营板块的投资利润率由 2012 年的 14.6%,上升到 2013 年的 20.3%,2013 年实现利润是 2011 年的 3.6 倍,占总公司全部利润的 48%。

在做大商贸物流支柱板块上,2013 年,该板块营业收入占全部营业收入的 77%,是 2010 年的 7.9 倍。与加拿大合资并控股的润科公司产品水平高、发展前景好,2013 年 5 月投产,当年销售高端冷却液 4600 吨,成为壳牌、约翰迪尔等世界 500 强企业的供应商。

在做优化工新材料支柱板块上,积极推进长芦南港新材料创新园区建设,该项目总投资约 30 亿元,占地约 800 亩,全部达产后预计年产值 55.88 亿元,实现利税 16 亿元。目前,已被列入市国有经济结构调整和发展"十二五"规划纲要天津市石化重点项目。目前园区总体规划已通过专家论证,一期项目进入可研阶段。项目未动,研发先行,2013 年,长芦总公司投入 2000 多万元,引进国外知名专家团队进行 13 个高端产品研发,实现了 5 项核心技术突破和 5 项技术创新,并在世界范围内首次成功合成了一种氟化学新物质,公司正在整理具有自主知识产权的 1 项国际专利、9 项国内专利的申报材料。为了打造新材料全产业链,实现由传统盐业向战略性新兴产业转变,长芦公司积极走出去,在内蒙古成功收购了国家战略性资源萤石矿,为南港新材料创新园提供了坚实的资源保障。

"这三年里,长芦创出了历史上七个第一:设立了第一个研发中心,规划了第一个产业园区,开展了第一个国际技术合作,组建了第一个中外合资实体项目,建成了第一个集约化食盐基地,拥有了第一个央企优质资产,培育了第一个控股拟上市项目。"长芦盐业公司负责人策自豪地说。

"百味盐为先",盐是老百姓每日生活的必需品,转型升级是有着3000多年历史的长芦盐业生存发展、做强做优的必由之路,下一步,长芦转型升级将紧紧围绕建设资本运营能力强、自主创新能力强、实现盈利能力强、集中管控能力强和职工幸福感强的目标,加力奋斗,尽快实现!

(记者吴巧君,本文刊载于《天津日报》,2014年12月8日)

一群年轻人与九个"多一点"

"服务是我们的产品,更是我们的尊严。"这是滨海快速全国青年文明号班组的承诺。风雨兼程十余年,他们用无悔的青春谱写了天津轨道交通集团运营服务窗口的独特风采。

车站,对乘客来说,不过是旅程中短暂驻足的驿站,但对车站员工而言,却是每天都要面对的人生大舞台,而且这个舞台从来没有彩排。在这里,乘客们虽性情有别、阅历各异,但都有被关怀的渴望。车站员工纵有万般不快,也总要微笑面对每一个走过身边的过客。在年复一年、日复一日的迎来送往中,他们始终践行九个"多一点":在服务中,微笑露一点、爱心多一点、服务好一点;处理对客事件时,脑筋活一点、行动快一点、效率高一点;遇到难题时,理由少一点、耐心多一点、脾气小一点。

2009 年 11 月 16 日,塘沽一中的两个学生焦急万分地走进塘沽站。原来,他俩在站外拾到了一个钱包,内有现金 1400 多元、多张银行卡及一张 11 万元的借款协议,他们在原地等了很久也没有等到失主,就来寻求帮助。车站员工当即与这两位可爱的学生确认了失物信息,接下了爱心接力棒,他们一点一点串联线索,全力搜寻有用信息,经过两天多的不懈努力终于找到了失主——重庆某公司驻天津办事处的一名员工。这个员工正万分沮丧地准备回重庆重新办理各类证件,此时接到车站人员的电话那份惊喜不言而喻。

2010年1月21日夜,一名男乘客醉酒,在塘沽站突发眩晕,心跳加速,出现了胸闷、心悸,继而逐渐失去意识。车站员工一边紧急救护,一边拨打120,用最短的时间将乘客送上救护车,并及时联系乘客家属告之详情……2月1日,恢复健康的乘客及其家属来到塘沽站,满满的感激,深深的谢意,他们坚持要送一份厚礼,但被车站员工婉言谢绝了,"这是我们应该做的!"

……

轨道交通集团津滨轻轨的运营故事说也说不完。

津滨轻轨

2006年,滨海新区的开发开放被提升为国家战略,新区吸引越来越多的人前往观光、考察、投资、创业。作为连接京津与新区的主要交通纽带之一,津滨轻轨肩负重任。"我们是窗口行业,直接关系到人们对新区的第一印象,所以必须做好!"这是轻轨所有员工的心声。这么多年来,安全、迅速、方便、准时、舒适,客运服务人性化、工作礼仪规范化、运营组织科学化,滨海快速的优质服务给全国各地的乘客留下了美好的印象,也为滨海新区这一"全国综合配套改革试验区"的形象加分添彩。

今年以来,又一项国家战略——京津冀一体化如火如荼地展开。在三地交通一体化的大格局下,津滨轻轨迎来了更广阔的服务舞台。滨海快速全国青年文明号班组,这个曾获"天津市青年文明号""全国青年文明号"等多项荣誉的年轻团队,秉承九个"多一点"的服务理念,已满怀激情地踏上了新征途。

(记者岳付玉,本文刊载于《天津日报》,2014年12月9日)

【纪念新中国成立65周年】
讲国企故事 看国资发展

一群年轻人与九个"多一点"

■ 本报记者 岳付玉

"服务是我们的产品,更是我们的尊严。"这是滨海快速全国青年文明号班组的承诺。风雨兼程十余年,他们用无悔的青春谱写了天津轨道交通集团运营服务窗口的独特风采。

车站,对乘客来说,不过是旅程中短暂驻足的驿站,但对车站员工而言,却是每天都要面对的人生大舞台,而且这个舞台从来没有彩排。在这里,乘客们虽性情有别、阅历各异,但都有被关怀的渴望。而车站员工偶尔纵有万般不快,也总要微笑面对每一个走过身边的过客。在年复一年、日复一日的迎来送往中,他们始终践行九个"多一点";在服务中,微笑要多一点、爱心多一点、服务好一点,处理事件时,脑筋活一点、行动快一点,效率高一点,遇到难题时,理由少一点、耐心多一点、脾气小一点。

2009年11月16日,两个塘沽一中的学生焦急万分地走进塘沽站。原来,他俩在站外拾到了一个钱包,内有现金1400多元,多张银行卡及一张11万元的借款协议,他们在原地等了很久也没有等到失主,就来寻求帮助。车站员工当即与这两位可爱的学生确认了失物信息,接下了爱心接力棒,他们一点一点串联线索,全力搜寻有用信息,经过两天多的不懈努力终于找到了失主——重庆某公司驻天津办事处的一名员工。这名员工正万分沮丧地准备回重庆重新办理各类证件,此时接到车站人员的电话那份惊喜不言而喻。

2010年1月21日夜,一名男乘客醉酒,在塘沽站突发眩晕,心跳加速,出现了胸闷、心悸,继而逐渐失去意识。车站员工一边紧急救护,一边拨打120,用最短的时间将乘客送上数护车,并及时联系乘客家属告知详情……2月1日,恢复健康的乘客及其家属来到塘沽站,满满的感激,深深的谢意,他们坚持要送上一份厚礼,但被车站员工婉言谢绝了,"这是我们应该做的!"

轨道交通集团津滨轻轨的运营故事说也说不完。

"我们是窗口行业,直接关系到人们对新区的第一印象,所以必须做好!"这是轻轨所有员工的心声。这么多年来,安全、迅速、方便、准时、舒适,客运服务人性化、工作礼仪规范化、运营组织科学化,滨海快速的优质服务给全国各地的乘客留下了美好的印象,也为滨海新区这一"全国综合配套改革试验区"的形象加分添彩。

今年以来,又一项国家战略——京津冀协同发展如火如荼地展开。在三地交通一体化的大格局下,津滨轻轨迎来了更广阔的服务舞台。滨海快速全国青年文明号班组,这个曾获"天津市青年文明号""全国青年文明号"等多项荣誉的年轻团队,秉承九个"多一点"的服务理念,已满怀激情地踏上了新征途。

《天津日报》刊发《一群年轻人和九个"多一点"》

做一颗不可替代的螺丝钉

——记天津百利装备集团泵业集团公司
加工中心操作工杜智伟

螺杆泵零部件的生产加工,这是今年43岁的杜智伟几十年如一日的工作。

自1990年从天津市机电技校毕业后进入天津百利装备集团有限公司泵业集团工作以来,这个普通的岗位一直伴随杜智伟。

即便只是一颗螺丝钉,也要变得与众不同,不可替代。这是杜智伟对自己的要求。

刚走上工作岗位,杜智伟看到同事们熟练的操作手法,稔熟的操作技术,心里无比羡慕,暗暗下决心要在最短时间内赶超同事。

为尽快提升技能水平,杜智伟抓住每一个向老师傅学习的机会,认真领会技术要领。他白天工作,晚上和公休日则学习现代加工技术,提升理论知识水平。凭着那股钻劲和韧劲,杜智伟的技能水平不断提高,短短数月后,杜智伟就掌握了数控加工中心的驾驭技能,成为熟练操作车床、铣床、型号镗床、专用镗床等多种设备的多面手。

在学习操作技能的同时,杜智伟不放过任何一个机器维修机会,多看,多问,竟然很快掌握了自己所接触到的设备的维修本领。

"凡是杜智伟使用的设备,即便是复杂故障,杜智伟也能准确分析出故障原因并协助设备维修人员彻底消除故障。"杜智伟的领导张世勇说。

在努力掌握和提高操作技能同时,杜智伟还积极参与公司开展的岗位创新活动,立足岗位改进操作工艺,进行技改技革,为提高零件加工质量和加工效率、降低生产成本献计献策。

例如,在立式镗床上加工三螺杆泵衬套过程中,需要加工一个阶梯孔台,以前采用人工倒角、去刺,加工后既不美观又费时费力。经认真研究图纸和工艺要求,杜智伟对刀具的受力及分段刀具安装尺寸进行反复计算后,对原加工刀具进行改进,研制出在一个刀杆上同时装夹三把刀具间隔120°分布,使镗削倒角一次加工成形,不仅提高加工效率25%,而且使产品外观和质量得到保证,此项创新成果获得了国家专利。

在解决三螺杆泵衬套拉削中存在的三孔尺寸精度和位置精度不达标问题时,杜智伟结合自己多年的工作实践,提出从两方面加以解决的方案:一是对机床导轨的间隙进行控制,二是根据衬套材质的不同对拉刀刃磨角度进行控制。实施后拉削一次合格率由原来的70%提升到90%以上。

一次次攻关成功,激励着杜智伟不断前行。近年来,杜智伟先后完成创新操作法2项,提合理化建议及小改小革10余项,获得过市级质量攻关三等奖、集团公司级QC成果三等奖,为企业累计节能增效400多万元。由于工作业绩突出,杜智伟连续三年被公司评为技术能手,多次被公司授予优秀共产党员和最佳员工称号。

杜智伟说,自己参加工作20多年,见证了泵业集团一步步走向兴旺,见证了百利装备集团的跨越发展,一想到这些兴旺与发展中也有自己的一份小小功劳,就无比自豪。

(记者吴巧君,本文刊载于《天津日报》,2014年12月10日)

创造全新养老生活

——旅游集团探索企业投资养老产业新模式

今年 7 月以来，一部公益广告片在天津电视台各频道连续播出，片中三位老人讲述了孤独寂寞、看病难、养老院一床难求等困境，表达了"希望有更好的养老方式"的内心愿望。天津旅游集团通过拍摄这部片子，既是传递关爱老人的社会情怀，也是实践一项养老事业。

初冬时节，静海团泊健康产业园，记者走进了旅游集团投资建设的新型养老综合体——康宁津园，所见所闻令人耳目一新。"5 园 6 岛"的围合式建筑布局，连接居住区与服务区的风雨连廊，"小病不出户、常病不离园、大病直通车"的三级医疗服务，"一键求助、三级联动"的紧急救助系统，由楼栋管家、专业秘书和生活服务员构成的三层呵护服务，适老化产品，康宁老年大学，志愿者积分银行及工分换服务等等，使人感到不同于居家养老和养老院养老的新颖和独特。

目前我市 60 岁以上人口超过 200 万，其中空巢老人已近 74 万。为破解养老难题，本市大力发展养老事业，积极倡导利用社会力量开发养老产业。作为旅游商贸行业的龙头企业，旅游集团看到了国企的责任和使命，毅然挑起养老产业开发的重任。近几年来，旅游集团开发建设了利顺德饭店、君隆广场、海河观光游、空港工业游等一批知名旅游商业

7.4 亿非吸烟人群遭受二手烟危害　烟草消费带来沉重疾病负担

卫计委：拟推动提税控烟

新华社北京 12 月 10 日电（记者 胡浩）国家卫生计生委 10 日向世界卫生组织递交中国政府控烟……

15 岁以上的
人群吸烟率 28.1

全国吸烟人群
超过3亿

我国吸烟人数超3亿

死于二手烟
导致的相关疾病
约 10 万人

非吸烟人群
遭受二手烟危害
7.4 亿

每年死于吸烟
相关疾病的人数
136.6万

昨日全国铁路实行新运行图

28 省区市跨入动车时代

新华社北京 12 月 10 日电（记者 赵文君）……

铁路警方启动"猎鹰—2015"战役

对恶意囤票倒票坑客一查到底

新华社北京 12 月 10 日电……

市人民检察院发布职务犯罪大要案信息

（2014 年 12 月）

五大"磁场"吸引87家大院大所

（上接第 1 版）

社会各界积极参与
为"十三五"规划建言
——一周征集意见建议百余条

本报讯（记者 韩雯 见习记者 孟若愚）……

老年人活动好去处

—— 社区居委会文体活动室见闻

本报记者 韩雯

"智能化"清污造福农家

—— 走进宝坻区村级污水处理站

本报记者 杜洋洋

"光华龙腾奖"
昨日在津揭晓

本报讯（记者 姜凝）……

光报知者在基层
一线掉写

旅游集团探索企业投资养老产业新模式

创造全新养老生活

本报记者 张清

讲中国企故事
晒国企改发展

《天津日报》刊发"创造全新养老生活"文章

"五建五强"凝聚民心

（上接第 1 版）

载体及品牌,但涉足养老产业,却要面临一个全新的领域。

旅游集团瞄准亚洲一流水平,历时 3 年考察了 12 个国家和地区、27 个城市的 39 个养老项目,借鉴了台湾长庚、澳大利亚水博克等国际一流养老机构的理念和经验,创建了"三全社区"规划模式。其特点是,将机构养老、集中养老及社区居家养老融于一体,把养老社区与宜老开发社区相结合,形成全龄化社区、全模式养老、全程持续照护的一体化,集中建设了老年公寓、医院、护理院、中央厨房、文化娱乐健身、康复理疗、温泉疗养等养老服务设施,构建自理、介助、介护一体化持续性养老服务体系。这种规划模式是对传统养老方式的一次突破。

旅游集团以理念创新带动产品创新,综合中国孝道文化、日韩标准化管理思想和欧美阳光生活理念,自主设计和自主研发养老服务的理念、产品和功能,完成适老化设计超过 100 余项,填补了国内该项目设计空白,区别于其他养老项目的特色亮点达到 12 个。不仅形成了适老化硬件系统,还建立了养老服务质量标准和运营管理体系,具有国内领先水平。

静海团泊湖健康产业园

旅游集团把探索可复制、可推广的开发模式作为着力点,经过深入研究,"五位一体"开发模式已初步确立,通过集成企业投资、政府支持政策量化、土地资源平衡、资本资金运作、外脑支撑五个关键要素,使投入产出更加平衡,使运营模式达到能复制和推广的要求。这种新模式,不仅能调动企业投资养老项目的积极性,也为社会力量投资养老产业提供示范性经验。

　　康宁津园占地500亩,规划居住5000名老人,在目前我市乃至国内已成型的同类项目中是规模最大的。园区2013年9月底动工,今年10月中旬对社会开放,已接待市民及各界人士6500余人次,养老新模式受到社会好评。据养老课题专家评述,康宁津园蕴含的健康养老、人文养老、智能养老、愉悦养老等理念和服务,带来一种全新的养老生活形态。

　　康宁津园已列为本市老年宜居社区示范项目,以及全国养老服务业综合改革试点区试点项目和全国智能化养老示范基地。下一步,旅游集团将以康宁津园作为孵化器,实施品牌拓展及延伸产业链,在推动传统养老服务业转型升级上做出一番事业。

　　(记者张璐,本文刊载于《天津日报》,2014年12月11日)

天津建工集团:用担当诠释国企使命

走在泰安道二号院的回廊之中,精致的造型设计,浓郁的英式风情,古朴的装饰与现代的气息融合在同一座建筑当中。作为当年在此挥汗如雨的建设者,天津建工集团职工"组团"故地重游,"摘下安全帽、换下工作服",第一次"不带任务"地欣赏这里的一砖一瓦,时而驻足欣赏拍照留念,用相片定格下美丽瞬间。

由于地处过去的"英国租界"之中,泰安道五大院工程在设计上就与周围的建筑风格融为一体,旨在打造天津新的英式风情区,为繁华的中心城区增添亮色。为了"锁住"英式建筑的"原汁原味",泰安道五大院在现代混凝土建筑的基础上,采用了"页岩多孔砖清水复合装饰外墙"和"砖拱"工艺,不同于标准化的钢筋水泥砌筑,"清水墙"砌筑的传统技法在目前的建筑市场上已经不多见,这对原材料的选择、施工人员素质等方面都提出了更高要求,复杂多变的"清水墙"装饰造型更是给施工增加了难度。

"手握金刚钻、揽得瓷器活",通过反复制作样板、精挑细选材料、严格培训工人,建工集团的员工们又拾起了建筑领域最古老、最经典的传统技法和工艺,"一块砖,一铲灰,一挤揉",同时发挥自身刻苦攻

本市选调生工作全面启动

29个单位计划选调428名应届毕业生 17日开始网上报名

本报讯（记者 孙刚）近日，市委组织部召开会议，对我市2015年应届优秀大学毕业生到基层培养锻炼工作进行部署。今年我市计划选调428名应届优秀大学毕业生到基层培养锻炼工作……

天津建工集团：
用担当诠释国企使命

■本报记者 李家甲 见习记者 马晓冬

（纪念新中国成立65周年 讲国企故事 画国资发展）

（上转第1版）

认识新常态 适应新常态 引领新常态

市领导调研电子商务发展工作
促进电子商务产业更好更快发展

本报讯（记者 陈璠）昨日，市委副书记、市长黄兴国带领有关部门负责同志……

"最美社工"事迹展示暨第二批"美丽社区"命名会召开
今年全市评选出174个"美丽社区"

本报讯（记者 韩雯）为全面展示社工作者的精神风貌和创建"美丽社区"的积极成效……

京津冀政协委员书画展在京举行

本报讯（记者 魏彧）12月8日，京津冀政协委员书画展在京举行……

本市检察系统开展述职述廉活动

本报讯……

天津吹响万企转型进军号角

（上接第1版）

天津市选调2015年应届优秀大学毕业生到基层培养锻炼公告

一、选调对象及选调条件
（一）选调对象
（二）选调条件
二、选调程序
三、报名和缴费的方式、时间及要求
四、考试内容、时间
五、相关事项

天津市委组织部
2014年12月12日

《天津日报》刊发《天津建工集团：用担当诠释国企使命》

关和创新精神,在施工人员的共同努力下,几个工程项目的"清水墙"砌筑一举成功。

建工集团的工程技术人员告诉记者,"清水墙"砌筑是现代建筑与传统技法相结合,不仅使建筑兼顾了外在欣赏性和内在实用性,还实现了节能环保要求,成为一个高水准的行业样板,同行业的观摩队伍也是络绎不绝。与此同时,建工集团还对传统工艺技术进行了传承与创新,形成了"砌筑大跨度平拱施工方法""2/3挑砖砌法""铝木复合形式外檐窗制作"等一批专利工法。

回望2010年,泰安道改造工程破土动工,作为天津市重大服务业项目,泰安道改造对于提升中心城区功能具有重要意义,从规划到建设实施都受到了市委、市政府的高度重视。工期紧、任务重、难度大,肩负着建设天津市精品建筑的历史任务,天津建工集团承担了泰安道一号院、二号院、四号院和五号院等项目的建设。其中,二号院、五号院由天津市建工工程总承包有限公司承建,一号院、四号院由天津三建建筑工程有限公司承建。

在业内专家看来,泰安道五大院项目要求建设新式建筑、体现旧式风格,与周边建筑融为一体,重塑历史的厚重感。建筑反映历史,泰安道五大院并不单纯只是一个建设项目,也是城市历史文化的一个缩影,是对"近代历史看天津"的生动诠释。建工集团在项目中不仅继承发扬了传统建筑工艺的精髓,同时也是对城市文化价值的传承和体现,其所承建的泰安道一号院也作为泰安道地区改造的旗帜性工程被赋予了"天津第一楼"的称号。

"干一项工程,铸一尊精品,树一座丰碑"的经营理念已经深入到集团每位员工的心中,"锐意改革创新,倾心服务社会"的企业发展目标也转化为实际成果，凝结成一项项展现城市形象的精品工程，这正是建工集团"科技领先，追求卓越，诚信为本，铸就精品"价值观的生动诠释。

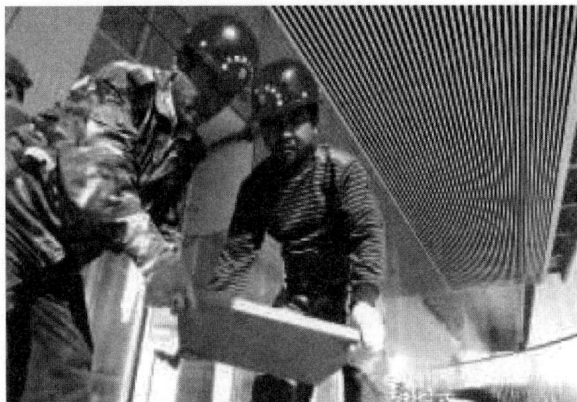

天津建工集团——用担当诠释国企使命

作为城市建设主力军，天津建工集团，勇挑重担、迎难而上，在进行城市功能建设、为社会创造价值的同时，也注重承担企业的社会责任。滨海新区总医院、天津市代谢病医院、天津大学新校区、南开大学新校区、河北工业大学图书馆等一批在建工程，承载民心的期待、党和政府的重托，天津建工集团砥砺奋进、坚实前行，践行着一家大型国有企业的使命与担当。

（记者李家宇，见习记者马晓冬，本文刊载于《天津日报》，2014年12月12日）

改革创新积蓄核心竞争力

——记天津通信广播集团有限公司

　　新世纪之初,公司采用"空降兵"方式吸引了一批具有博士、硕士学历的专业人才加盟通广, 怀揣美好梦想, 凭着敏锐的洞察力和创业激情,依托北大、清华建立了专用通信研发中心,与天大建立了天大通广实验室,沿着产学研结合的发展道路开拓前行。一批批崭新的样机在全国订货会吸引了众多客户的眼球,利用良好的研发平台和实验室,这一年轻的创新团队为通广集团走出困境、快速发展提供了有力保障。

　　从 3.2 亿元到 43.54 亿元, 这是天津通信广播集团有限公司近 10 年来的销售收入跨越。

　　连接这个跨越的,是改革创新。

　　2001 年,面对市场低迷,人才流失,经营举步维艰的困局,通广集团领导班子深入基层,走访用户,南下深圳,北上沈阳,深入探究制约发展的症结,最终形成了发展的总体设想——沿着一条道路,坚持一个原则,实施两个投入,即沿着"军工作产业,科研促跨越"的发展之路,坚持"求实(实力)为先,以强(效益)为美"的原则,实施"搞开发重技术,上项目敢投入"的经营举措。

　　人才是企业发展的核心动力。2001 年,在企业效益十分有限的情况下,通广集团出台了关于科研人员工资改革的方案,他们大幅提高科研一线员工的收入水平,当年科研人员平均工资水平是非科研人员的5倍,优厚的人才政策使科研人员在企业中的地位得到明显提高,极大调动了科研人员的积极性。

物质激励是留住人才的前提,精神激励更是拴心留人的重要保证。10年间,公司持续深入推进企业文化建设,根据企业发展需要不断丰富企业精神理念,形成了"一流产品报国,奉献企业荣尚,追求和谐共赢,满足自我发展"的企业核心价值观。科研人员不负众望,专心研发,产品层出不穷,制约通广发展的瓶颈问题得到逐一破解。到"十五"末,企业销售收入达19.77亿元,实现利润3150万元,分别是"九五"末的6倍和43.8倍,所有亏损子公司全部实现盈利。"十一五"末,企业实现销售收入26.73亿元,实现利润1.82亿元。2013年企业实现销售收入43.54亿元,实现利润2.67亿元。

目前,通广集团已有研发人员737人,其中具有研究生以上学历的有124人,具有博士学位的3人,一支

《天津日报》刊发《天津通信广播集团有限公司:改革创新积蓄核心竞争力》

227

结构合理、数量充足的科研队伍基本形成。

为了在企业发展的道路上迈出更加坚实的步伐,通广集团建立了灵活高效、多点支撑的研发体系平台。截至目前,公司共建立科研与生产紧密型研发平台4个,其中专用通信设备研发平台3个,普通研发平台1个,建立软件研发平台2个,保证了在研、预研产品的开发、生产需要。

多种研发体系平台模式的建立,较好地解决了企业在新品研发上所追求的生产一代、储备一代、预研一代的良性发展目标,通广近10年间共投入新产品研发经费7.34亿元,累计开发新产品共计1259项,新产品所创产值每年均超当年收入的85%以上。

通广集团为了抢占发展的新高地,拓展科技发展的新空间,新建成占地345亩,建筑面积16万平方米,总投资4亿元的新厂区,目前新厂区已投入使用。一个在产品上、在科研环境及人文环境上与世界同步接轨的现代化企业正乘风破浪,扬帆远航。

(记者吴巧君,本文刊载于《天津日报》,2014年12月15日)

智能的配送中心

——交通集团天运通公司解决城市物流 配送"最后一公里"难题

数米高的货架上,货品码放整齐,在位于北辰区的交通集团天运通(以下简称"天运通")物流有限公司,今年6月刚刚投入试运营的超万平方米城市物流配送中心里,叉车工人们驾驶智能叉车有条不紊地搬运入库商品。

记者看到,每一位叉车工在进行下一个动作前,都会从左手边的盒子里拿出一张银行卡大小的白色卡片,在叉车上的感应装置前刷卡,一旁的屏幕则会指示他下一步操作。

天运通物流有限公司经理陈杰介绍:"叉车之所以能高效无误地入库、出库、堆垛,都要靠这张卡片,它通过无线射频识别技术,存储了每一批货的详细信息,通过刷卡,仓库管理系统会自动给货物分配货架位置,并提供最佳入库线路。叉车工通过车载终端读取相应信息,并根据屏幕指示进行操作,完全不用费心去寻找货物码放位置,最大限度地提高了堆垛效率。"

在城市物流配送中心二层拆零分拣区,分拣工人们分散在各条分拣线上,每一条分拣线两侧的货架都摆满了待分拣货物,对应每种货物都有一个小小的电子标签。当分拣线上第一位分拣工对一个分拣箱上

"提升市民文明素质"大讨论·公共场所篇

勇于对公共场所吸烟说"不"

本报记者 袁赫

近日，国务院法制办公布《公共场所控制吸烟条例(送审稿)》，这是继室内、室外"全面禁烟"的最严控烟立法征求意见稿向社会公开征求意见后，本市倡导在公共场所吸烟说"不"，本报记者对此进行了调查走访。

正视篇

银行营业厅：多数场所环境清新

12月14日9时，借助此刻同气象会影响着银行业务办理。大厅内气象景象渐宽，大气候景象清新明亮，工作人员穿着整齐的制服。

警示篇

商场、楼楼间阳处等存在吸烟现象

12月13日10:30，楼宇的楼梯间、电梯等处存在吸烟现象。

部分餐厅：控烟成特色招牌

专家谈

市妇女儿童社会服务中心启用
开设七类窗口搭建多元化服务平台

坚持以提高经济发展
质量和效益为中心
——三论贯彻落实中央经济工作会议精神
人民日报评论员

厉行法治严肃军纪是治军带兵铁律

依靠科技创新引领转型升级提质增效

搭乘"协同"快车

智能的配送中心
——交通集团天运通公司解决物流配送"最后一公里"

本报记者 苏晓梅 实习生 王柏

《天津日报》刊发《智能的配送中心》

中国进出口银行天津分行支持农业龙头企业"走出去"

天津开发区外资企业住房公积金管委会通知

正荣·润琼湾销售中心盛大启幕

的条码进行扫描后,上方分拣线上,对应各种货物的电子标签就会亮起红色的数字,提示分拣员在分拣箱内放入相应数量的货物。而在另一侧的低频货物分拣区,分拣工人则是推着小车,根据车上的电子屏幕提示进行相应操作。几分钟不到,数十种产品就分拣完成。

陈杰介绍,每一个分拣箱就代表了一个连锁超市的订货需求,分拣箱上有唯一的条码标签,商品上也有对应的编码。在充满了无线信号的物流配送中心里,商品从入库上架、堆垛、分拣、播种、拆零分拣,再到出库发货,每一个步骤都要依靠智能系统完成操作。

实际上,不是工人们在操作,而是一个智能系统在指挥着工人们进行操作。

据介绍,城市物流配送最大的难点就是分拣的效率和正确率,这套智能系统由天运通根据津工超市连锁店配货需求进行自主研发,应用了先进的物联网技术,解决了仓储到门店之间"最后一公里"的分拣配送难题,在全国具有领先水平。该系统还大大节约了劳动力,以前拆零分拣需要40余人,现在只需16人,不仅节省了60%人力成本,更提高了分拣效率。

现在,天运通为本市津工超市400余家门店提供物流配送服务,每家门店只需在下午1点20分至1点40分,通过网络对第二天所需产品进行要货,转天开店前,这些货物就会准确无误地送达门店。

从2009年成立至今,天运通将高新技术应用于城市物流配送产业,并快速崛起,奠定了其在国内城市物流配送领域的领先地位,成为交通集团新的经济增长点。目前,物流配送中心二期工程即将开建,冷链物流基地也正在谋篇布局。未来天运通将建成国内最先进的现代仓储型物流基地,可为1000家连锁便利店提供"最后一公里"配送服务。

(记者苏晓梅,实习生王松,本文刊载于《天津日报》,2014年12月16日)

"白玫瑰"持久绽放

"白玫瑰"，天津纺织业一个拥有 60 载光荣历史的传统知名品牌，在创新思维浇灌下，在技术手段滋润下，不断成长，持久绽放——

产品由针织扩展到梭织，由内衣扩展到外衣、童类、家居类、春夏季男女小衫系列、秋冬季男女保暖系列；

白玫瑰牌服装、白玫瑰牌毛纱、白玫瑰牌涤纱已远销多个国家，开拓出一条自主品牌走出国门之路；

营业收入逐年增加，2013 年白玫瑰产品实现销售收入 6925.48 万元，出口创汇 2153.14 万美元，同比增长 8.67%。今年前三季度实现销售收入 5364.82 万元，出口创汇 1756.6 万美元，同比增长 9.13%。

作为天津针织产品的代表，生产"白玫瑰"的天津市针织厂是当时亚洲最大的针织厂，白玫瑰品牌曾在全国闻名遐迩、无人不知：

1981 年，白玫瑰品牌被天津市工商局授予"著名商标"称号；1983 年，被纺织部评为部优银质奖；1985 年，被国家经委评为国优银质奖；1990 年，再次获得国优银质奖；1993 年，获得国内贸易部颁发的金桥奖。当时的白玫瑰产品被天津市列为 19 种名牌产品之一，年产量最高达到 3000 万件，经济效益最好时为 3400 万元，据说是"一年挣回一个天津市针织厂"。

在计划经济向市场经济转轨过程中,"白玫瑰"受到 "三枪""宜而爽"等品牌冲击,在市场竞争中渐感体力不支,逐渐走下坡路。

为了挽救这个天津纺织的拳头产品,为了推出一朵崭新的 "白玫瑰",2001年,纺织集团部署由系统内部实力较强的天津纺织集团进出口股份有限公司收购了白玫瑰品牌,并着手对白玫瑰品牌进行全面改造,加大技改投入,提高深加工、精加工能力。

调整从产品结构、产品品质入手,"白玫瑰"从以前以普通纱支的单面和双面为主,提高为高支纱、新面料的高附加值品种,老牌白玫瑰的汗衫、背心、内裤、秋衣套装之类的品种,如俗称的"老头衫"等,由新的40支精梳丝光男汗衫和男背心替代,莫代尔女套装、棉+莱卡男套装、拉毛男女保暖套装、印花+绣花睡衣男女套装等新产品赢得了消费者的喜爱。

目前,白玫瑰品牌产品已由单一的针织内衣发展到内衣类、家居类、休闲类的综合品牌产品,并在进入各大商场的前提下,引入专卖店营销模式,白玫瑰品牌以崭新的姿态重新回归市场,市场份额迅速提升。难怪一位老者走进新开张的"白玫瑰"专卖店,一下子买了六件(套)产品,拉着售货员的手兴奋地表示,自己是"白玫瑰"的忠实顾客,这几年一直为买不到货真价实的白玫瑰产品苦恼。即便这样,他也坚持从地摊上买"白玫瑰",虽然明知是冒牌货。现在好了,终于找到了地道的"白玫瑰",了却了自己的一桩心愿。这番话深深地打动了"白玫瑰"人,也增强了为顾客提供更好产品和服务的责任感,为了他们的这片心,这份情,也要让"白玫瑰"持久绽放。

近年来,白玫瑰品牌陆续获得中华老字号、津门老字号、天津市著名商标等荣誉,天津纺织集团(控股)有限公司也获得了中华老字号传承创新先进单位、中国纺织品牌文化创新企业等荣誉。

白玫瑰品牌的发展史,见证了天津纺织发展历程,也体现了国企改革道路上对于品牌传承的坚守情结。

纺织集团生产线

纺织集团始终将品牌战略作为实施转型发展的核心战略,为了实施更加专业化的品牌策划和运作模式,纺织集团成立了专门的品牌运作公司,开辟了电商经营领域,以更加专注的品牌锻造精神,倾心铸就天纺品牌之独特魅力。纺织集团全新包装的抵羊1932和仁立1931品牌的产品已从绒线和面料向成衣延伸,精巧的设计、现代的风格、高档的品质逐渐得到广大消费者的喜爱和认可;天一、飞天、健龙、赛远等品牌的影响力和市场占有率也不断得到提升。

相信在不久的未来,更多的天纺品牌将走出国门,参与更高层次、更加广泛的市场竞争,"白玫瑰"也将迎风绽放,更加绚丽。

(记者吴巧君,本文刊载于《天津日报》,2014年12月18日)

二商集团利民调料
跻身全国调味品行业二十强

　　厂区院落里的柿子熟了,公司文化展室内人头攒动,在这个有着艳阳和蓝天的初冬清晨,二商集团利民调料有限公司作为天津市工业旅游示范点,迎来了第 20000 名客人。

　　大酱油瓶子、发酵设施设备……展室内一张张老照片、一件件老物品,把游客们带回了 80 多年前。

　　1919 年,利民调料有限公司光荣酱油的创始人李惠南东渡日本留学,他认为日本利用现代方法制造酱油颇为可取,就致力于此项研究。1927 年,回国后的李惠南在天津北营门西大街创建了"宏中酱油厂",产品定名为"宏钟牌"。李惠南制定了一套严格的酿造工序,原料限用东北金元大豆和高白秋麦,采用日本菌种,以我国传统发酵工艺为基础,结合日本酱油生产技术,创造了固稀结合的发酵工艺,使宏钟酱油的营养成分、氨基酸含量、卫生标准及色味都比其他酱园作坊的酱油高出许多。宏钟酱油以酱香浓郁醇厚,滋味鲜美绵长的独特风味,压倒了同行,占领了市场,成为国内闻名的产品。

　　新中国成立后, 宏钟酱油厂收归国有, 更名为光荣酱油厂,"宏钟牌"更名为"红钟牌",并开创了"光荣酱油"品牌。风味独特的光荣系列酱油成为宾馆、饭店、餐饮业和消费者购置酱油的首选,1980 年至 1989

年连获国家银质奖,光荣特号酱油 1981 年被评为商业部优质产品和市优产品,红钟酱油、光荣特号酱油、光荣固体酱油 1988 年在中国首届食品博览会上分别获金、银、铜牌奖。如今,"光荣"品牌作为利民公司旗下品牌,重新包装上市,让百姓在餐桌上重新品味曾经的滋味。

"进入 21 世纪,随着滨海新区成为全国首个综合配套改革试验区,传承 80 多年民族品牌的利民调料公司,在二商集团的领导下,以天津市工业战略东移和滨海新区开发开放为契机,作为市政府第四批东移企业,迁入天津市空港经济区。"利民调料有限公司副经理刘宗保介绍。

从滨海新区起飞的新利民,工程总投资 2.2 亿元,占地面积 87.8 亩,一期工程于 2007 年 4 月正式投产运营,能生产面酱、酱腌菜、酱油、蒜蓉辣酱、番茄酱、涮羊肉调料 6 大类产品。二期工程 2011 年完成土建,主要生产"鲜有道"牌酱油、黄豆酱等产品。

新利民建立了研发与质量检测中心,检测中心与天津科技大学联手建立酿造及复合调味品科研基地,天津科技大学为利民管理人员、技术骨干的继续教育与培训提供有力支撑,技术人才的培养极大地提升了利民的科技实力。中心建立以来,共研发新品数十种。在新品的研制过程中大胆尝试产品专业品评,使新产品在专家与普通消费者的品评过程中不断完善。中心研发的辣香酱、麻辣牛肉酱、南乳汁等部分新品已成功上市,在天津、北京、安徽等地市场反应良好,并与许多企业达成长期订单,被广泛用于速食餐饮行业。

目前,利民品牌调料在天津的市场占有率不断提高,并形成了以三北地区为主销,辐射全国的终端销售点近 20000 家的格局,酱油、辣酱、甜面酱出口日本、韩国,甜酸酱远销西班牙。日益加深的品牌影响力使二商集团新利民跻身全国调味品行业二十强。

(记者吴巧君,本文刊载于《天津日报》,2014 年 12 月 19 日)

浩物：心系客户铸就品牌

融资租赁、二手车置换、"28分钟售后服务工作法""十有销售流程工作法"……在本市实行汽车限购政策的近一年时间里，世界500强企业天津物产集团旗下的浩物机电汽车贸易有限公司积极拿出有效惠民措施，抢得了全市汽车销售市场的半壁江山。日前，浩物机电汽车贸易有限公司的"浩物"商标被认定为"天津市著名商标"。

面对限购新政策的实施，浩物机电创新经营模式，提出了"打造汽车全产业链、大力发展集成服务"的发展战略，以千方百计满足客户需求的服务意识埋头苦干。他们有针对性地推出了融资租赁、二手车置换等营销方案，在留住老客户、吸引新客户上下功夫，这些新型营销模式的推广，为满足汽车限购后客户的购车需求提供了充分保证。

为向客户提供宾至如归的服务，浩物机电结合企业实际，建立了会员俱乐部，总结推广诚信经营的"28分钟售后服务工作法"和"十有销售流程工作法"等。"28分钟快速保养工作法"就是通过提前电话预约，为顾客开通绿色通道，保证车辆经环检后，进入车间的28分钟规定时间内保质保量地完成更换或检查空气滤清器、机油滤清器、汽油滤清器、更换发动机机油、整车检测等12项保养及检测项目，公司承诺超时免单,并额外得到免费检测的增值服务。而"十有销售流程工作法"更是将原有服务标准进行大幅度的升级,为客户提供"停车有引导、店外有迎接、进门有问候、咨询有专业、介绍有针对、试驾有收获、协商有诚意、订车有礼品、交车有仪式、服务有保证"的至尊服务,让客户得到一种超乎寻常的美妙享受。

在为客户提供最精良的优质服务同时,浩物机电公司还积极为本市的经济社会发展和承接大型活动尽责出力。2012年浩物机电荣获"天津市人民政府大型会展活动指定合作伙伴"称号,先后为在天津举办的夏季达沃斯论坛和第六届东亚运动会提供会议和赛事用车,实行全面及时周到的服务。特别是在2014年天津夏季达沃斯论坛举办期间,浩物机电为论坛筹集了包括环保节能经济型轿车在内的490辆所需用车,受到论坛组织机构和参会嘉宾的一致赞誉。

"真情回报社会,爱心点燃希望",这是浩物机电一直以来牢记的社会责任。这些年,浩物机电不仅积极参与全市历次服务行业员工集中服务日的社会公益活动,同时还积极加入学雷锋做奉献的行列——团员青年们定期走进社区、老人院和儿童福利院,送款物,送爱心,送服务;积极募集善款,参加"爱心助老送光明"暨为低保白内障老人免费换人工晶体活动,为那些最需要帮助的老人送去希望;发起"幸福来敲门"捐资助学活动,及时为孤寡贫困家庭的孩子送去关爱和温暖;团组织自发用捐款、捐物、提供免费服务的方式回报社会,共计价值62252元。2012年夏季的一天本市骤降大暴雨,市区多处被淹,许多市民受困,心急如焚,一筹莫展。此时浩物机电员工毅然站了出来,他们调来乌尼莫克越野车,自发组织救援车队,蹚着积水,一趟一趟地帮助受困群众顺利通过严重积水地区,得到广大市民的交口称赞。

(记者吴巧君,本文刊载于《天津日报》,2014年12月22日)

能源集团:
时刻关注百姓生活 提升为民服务水平

11月7日立冬这一天,红桥区邵公庄街千禧园社区格外热闹,为进一步提高用户安全意识,能源集团燃气安全宣传活动正式启动。

社区里摆着几张长长的桌子,燃气安全宣传手册、宣传折页等宣传资料一应俱全。一旁还摆放了有关安全用气常识、爱护燃气管网、安全警示案例等内容的宣传展牌,社区的宣传屏上正播放着燃气安全主题宣传片。

社区的燃气安全宣传志愿者表演着有关燃气安全的文艺节目,能源集团的燃气安全宣传员则耐心地为前来咨询的用户解答,他们有的微笑着给路过的用户发放宣传单,有的认真填写着用户户内安检预约单……据了解,此次安全宣传共覆盖全市16个区县,累计发放宣传品1万多份,实施入户维修、更换胶管、现场安检等安全服务48件次,进行安全用气咨询服务1000多件。

为提高全市280多万燃气用户的安全用气意识和隐患处置能力,能源集团组织开展了一年四季的常态化燃气安全宣传,积极创建安全服务示范小区。一年来,他们进社区、进家门,共组织开展近千场社区安全宣传巡展活动,发放安全宣传品2万多份,创建安全服务示范社区 26 个,有效提升了燃气用户安全用气意识,促进了社区安全管理水平。

"气""热"是能源集团直接服务百姓的两大重点项目,在关注百姓用气安全的同时,能源集团积极打造以热电联产供热为主体的清洁供热体系,目前供热面积达到 9000 多万平方米,占中心城区供热面积的40%。为确保 70 万热用户今冬温暖用热,早在供热季开始前,能源集团各供热公司就提早做好各项准备。河西区恒盛广场是今年新并网的管理区域,为提前告知用户新的缴费地点,避免用户因找不到缴费地点造成过期交费产生滞纳金,或来不及办理报停业务而产生损失,城安热电公司营业所营业服务人员利用休息时间,及时来到恒盛广场,现场为小区的热用户办理供热缴费信息卡,对用户的提问和咨询耐心解释并一一记录,能马上解决的立即组织人力实施,不能马上解决的问题也积极创造条件,做到尽快回复用户。

据介绍,为方便广大热用户,针对营业站点少、用户缴纳热费排队时间长等困扰百姓的问题,能源集团加强与各银行合作,在去年开通银行代收热费服务的基础上,进一步扩大代收网点,至今已相继开通 804个银行柜台、网上银行、社区终端自主服务机等缴费渠道,为热用户提供就近缴费网点,提供便捷、舒心的服务。

作为担负着全市电源、气源、热源和新能源发展保障任务的重要国有企业,能源集团一方面积极落实市委、市政府对集团的战略要求,全力推进电源、气源、热源和新能源"四源"战略实施,一方面想百姓之所想,千方百计优化服务举措,提高服务水平。他们结合发电、供气、供热工作服务民生的特点,通过多种方式广泛征求用户意见建议,进一步优化服务流程,提高服务效率,推进多项便民举措实施。集团所属供热、供气窗口服务单位积极参加责任国企公开承诺活动,从户内安检、故障响应、文明检修、便捷缴费等方面,向用户做出 17 项公开承诺,服务热线 24 小时全天候受理用户服务问题。落实本市 20 项民心工程部署要求,圆满完成了所承担的 100 公里燃气旧管网改造、3 万户户内燃气立管改造、40 万户内灶具连接管改造、100 公里集中供热旧管网改造等民心工程建设任务。

能源集团还以群众满意为标准,大力开展服务提升活动。集团领导定期参加

能源集团:优化服务举措、提高服务水平

公仆接待日、行风坐标等节目,直接倾听和解答用户咨询,为用户解决实际问题。同时,强化内部监督,开展基层服务态度专项检查和常态化服务明察暗访,对所属服务站点服务意识、服务质量、工作效率进行重点检查和整改,有效推动了服务质量提升。日前,能源集团更在中国企联、中国企协举办的"2014 年中国企业 500 强高峰论坛"上,入选中国服务业 500 强,排名第 141 位。

(记者苏晓梅,本文刊载于《天津日报》,2014 年 12 月 23 日)

天津城建集团:铸诚信之路　架和谐之桥

今年 11 月 14 日,有着 87 年历史的解放桥开启过船,虽然过程只有短短几分钟,却吸引了千余名市民前来观看。2008 年,重修后的解放桥恢复了开启功能,而让这座桥重新焕发生机的正是天津城建集团的建设者。

央视热播的纪录片《五大道》第九集《空间》中对解放桥进行了浓彩重笔的描写。天津城建集团总工程师回忆起当时修复的场景:"由于缺少当年造桥的资料,仅为这座桥体检就耗费了两年时间;寻找桥梁开启的重心是最大的技术难点,测试要在晚上进行,使用不同的测试方法,开启一个角度测一次,寻找重心的轨迹。"

1927 年,解放桥(原称新万国桥)第一次如巨人般张开双臂,迎接过往商船。它是国内唯一一座双叶立转式开启的桥梁,能开启到 89 度,设计非常巧妙,"万国桥下过大船"曾是海河上的一道景观。1949 年天津解放后,此桥正式更名为"解放桥",并沿用至今,已成为全国人民心目中的城市象征,它见证了天津的历史沧桑,记录了当时的桥梁技术发展水平。

然而,历经近 80 年长时间的运营,解放桥遭受了钢结构锈蚀锈胀、疲劳裂纹、螺栓断裂、杆件扭曲变形等多重病害与损伤,桥梁结构也几经改变,一度不具备开启功能。

2003年,城建集团接到修复解放桥的任务,按照天津市海河综合开发工程总体规划要求,从满足使用功能、传承历史文化、突出建筑景观等方面出发,确定了"修旧如旧"的原则。项目团队依据解放桥技术状态评定结果,有针对性地对铆接工艺的恢复、锈胀及防锈处理、疲劳裂缝、板件变形、开启功能修复等关键问题进行了深入细致的研究。

工程技术人员告诉记者,整个修复过程都在原桥原位完成,需要现场进行全桥称重、除锈、替换构件以及铆接作业,难度极大,加之原始资

2014年11月14日中午12点,有着87年历史的天津解放桥缓缓开启,一条条游船穿过开启桥,在美丽的海河上百舸争流

料匮乏、构件均采用旧制尺寸、工期紧张等因素,均对工程师提出了更高的要求。在市政府和建设方的支持下,项目组与各方通力合作,昼夜加班加点,克服了无数的困难。2006年11月,经过三年的修复,36年来一直静静闭合的钢桥又一次张开了双臂,所有天津人一起目睹了它的"重生",也重新见证了津城又一轮的繁荣和腾飞。

借助天津市海河综合开发的契机,城建集团凭借设计施工和制造优势,承建了海河市区段绝大部分桥梁。这些桥梁注重功能性、景观性的和谐统一,形成了独具天津特色的海河"桥文化"。"日月同辉"大沽桥曾获世界桥梁大奖,是城建集团与国际著名桥梁大师邓文中合作的结晶;本着"修旧如旧"原则,进行改造的金汤桥、解放桥,恢复了全国仅存的旋转平开、竖转对开功能,延伸了津城的历史文脉;采用顶升平移技术"抬高"的狮子林桥、北安桥,提升了海河通航能力;还有赤峰桥、直沽桥、富民桥等新建桥梁,以及海河后五公里的吉兆桥、春意桥,均出自城建集团之手。19座桥"一桥一景"、美不胜收,成为天津享誉全国的一张靓丽名片和一道独特景观。

"经济腾飞,路桥先行。天津城建集团将继续发扬'筑路先锋、建桥铁军'精神,为津城百姓铺放心路、建精品桥,为天津城市建设、经济腾飞再做新贡献。"城建集团党委书记朱玉峰表示,在这个异常艰苦、竞争激烈的行业,集团万名干部职工常年奋战在施工一线,培育形成"励精图治、追求卓越"的企业精神,践行"建百年工程、为百姓造福"的企业宗旨,坚持"铸诚信之路、架和谐之桥"的经营理念。在各种急难险重任务面前,天津城建人用实际行动诠释了"肩负社会责任、保障企业利益"的核心价值观。

(记者李家宇,见习记者马晓冬,本文刊载于《天津日报》,2014年12月24日)

京万红药业:愉快工作　和谐发展

　　周末活动时间到了,京万红药业员工之家的茶室里香气缭绕,大家品赏着,微笑着……茶室里的氤氲香气,无不透露着人们对生活的热爱,对企业的热爱!

　　——叫人怎能不爱? 2008 年至 2014 年短短 6 年时间里,京万红药业荣获国家级荣誉 11 项;销售收入和利润以年均 20%以上的速度持续增长,实现了 2 个三年翻一番;6 年时间里,企业员工年平均工资涨幅为 17.1%……

　　天津达仁堂京万红药业有限公司与北京同仁堂"乐家老铺"同祖同宗,同为乐家老铺的承袭者。作为中华老字号企业,京万红药业在传承历史文化的同时,不断探索创新发展之路。2007 年底,公司总经理刘文伟上任伊始,即确立了借文化之力,打造"京万红"品牌的发展战略,将企业更名为天津达仁堂京万红药业有限公司,实现了企业、产品和商标名称相统一,开启"京万红"品牌化运作新纪元。

　　企业更名后,赋予"京万红"品牌新的时代寓意:"京"代表北京,寓意中国;"万"代表亘久绵长,传承永远;"红"象征顺利、成功、受欢迎;"京万红"寓意着中国的京万红品牌亘久绵长、传承永远、唱响神州,成为享誉全球的国药经典。

在企业发展壮大的同时,京万红药业始终将"营造温馨之家,提升员工幸福指数"的理念贯穿其中,先后营建员工健身房、员工俱乐部,改建食堂、浴室,增设班车及路线等。2012 年,企业再次投资建成了面积近 500 平方米的"员工之家",设有职工书屋、3D 电影放映室、动感体育游戏室、拳击舒压室、视听音乐室、书法绘画室等 10 余个活动室,供员工舒缓压力、放松身心。2013 年 8 月,企业的员工之家和职工书屋被中华全国总工会授予"全国模范职工之家"和全国工会"职工书屋"示范点荣誉称号。

《天津日报》刊发《京万红药业:愉快工作 和谐发展》

企业用实际行动践行着"员工的事情企业负责",同时激发了员工应以高品质的工作态度和工作质量回馈企业,形成了"一家人、一条心、一个目标、一股劲儿"的和谐氛围,共同朝着一个方向努力、前进。

如今的京万红药业光环尽照,荣誉满载,国家高新技术企业、全国模范劳动关系和谐企业、全国守合同重信用企业、全国企业文化优秀成果奖、全国中医药文化宣传教育基地、国家工信部工业企业品牌培育试点企业、中国企业教育先进单位百强企业……各种荣誉纷至沓来。

随着企业的发展,京万红药业逐渐形成了"二二二五八"的丰富内涵:拥有两个中国驰名商标:京万红和痹祺;两个国家基地:全国模范职工之家和全国工会"职工书屋"示范点,国家中医药文化宣传教育基地——乐家老铺沽上药酒工坊;两个非物质文化遗产:《京万红软膏组方与制作技艺》(国家级)、《乐家老铺沽上药酒传统制作技艺》(天津市级);五大院士的学术支持和八个自主知识产权品种(京万红软膏、痹祺胶囊、益肾液等)。

2013年7月,刘文伟又提出"建设特色企业"的战略构想,打造企业三方面特色,即打造高素质的员工队伍,打造雅致整洁的工作生活环境,打造不可或缺的特色产品。特色药企发展之路的提出再次为企业发展绘制了蓝图。

(记者吴巧君,本文刊载于《天津日报》,2014年12月26日)

盛坪物业:筑牢安全基石　创建平安企业

污水四溢、气味难闻,因租赁企业的二楼下水管道突然堵塞,污水瞬间流向大楼强电井和电梯间,一时间,整座大楼都处在随时断电、漏电的危险境地。就在这时,十几名安全保卫员迅速组成抢险队进行排险,为了确保楼内人员、财产的安全,他们不怕脏、不怕累,果断处理,及时将租赁企业的物资抢先搬至安全处,在用水桶、水盆接污,并在最短的时间清除堵塞的异物。当一阵阵夹杂着恶臭气味的污水溅到他们的脸上、身上时,他们全然不顾,齐心协力排除了险情,用实际行动做好平安守护者。这就是盛坪物业公司的一位位普通职工,在这里他们人人争当楷模、人人都是安全生产的标兵。

天津市盛坪物业管理有限公司,是利和集团所属基层企业,经营着集团数亿资产,占地面积 43 亩、建筑面积 4.6 万平方米,主要经营对外出租和物业管理服务,是新型的工业物业管理公司。

在公司里有这样一句话:如果说,一个企业是一艘远航巨轮,那么安全就是这艘巨轮的掌舵轮盘;如果说,一个企业是一座摩天大厦,那么安全就是这座大厦的坚固基石。这是盛坪公司职工们心里谨记的座右铭。

如何将安全工作落实到位,如何创建平安企业呢?

"我们每天看到的是轰鸣的机器设备、纵横交错的线路及管道……脑海中就要时刻长鸣'安全'的警钟,做好安全工作是一切工作的重中之重,是企业生存的命脉。创建平安企业,我们任重而道远。"盛坪物业负责人告诉记者。

2003年,盛坪刚成立时,房屋租赁市场不景气,仅靠十来个"门外汉"将集团几亿房产运营起来,既要确保国有资产的保值增效,又要保障企业平安无事,难度可想而知。面对困难和挑战,他们没有退缩,他们大多数都是党员,凭着坚定的党性,以为客户创造安全、整洁、舒适的生产工作环境为己任,不断创新管理机制,使企业经营业绩逐年保持稳定增长,房屋出租率连续7年达100%,赢得了市场信誉,扩大了规模影响,取得了社会效益和经济效益的双丰收。

"发展是第一要务,安全是第一责任"。多年来,他们紧紧围绕"创建平安盛坪"为主题。针对租赁企业的行业特点和实际,建全安全管理体系和安全生产档案,严格落实安全责任制,签订安全消防保卫责任书,坚持安全生产大检查,加强各企业之间联防巡逻,确保了无重大治安、刑事案件,无重大安全事故发生,充分发挥了国有物业管理企业在构筑社会治安防范长效机制中的重要作用。

年均投入安全资金30余万元,确保安全设备有效防控,提升消防设备设施的防护,是他们营造平安企业良好的物质基础。"安全你我他,安全靠大家"。有针对性地向职工灌输安全知识,加强安全教育,及时组织开展案例分析,总结经验教训,是他们管理安全工作的特色。每年"安全生产月"组织职工和租赁企业进行消防灭火实战演练活动,普及防火知识,激发广大职工参与创建平安企业的主动性,形成了人人关注安全生产的企业氛围。

经过不懈的努力，生产环境进一步优化，安全持续稳定，职工安全感、归属感进一步增强。盛坪物业也先后荣获天津市模范集体、天津市工人先锋号、天津市五个好企业党组织、天津市工矿商贸系统安全生产优秀班组、天津市国资系统平安示范企业等光荣称号。

安全工作只有起点，没有终点，打造安全文化建设是盛坪物业长期发展的持久性工程。盛坪人将再接再厉，开拓进取，使平安创建真正起到示范作用、典型作用和辐射作用，为创建和谐社会做出新的贡献！

（记者门心洁，本文刊载于《天津日报》，2014 年 12 月 29 日）

天津城建集团：推进投资建设一体化加快企业转型升级步伐

驱车行驶在通往海滨高速的大道上，势如飞天的大型立交桥和宽敞平坦的大道，让颇为枯燥的长途驾车也成为一种享受。修筑这条大道的正是有着"天津城建主力军和排头兵"之称的本市城建集团的建设者，该工程是该集团借助滨海新区金融创新政策，投资12.2亿元，以BT方式（"建设—移交"）投资建设的第一个项目——集疏港二期项目。自2008年投资建设集疏港二期项目后，宝坻、津南及河北承德等多个以公路、桥梁为主的投资项目相继开工。

去年8月21日是天津城建集团独立经营十周年纪念日。在经营规模达到百亿量级之后，差异化竞争的要求、经营板块的调整与丰富、放大国有资本效应、聚集社会资源等重大发展课题，摆在天津城建人面前。加快转型升级，寻求新的突破，延伸产业链条，积极向上游发展，集团拉开了基础设施投资建设的帷幕，以一个超过40亿元的融投资建设项目为标志，高调宣示跨入一个新的十年，一段新的发展征程。

今年10月20日，从地处国家西部开发前沿的四川内江传来喜讯，天津城建集团以46.8亿投资建设的内江过境高速项目正式开工。这是集团第一次以BOT（"投资—建设—运营"）模式中标的外埠项目，是集团

251

作为投资方独立投资建设的第一条高速公路项目，也是集团在抢抓市场先机、加快转型升级的重要时刻，迎来的一个关键性大项目好项目。

完善投资合作模式也是城建集团提升市场竞争能力、顺应现实发展的重要探索。今年 9 月，国务院办公厅发布了 43 号文，根据规定，城投公司作为地方财政融资主体的模式将被打破，积极倡导采取 PPP 模式进行项目投资建设，提出推广使用政府与社会资本合作模式，鼓励社会资本通过特许经营等方式，参与城市基础设施等有一定收益的公益性事业投资和运营，这又为集团的发展提供了一个新机遇。于是，城建集团积极顺应国家政策调整导向，提升实施投资项目新模式能力。

为解决基础设施投资主体多元化的问题，加快基础设施项目的建设，现今在国际上通行采用的融资方式主要有 BT("建设—移交")、BOT("建设—经营—转让")、BOOT ("建设—拥有—经营—转让")、BOO ("建设—转让—经营")等。针对近两年出现的设置融资限制模式、延期

2011 年 1 月 9 日，贯穿滨海新区的滨海大道全线贯通

支付模式在基础设施项目投资建设中的现状，结合集团基础设施项目融投资业务政策具体实施情况，城建集团深入研究了这些合作模式项目实施风险的控制可行性及具体操作方案，以充分适应集团内外部的市场竞争压力。

天津城建集团以全资子公司总诚基础设施投资公司为载体，充分发挥自身投融资平台作用，依托"天津城建"品牌和工程总承包、设计施工一体化、投资建设一体化等优势，充分整合资源，成功运作了东丽湖BT项目、浙江温州隧道投资项目、内江绕城高速BOT项目，总投资额超过50亿元，加上之前运作的集疏港公路二期南段BT工程、承德市滨河新城起步区三纬路跨滦河特大桥BT工程、杭州03省道改扩建BT工程等多个项目，总投资额近百亿元。目前，总诚基础设施投资公司注册资本金5.28亿元，经营范围除BT、BOT主营业务投资外，还包括酒店资产运营、物资供应等其他非主营业务。公司充分发挥建设管理职能，打造投资建设一体产业链；同时，探索多渠道融资工作，积极培育独立融资能力。

"以四川内江过境高速项目为代表，这是天津城建集团近年来大力实施'科技引领、投资拉动、施工跟进'发展战略的重要结果，是集团按照市国资两委部署要求，以二三线城市为主攻方向，推进开发重心向外埠转移，打造布局全国、跨区域经营企业集团的重要结果。"天津城建集团总经理姚国强表示，从传统施工企业，到最前沿的BOT模式；从深耕天津市场，到"走出去"开发外埠市场；这是一次由低端到高端、由传统到现代的成功跨越，既是对过往十年的一次漂亮总结，又是对美好未来的一个重要昭示。

(记者李家宇，见习记者马晓冬，本文刊载于《天津日报》，2015年1月6日)

天津一商裕华化工公司：
不断开拓创新的国有化工流通企业

　　经营品种由传统化工向新兴高科技化工领域延伸的转变；拥有年吞吐能力达 80 万吨的目前华北地区规模较大的危险化学品仓库及我国北方唯一的危险化学品公用保税库；拓展经营范围,拥有国家四钻级酒家、国家级酒家示范基地、国家级酒店示范店……

　　历经计划经济到市场经济的转型,克服世界金融危机留给企业的困扰,经过多年潮起潮落,天津一商裕华化工公司这家脱胎于老国企的现代企业在市场经济的大潮中不断寻求发展,企业经营规模逐年增加,创效能力逐年提高, 竞争力不断增强,300 余名员工共同为一商集团"千亿规模、十亿利润、全国知名大集团"的战略规划奉献才智——2014年 1 至 11 月实现销售 39.7 亿元,利润 1424.52 万元,与去年同期相比,分别增长 14.6% 和 174.41%。

　　裕华化工公司是在 2007 年 5 月由天津一商化工贸易有限公司与天津裕华经济贸易总公司两企整合而成的, 整合后的裕华化工集批发零售、生产加工、内贸外贸、危险化学品物流为一体,成为以商品经营、资产经营、餐饮服务相结合的综合性商贸流通企业。公司下设 22 个分公司,营业面积达 35 万平方米,化工、有色金属、电镀材料、液体化工、油脂、橡胶塑料原料等产品是其支柱品种。

这些年来，裕华化工公司形成了清晰的发展思路，准确的市场定位，奖罚严明的奖励约束机制。以综合分公司为例，这家以经营橡胶辅料为主打品种的分公司，紧跟市场变化规律，牢牢把握价格时机，做足、做精、做细业务。他们在商品质量上注重坚持标准，在经营形式上注重灵活多样。他们把客户视为上帝，把客户需求分为三级，一级需求为新的生产厂，从使用原料的配比开始到现场演示，手把手地教，直至出成品；二级需求为较成熟的生产厂，口授方法和需注意的事项，监控出成品；三级需求为高端生产者，在掌握使用商品特性的基础上，与其共同研讨产品升级换代，鼓励用料厂家提升产品质量和档次，从而实现互赢。由于综合分公司优质的服务，与综合分公司合作的客户大都离不开他们，并把他们视为"不用花钱雇的工程师"。

裕华化工公司旗下的电镀分公司是由集团最年轻的经理带领的最年轻的团队组成，平均年龄只有 34 岁。这个团队紧紧抓住滨海新区开发开放的契机，和多家国内外知名企业强强合作，成为多个产品的华北总代理。他们坚持创新求变，创建了"天津裕华电镀网"，提高了企业的知名度；他们密切关注市场动向，掌握第一手信息资料，加快销售节奏，有效缓解库存和资金压力，规避市场风险；他们致力于做大品牌代理，实现了电镀材料品牌组合北方第一。目前，电镀分公司与多家世界 500 强、中国 500 强、行业 100 强企业合作，其中年销售亿元品牌 1 个，千万元品牌 5 个，百万元品牌 4 个，从原来做一个品牌的电解铜，发展到六个品牌，为公司创造了百万利润亿元品牌。

（记者吴巧君，本文刊载于《天津日报》，2015 年 1 月 19 日）

255

天津物产集团：
"天九模式"开启发展混合所有制经济新路

"过去我们从事钢材等产品的经营更多是上门推销自己，获取客户的信任，如今通过实施以供应链为基础的综合集成服务，情况迥然不同，越来越多的企业主动上门邀请我们去为他们当'管家'，'天九模式'就是其中一个响当当的品牌。"天津物产集团副总经理刘禄向记者介绍。

刘禄向记者介绍的"天九模式"说的是天物能源资源公司2012年4月与迁安市九江线材有限责任公司合作成立天物九江国际公司，将对方所需的原料采购、销售、物流等环节全部交由天九国际打理。

九江线材是目前国内单体线材产量最大的民企，九江公司年产量由原来几十万吨钢材增长到1200万吨钢材、420万吨焦炭和50万吨液化天然气的规模，产能产量步步攀升。当初，这家公司生产能力扩张而原材料基地没有建立起来，非常需要外矿来维持生产，同时由于市场疲软因素，公司面临着回款难的销售难题。

天物凭借自己拥有的遍布全国的销售网络、具有与全球诸多矿山的长期合作关系、拥有超强的矿产资源议价能力等优势，与对方合作以来，"管家式"综合服务商功能日臻完善，不仅为九江线材公司节约成本、扩大经营开辟了新路径，更为天物集团发展混合所有制企业提供了可资借鉴的模式。

刘禄向记者介绍，"天九模式"的建立为天物人摆脱了过去"一买一卖"的传统商业模式，让潜心打造综合集成服务商的追求在创新经营实践中成为现实。

已经运行两年多的天九国际，各项经济指标实现了快速增长。据最新统计，天九国际去年实现销售收入 318 亿元，完成矿产品、钢材、煤炭等销售实物量 3356 万吨。

正是有了"天九模式"的样板，几年间，天物集团在加快发展混合所有制经济中的步伐不断加快，先后与一些居于行业或地区领军地位的企业联姻，其中与日本伊藤忠、新澳能源等一大批有影响力的企业建立合作企业，在资源整合、市场开拓、产品开发等方面形成优势互补，互利共赢，真正实现了 1+1 大于 2 的发展目的。

天物集团坚持在发展新企业时同步建立党组织，企业建在哪里，党的活动就开展到哪里。集团党委每年对各公司党组织制度落实情况进行一次集中检查，通过每季度召开党委书记座谈会、情况报告等形式，及时了解掌握基层党建情况，提高基层党建工作的科学化水平。

天津物产集团负责人表示，我们通过资源整合、资本融合，与一些上下游民企建立合作关系，既拓展了贸易、物流和金融的发展空间，扩大了产品、企业和行业的影响力，增强了资源、资产和资本的聚集力，实现了规模、质量和效益的均衡发展，又在促进彼此优势互补、互利共赢、共同发展的过程中，开辟了一条适合大型国有商贸企业发展混合所有制经济的路径。同时不断加强这些企业的党建工作，做到组织健全、活动有序、作用突出、保障有力，为深入推动国企改革、加快实施集团向世界级企业进军的战略构想提供了强力支撑。

（记者吴巧君，本文刊载于《天津日报》，2015 年 1 月 8 日）

二商集团依法治企:从规范合同管理入手

自己的房屋与场地租给对方使用,对方在空地上搭建出一片厂房,并约定 20 年的合同期满后,自己将掏钱把这片厂房买下。

这样看起来啼笑皆非的合同真真实实地存在着。二商集团下属某企业就是这个合同的出租方。

这个在 20 年前签订的合同眼看就到期,是由着这样的合同漏洞存在,眼睁睁看着国有资产流失,还是选择主动出击,化矛盾为和谐?二商集团领导班子选择了后者。他们多次带队深入企业调研,充分听取各方意见,权衡利弊,制定出周全的谈判方案,并做好诉讼准备。经过几个月的不懈努力,2014 年 10 月,双方废除了原先相关约定,并签订新《房屋租赁合同》,明确规定合同到期后,新搭建出来的那片厂房无偿留给出租方。

这个案例是二商集团规范合同管理,坚持依法治企的一个缩影。

二商集团从化解合同风险入手抓合同管理,他们排查了正在执行期间的所有合同,对像上述案例这样,存在着法律风险,国有企业合法权益有可能受损的合同,想方设法弥补条款缺陷,并不惜动用法律手段。在主动纠错、及时化解法律风险的同时,为了把法律审核落到实处,使房屋租赁活动效益最大化,二商集团出台了合同管理办法,明确这类合同必须经集团公司审查批准后方可签约。同时,按照合同法的规定,结合集团系统实际,制定了统一的《房屋(场地)租赁合同》样本,规范集团系统房屋租赁行为。

实现重要经济合同100%法律审核目标既是国资委的工作要求,也是二商集团自身发展的需要。在规范合同管理的同时,二商集团通过决策前的法律审核论证和法律风险评估,及时预测经营管理中可能面临的风险,防止和避免损失。

食品公司冷冻厂天祥工业园冷链物流项目、东疆港活牛等项目是二商集团的重点建设项目,总投资将达到数亿元。包括现有厂区出让、项目购地、成立新公司、新厂建设等重点工作,涉及的法律文件量大面广,确保项目进度,法律审核就是一道屏障。针对法律审核中出现的难点问题,集团公司领导高度重视,主持会议专题研究。属于完善尽职调查、法律意见书的内容,由律师再次进行尽职调查,修改法律意见书;属于合作双方需要规范的法律问题,由集团公司领导出面,与合作方协商沟通,将防范法律风险放在首位。二商集团领导明确表示,法律审核没有通过的法律文件,不能提交决策会议研究,合同不能签约。

近年来,二商集团一方面通过制定合同管理办法、生产经营重大决策法律审核意见、规章制度法律审核意见等一系列规章制度,在母子公司同步贯彻执行,大力推动集团系统法制建设;一方面对系统总法律顾问和法务人员加强全员系统培训,定期开展工作交流,不断提高专业水平和实践能力,增强二商法务人员在干中学、在学中干的信心和热情。

目前,二商集团上下构建起一整套国有企业法律风险防范体系,在新一轮国企改革中, 这套防范体系正为二商集团打造上中下游一体化全食品产业链保驾护航!

(记者吴巧君,本文刊载于《天津日报》,2015 年 1 月 29 日)

扬帆正当时

——百利装备集团全面深化改革见闻

国企改革一直是天津经济社会发展中的一项重要内容。作为我市装备制造业的重要基地,天津百利机械装备集团整合重组伊始,就以市场化为导向,通过深化改革,转变方式,创新模式等举措,激发体制机制活力,推动产业迈向高端,由生产型制造向服务型制造转型。那么,一年的时间过去了,效果如何呢?

透过一幅紧凑的路线推进图,可以让我们感触到这个集团改革求变的脉动:宣布重组当月即实现合署办公;第1个月就完成了总部机构设置和人员调整;第2个月明晰了部室职责和岗位职责;第3个月建立了KPI考核指标体系;第4个月出台了总部薪酬体系和绩效考核体系,全面实现了机构、管理、业务的整合做实。改革的结果,是打破老架构、老规矩,突出价值创造原则,按照市场化机制,配置"人、财、物"各种资源,提高了组织运行的效率和效益,使国企体制焕发出强劲的市场机制的活力。

百利装备集团所属企业超过百家,主要分布在集团电工电器、重型矿山、机床工具、通用环保、交通与农机装备五大主体产业板块中,产业升级的任务十分繁重,也万分迫切。在集团党委制定的《关于全面深化集团改革的指导意见》中，记者看到这样一句话："致力于传统产业转型升级、致力于主攻高端化、高质化、高新化产品。"围绕这一改革目标，百利装备集团从优化产业结构延长产业链、优化企业结构释放资源活力、推进科技创新增强内生动力三个维度，展开全面改革。所以我们看到，以220千伏超导限流器、充液成形液压机等为代表的一批具有国内甚至世界领先水平的新产品不断投入市场运行，推动集团由制造走向创造；百利电气、天锻压力机、百利阳光环保、天发重型水电等一批核心骨干企业的核心竞争力显著增强，走在行业前列；以航空装备、卫星装备、轨道交通装备、智能制造装备等为主攻方向的战略性新兴产业布局，正推动百利装备从传统制造迈向高端高质高新制造。

管理学大师彼得·德鲁克曾说，当今企业的竞争归根到底是商业模式的竞争，商业模式的竞争是企业竞争的最高形式。就商业模式创新来说，多年来，百利装备集团积极探索由生产型制造向服务型制造转型的途径，大力发展生产性服务业，打造"产融商"优势互补、跨界融合的现代服务制造产业新格局。百利融资租赁公司，这个定位于服务集团产融结合战略的新型业态公司，通过搭建装备金融的服务平台，促进产业资本和金融资本的融合，为集团公司和客户创造协同价值。它不仅是集团公司产品销售的营销工具、装备升级的融资工具、技术与资本结合的金融工具，更是集团转型升级的助推器。在成立的一年中，先后为集团所属的百利阳光环保、天发重型水电、机电工艺学院等单位开展了不同类型的融资服务，撬动了30多亿元的资金。未来五年，将帮助集团实现融资规模超50亿元。与此同时，集团还加强机电进出口公司的贸易平台作用、物资公司的大宗商品交易平台作用；成立百利工业品供应链公司，通过电子商务，打造大型制造企业非核心业务外包基地；大力发展工程总

国务院印发《关于规范国务院部门行政审批行为改进行政审批有关工作的通知》

全国实行审批事项"一个窗口"办理

据新华社北京2月4日电 经国务院总理李克强签批，国务院近日印发了《关于规范国务院部门行政审批行为改进行政审批有关工作的通知》(简称《通知》)，部署深化行政审批制度改革，对保留的行政审批事项进一步规范管理和优化服务，方便群众，鼓励创业创新。

《通知》提出了规范行政审批行为的六个方面具体措施，一是全面实行"一个窗口"受理，依据现行行政审批事项清单对外公布审批事项目录，对目录之外的申请事项不予受理，一窗受理或一站式办理，二是推行受理单制度，对需要申请人补正材料的一次性告知需要补正的内容。三是严格办理时限承诺制，进一步压缩审批时限。四是严格落实首问负责制，建立健全内部沟通协调机制。五是规范中介服务，一律取消法律法规未明确规定作为行政审批受理条件的中介服务事项。六是加强事中事后监管，做到放管结合。

庄公惠同志生平

中国农工民主党的杰出领导人、忠诚的爱国主义者、卓越的党务活动家，十届全国人大常委会委员、民革中央原副主席，天津市委原主任委员庄公惠同志…2015年2月2日23时55分逝世，享年78岁。

庄公惠同志，1937年2月18日出生于湖北武汉…

扬帆正当时
——百利装备集团全面深化改革见闻

■ 本报记者 吴巧真

中国正企故事 看国资发展

每个故事都是一部奋斗史

专栏传递国资国企深化改革正能量

■ 本报记者 岳付玉

习近平同克里斯蒂娜会谈

（上接第1版）

法律援助帮他们"重生"

（上接第1版）

本市举办外商投资企业恳谈会

本报讯（记者 ...）

促进在津台资企业发展座谈会召开

本报讯（记者 ...）

本市召开市综治委全体(扩大)会议

本报讯（记者 岳委武 ...）

天津大学宣怀学院(中科创业学院)成立

本报讯（记者 ...）

加大管控力度 营造安全有序道路交通环境

本报讯（记者 ...）

强化红线意识 狠抓责任落实
本市召开安全生产工作会议

本报讯（记者 ...）

"共青团与政协委员面对面"活动举行

本报讯（记者 ...）

市领导会见农工党中央调研组

包与 BOT 项目,为客户提供整体运营服务。

通过这些深化改革组合拳, 我们看到了这样一组数字:2014 年前 11 个月,百利装备集团经济运行呈现出稳中有进的态势,集团国有及国有控股企业主营业务收入同比增长 17.2%,利润总额同比增长 3 倍,实现净资产收益率 8.9%,1+1>2 的整合效益加速显现,国企改革取得显著成效。未来,百利装备将坚持国际化视野,通过变革、合作与创新,迎接新常态的挑战,努力实现"千亿规模、百亿集团、亿级增值"的奋斗目标,打造品牌优、效益好、行业领先的现代大企业集团。

(记者吴巧君,本文刊载于《天津日报》,2015 年 2 月 5 日)

第四编　回眸

泰达集团:这里在生产"企业"

——天津开发区工业投资公司发展轨迹析疑

十年前,当开发区工业投资公司刚刚诞生时,这一标榜以企业为产品的新型经济实体曾引起了人们的怀疑:仅凭 15 万元开办费,行吗?

事实胜于雄辩。截至目前,工业投资公司共"生产"了 9 家控股企业和 56 家参股企业,自有资产已超过 1 亿元。

如此庞大的投资规模,资产从何而来?公司经理杨育坤揭示了其中的奥秘——

参资——寻求资本的最佳组合

早在一百多年前,马克思就在《资本论》中写道:"如果依靠家族式的积累,铁路是修不成的。"这意味着在市场经济的大环境下,企业必须善于借用别人的钱来发展自己。

工业投资公司成立初期,承担着为开发区招商的任务,在大规模拓展项目、快速引进外资兴办新企业的客观背景要求下,虽然也有通过参资借国际高质量资本带动自身低质量资本的考虑,但因自身实力相对较弱,所以对项目的选择余地较小。往往是为起到示范带动作用,被动地投入资金,资金来源均来自国家贷款,最后的结果则是项目层次较

267

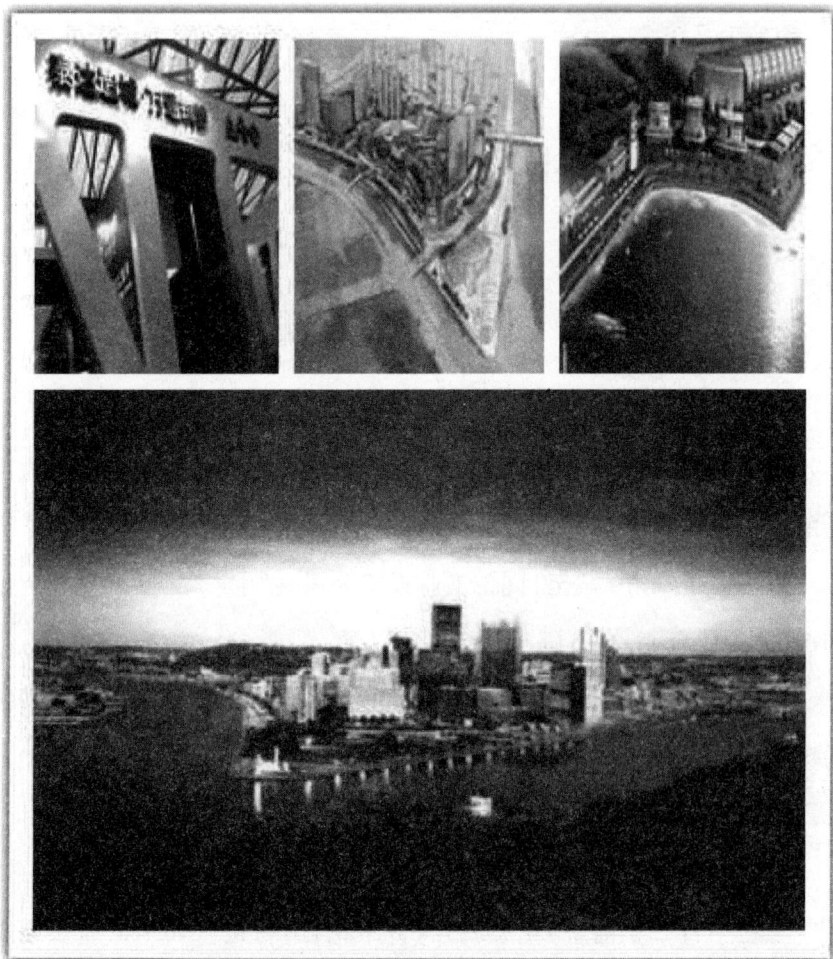

泰达集团

低,投资额小,先进性差,不能摆脱随机被动参资的状态。

　　经过一个时期的整顿,工业投资公司开始建立一套较规范的参资工作程序和方法,也初步建立了一支稳定的招商队伍,开始从被动参资走向主动参资,从解决"饥饿招商"困扰到选优参资,并将参资的主攻方向定为:与国际知名企业联手,参与大型项目、集团项目和高科技项目,进一步扩大外资投入的规模和提高项目质量、内涵水平。

秉承着获取最高投入产出比这一参资原则,工业投资公司把择优参资的第一步落实为兴办与已有优势企业相近或互补专业项目,以形成群体企业优势。1993 年,印尼嘉丰集团董事长林如光鉴于与工业投资公司合营的嘉泰陶瓷公司取得良好业绩,决定投资 8000 万美元组建嘉泰集团,这包括兴建 4 家新企业,改造 4 家老企业,每家都点名要投资公司参资。工业投资公司抓住时机迅速跟进,一举确立了建材这一支柱行业,现在仅天津嘉泰陶瓷公司一家年获利即超过 1700 万元。

工业投资公司择优参资的第二步是适时兴办第三产业,以使投资结构多元化,增加发展后劲。工业投资公司与港商合资组建的高通房地产公司去年参加了"危改",投资开发的"紫光山庄"回报率超过 20%;投资组建的开发区信用社和国泰证券营业二部去年融资额已超过千万,并呈上升趋势,年获利也超过千万。

工业投资公司择优参资的第三步落实在新投项目一定要符合高投入产出比、高技术含量、高附加值、投资回报较快等要求,对小型项目一定要实现控股,对较大型项目在可能条件下应尽量增大参资比例,合作伙伴选择慎之又慎,决策实施要快。前年,工业投资公司了解到世界食品巨头雀巢公司有意在津投资,当即决定参资 3450 万元人民币,获取 25%的股份,该项目预计 5 年即可收回投资。同时,雅罗生物、华威电子等一批高科技企业相继建立,有效地改变了工业投资公司的投资结构。

转股——形成资产的优化配置

在长期的计划体制模式下,国有企业的资产被固化、沉淀,难于流动。然而,在市场经济的环境下,资本如同商品,同样具有流通性,早在 1988 年,工业投资公司即开始了产权转换的尝试。

当时，工业投资公司的参资企业普遍存在着投资外方多是中小型投资者、缺乏经济和管理实力、投资规模较小、技术装备水平不高、销售渠道不畅通等诸多问题，导致相当多的企业出现了亏损。

工业投资公司的决策者们认为，造成企业亏损的原因表面看来林林总总，其实资金、技术、销售渠道等不过是构成资产的各个要素，归根到底还是企业资产未能形成优化配置。因此，解决问题的关键还是要在产权上下手，通过产权转换实现资产的优化配置。

天津开发区早期第一个高科技企业利科公司由于中外矛盾加深，企业难再运转，工业投资公司出面促成企业将部分中方股份转让给世界著名的生物诊断制品公司——美国德普公司，转让后的新公司产品升级，效益倍增。1990年，工业投资公司对一些经济效益不好的企业采用资本转让的通常做法，先后以转贷、转股方式将一批企业做了股权转让清理，减少了经营风险，提高了公司的整体投资效益。

与此同时，工业投资公司还运用清盘不清产、易手经营等方式理顺已有企业的投资组合，实现了资金、技术、经营管理、市场渠道等中外方股东的优势互补。

目前，工业投资公司所参资企业75%盈利，参资企业股权平均增值4倍以上，投资收益率超过18%，为公司实现自我滚动发展奠定了良好基础。

集团董事效应——探索资本的管理模式

同许多国有公司一样，尽快从行政性公司转变为经营性公司曾经是工业投资公司面临的主要课题。当时的工业投资公司作为开发区管委会的外资管理职能部门，一边代表开发区政府进行外资管理，一边在投资市场上参资经营。这种双重身份和职能尽管曾发挥过它必要的历史作用,但很难将政企分开,不便也不宜参与外资企业的经营。

于是,一个全新的模式出台了。对上,工业投资公司呈现"无主管上级"状态,开发区管委会既不指定项目,也不提供资金,完全由工业投资公司自选项目,自主经营,自筹资金,这种彻底"放权"的结果,使工业投资公司内有动力,外有压力,真正成了企业法人;对下,彻底摒弃行政干预,紧紧抓住董事会这一经营核心,参与经营。

在当时的参资企业中,55%的企业董事会职能未能很好地发挥,投资各方董事缺乏共同利益,使董事会经常纠缠于人事和局部利益的纠纷,难以对企业生产经营的重大问题做出有效的决策。

面对现实,工业投资公司在清理整顿参资企业的同时,摸索出一套"专职董事"的工作方法和措施。1989 年,公司专门设立了董事部,集聚了一批既懂专业又懂管理、既善于协调各方利益又能在各方董事中起支柱作用的精干人员。这些人分别被委派为参资企业的专职董事,比起其他各方的兼职董事,专职董事们更有时间,更有精力来考虑企业的工作。同时,各位专职董事并不是单兵作战,而是在与其他投资各方董事合作的同时,紧紧依靠自己的公司和董事部,采取智慧交流、集体决策的方式,从而产生"集团董事"效应。依靠这批专职董事,较好地解决了嘉泰、利科、华信、津信、津谊等企业股东各方的矛盾,有效地协调了各方的利益关系,成功地渡过了"合作关"。尽管工业投资公司在这些参资企业中常常扮演股份最小的角色,却唱活了一出出"人微言不轻"的大戏。

从商品市场竞争到资本市场运作,从单一的产业资本到与金融资本联袂,使工业投资公司的经营进入全新的境界。目前,工业投资公司

天津日报

TIANJIN DAILY

1995年1月 3 星期二

第16686号 国内统一刊号 CN12—0001 国外发行代号 D174

天津市工商行政管理局
企业年检、个体、工商户验照通告

一、法定年检、验照时间为每年一月一日至四月底止（无变化不再通告）。

二、凡一九九四年十二月卅一日前领取《企业法人营业执照》的企、事业单位，到规定注册机关办理，领取《中华人民共和国企业法人营业执照》的外商投资企业，按注册级别到县、区工商局外资办理；领取《营业执照》，从事兼营行、

三、对不按规定办理年检、验照或逾期不办理年检、验照的，根据《企业法人年度检验办法》有关规定，给予处罚直至吊销营业执照。

一九九五年一月三日

这里在生产"企业"

天津开发区工业投资公司发展轨迹析疑

本报记者 李志仲

为了下一代

——社会各界支援科技馆侧记

生财有道

时评

本报今年发行量显著增长

本报讯

天津本田跨入全国同行十强

日中双方已签增资协议扩大生产能力

本报讯

距第43届世乒赛开幕还有 118 天

《走进你的家》开篇语

汪金堂

走进你的家

旧习俗变新时尚

江西发现2000年前古陶瓷

延安瓦窑堡革命旧址维修竣工

清华大学成立生命科学与工程研究院

杭州首创报纸图文电视

简明新闻

冬日即景

《天津日报》刊发《这里在生产"企业"》

已累计投资 3600 万元,这一数额只占开发区总投资额的 1‰,所参资企业上缴的税金却占开发区的 8.5%。然而,工业投资公司的决策者们并没有满足,他们清醒地意识到,随着时间的推移,开发区土地有用尽的时候,国家的优惠政策不可能长期维持现状,届时开发区如何发展壮大自身实力?出路在于组建自己的实业集团。

今年 4 月,市体改委正式批复,以工业投资公司为核心成立泰达集团,集团的紧密层企业为泰达工业投资公司、泰达进出口公司、泰达商业发展公司、泰达实业公司、泰达科技公司、泰达银业公司。集团半紧密层企业近 20 个,关联层企业 60 余个,注册资金 2 亿元。对这样一家集工业、金融、贸易、房地产、科技开发为一体的大型企业集团,本市资深经济学家做出评述:这是一家真正的"康采恩"。

"康采恩",意即混合控股公司,它实际上是指通过持股、控股的方式把分属于不同经济部门的许多企业联合在一起,以其中实力最雄厚的一家或几家大型企业为核心组成的资本联合体。它们可以控制比自身的资本额大许多倍的企业群体。一方面混合公司通过掌握股权,从而支配参资公司的生产经营决策,使被控公司的经营业务有利于混合公司自身所从事的实际业务;另一方面,公司本身又从事实际的生产经营活动,与其他公司和企业发生业务往来。

实现多元化、综合化、集团化经营,对泰达集团仅仅是创大业的第一步,实现跨国经营,在与国际财团接轨的同时,将自己培育成中国的财团才是他们真正的目标。这必将成为天津开发区"第二次创业"的里程碑。

(记者黄志伟,本文刊载于《天津日报》,1995 年 1 月 3 日)

利和集团：科学发展铸"大船"

[编者按]

从美国次贷危机，到华尔街引发金融海啸，全球金融危机愈演愈烈。在经济全球化的今天，中国不可能不受影响，我们也不可能不受到冲击，尤其外贸型企业更是首当其冲。而作为外贸企业——天津利和集团在经济发展不确定因素增多的环境下却逆势而上，他们搏击风浪，笑傲市场，盈利不降反升。是偶然？是侥幸？当读罢本报记者采写的这篇报道，便知晓其中的一些奥秘和道理。

经济在波动，市场在变化，在危机之中，在困难面前，关键是看驾驭的本领、要有独到的真功夫。

华尔街引发的金融海啸波及世界，中国企业尤其是外贸企业都切身感受到这种冲击波。汇率波动、成本上升、订单减少，一些外贸企业在风暴中，飘摇不定，频频告急。

天津利和集团却频传利好。参加第104届广交会，斩获2200万美元订单。截至目前，该集团主要经济指标同比增长一倍，成为逆势告捷的一个案例。以至于在日前召开的本市外贸出口企业座谈会上，利和集团党委书记、董事长白文彬的汇报两次被市国资委领导打断，详询制胜之道……

天津利和集团是如何铸就一艘科学发展的"大船"，在风高浪急中搏击风险，笑傲市场，盈利不降反升的呢？

以人为本　人人都是增长点

这是一份来自利和集团的盈利报告：

截至目前，业务1部盈利60万元，与去年同比增长150%；业务2部盈利70万元，同比增长130%……业务7部盈利350万元，同比增长190%；业务8部盈利101万元，比去年翻了一番……集团核算的每个利润中心都实现了高增长。

"在利和每个员工都把自身的利益紧紧地捆绑在企业这条战船上。利和把员工的利益作为企业发展的出发点和落脚点，企业与员工同舟共济，才能抵御金融风暴。"集团党委道出了利和逆势增长的秘诀。

员工收入连续五年保持增长15%；连续6年组织全体员工开展红色之旅，到韶山、井冈山、延安、西柏坡等革命圣地考察学习；投入130万元整修食堂，为员工提供免费早餐、午餐；对35岁以下职工进行四个阶段培训，每月一次利和讲堂，董事长亲自开讲"爱党、爱企、爱自己"……

科学发展观的核心是以人为本，在利和，以人为本通过一件件小事落在了实处。周淑湘、韩彤、王智莹、于文利、范志强、刘志义等业务部经理纷纷用"温暖""有归属感""安心""融入生命"这样的字眼表达了对利和集团的感情。当利和人整齐划一喊出"利和就是力量、利和永远兴旺"时，"外人"无不感到震撼！"我工龄已经34年了，经历了进出口公司的辉煌与低谷。工资由重组前的100多元，到现在5000多元，还有奖金、

利和集团

分红。不好好干都对不起企业。"老外贸周淑湘的话道出了利和人心齐
气顺的精神面貌。

"在利和领导班子的工作目标里有三个'一定':一定要把职工当作
自己的兄弟姐妹,一定把利和集团打造成同行业最好的国有企业,一定
要把职工的收入提高到同行业最高水平。"这道出了利和集团党委的奋
斗准则:一切依靠职工,一切为了职工。

正是这三个"一定"盘活了人气,凝聚起人心,让利和跳产重生,有

很强的抗风险能力,天津利和集团党委副书记张书忠告诉记者。

当大家为外贸企业担忧时,利和的发展没有悬念。每个利和人都表现出比"黄金更重要"的信心,每个人都主动为集团分忧。

业务员卢艳梅得知客户带着新样品途经上海转机,为了不放过成交的机会,她连夜赶往上海,在机场等了一夜,客户被她的执着所打动,当场就下了订单;刘丽、史复生为了开发新商品,穿梭于国内各类建材商品展销会和货源产地,扩大成交200多万美元;青年员工闫纯越在码头监装货物,经常是连轴转,个人盈利突破100万元……

"职工对企业有多少感情,企业就有多大发展空间。"与集团共同成长的市劳模、市优秀共产党员、业务7部经理陈红卫用真金白银诠释了这句话。2008年,她带领业务7部的7名同志实现盈利350万元,出口规模同比翻一番,经济效益翻两番。共建共享发展成果,利和使人的要素在企业生产力中得到最大的发挥。

"利和集团现有所属企业72家,其中直属外贸专业公司7家、区县外贸公司10家、投资控股的股份制企业8家、生产型企业11家、其他类企业36家。直属外贸公司没有一家是亏损的,进出口贸易利润与去年同期相比增加了一倍。"集团副总经理、财务总监袁玉霞习惯用数字说话。

统筹协调　国内国际两个市场"聚财"

"国有外贸企业要适应日益严峻的出口形势和日益激烈的市场竞争,必须加快结构调整,转变增长方式,尽快改变'一买一卖''重出口、轻进口、少内贸'的传统贸易方式。只有充分利用国内国外两个市场、两种资源,才能增强抵御外部冲击和风险的能力。"利和集团党委负责人告诉记者,这就是天津利和集团这几年坚持统筹内贸、外贸,多元化经营联动协调发展,加快构建多元化产业结构的生意经。

受美国金融危机影响,今年广交会的采购商数量有所减少。在二期搪瓷制品区,许多展位虽然装修华丽仍然门可罗雀,然而利和集团略显朴素的展台却客商不断。这些客商大多对该集团的出口品牌商品了如指掌,来到展位直接洽谈,现场成交数量和价值都较高。据了解,这是利和集团在欧盟中心比利时建立"中国欧洲贸易中心"带来的成果。"'走出去'为企业带来了新的发展空间。"利和集团开始收获境外投资的果实。面对复杂多变的国际环境,天津利和以全球视野把握世界经济发展态势,创新对外投资和合作方式,大力实施"走出去"战略,增强应对国际市场波动的能力。2007年在欧盟中心比利时投资组建了"中国欧洲贸易中心",该中心占地16550平方米,成立一年来设立了"天津商品常年展",吸引了本市80多家企业参展;今年6月举办了中比商务对话会,10月举办了天津进出口贸易展览会。一系列商务活动,扩大了天津市及滨海新区在欧洲的影响,也提高了利和集团在海外的知名度,被原比利时中国驻华大使章启月赞誉"为中国企业走出去搭建了平台"。

"中国欧洲贸易中心"连续两年列入市委工作要点,成为天津对外开放的窗口、滨海新区在欧洲的桥头堡、中欧经贸合作的桥梁,让中国外贸企业的旗帜飘扬在世界贸易舞台。

"人无远虑,必有近忧",利和领导班子居安思危的精神已经深入每个业务人员心里。他们注重规避市场风险,探索开展深度经营,认真研究新兴市场的需求,用适销对路的新商品赢得了新客户,占领了新市场。据业务2部经理蔡红梅介绍,利和的搪瓷制品已经拿到了沃尔玛的订单。"搪瓷是传统的优势商品,'孔雀'是外贸名牌,近年来实施品牌战略,利和的'孔雀'已经在非洲叫响了,成为当地的陪嫁品。西非客户Margaret,一单订货90万美金。在巩固传统市场的同时积极拓展新市场。2009年新订单预计超过100万美金。"

据了解,天津利和集团成交额中,品牌商品成交占60%,新开发的高附加值、高技术含量、高规格档次的升级换代新商品占30%,其中包括建筑材料、搪瓷器皿、玻璃器皿、日用五金、人造花卉、家具、高档皮毛制品等。

"单一扩大出口规模路会越走越窄,面对外部环境变化,早转型比晚转型更能争取主动。"利和集团党委负责人告诉记者,利和集团已经开始内外贸相结合,两条腿走路。用实际行动贯彻落实党的十七大报告提出的"内外联动、互利共赢、安全高效"外贸战略。

9月17日,位于解放路279号的"利和商场"高调开业。"利和商场"由利和集团投资、所属工艺品公司等直属外贸企业联营。"利和商场是探索企业转型,向国际国内两个市场要效益的一次尝试。"利和集团所属的天津工艺品进出口集团有限公司董事长从宽是个有着30多年从业经历的老外贸,他认为外贸人员素质高,商品知识丰富,从事内贸游刃有余。利和商场主营商品主要来源于利和集团各直属公司的高档优势产品。"开业一个月来营业额已经达到20万元。"从宽欣喜地透露。20万元只是开始,但这个不起眼的数字相当于传统外贸两个货柜的货值。

改革创新　资产运营步入快车道

利和集团经过3次重组扩大了规模,但也背上了27亿元的巨额债务。他们经过艰苦卓绝的努力,运用法律武器解决了负债。利和集团把包袱变成财富,不仅避免了国有资产流失,而且盘活了国有资产,奠定了外贸企业的盈利基石。张贵庄仓库原来人员包袱很重连年亏损,利和集团接手后投入 50 万元进行改造,现在每年盈利 200 万元。通过改变经营机制,红旗路 20000 平方米厂房吸引了来自韩国、日本的 6 个企业入驻,今年盈利 700 万元。除了传统的外贸业务以外,利和集团资产运营盈利 1500 万元,占利润总额的 55%,支持起了集团的半壁江山,成为利和稳定的收入来源。

"截至目前,公司固定资产的出租率达 95%,在天津的同行业里属于佼佼者。这都是集团主动转变经营结构,开展多种经营的结果。"

天津盛坪物业管理有限公司、天津盛泰物流服务有限公司总经理魏慧告诉记者,作为利和集团资产运营的主要载体,上述两公司管理和运作经营集团旗下的 8 处固定资产,在股份结构上实行集团控股,全员持股,职工不仅有工资收入,还有分红收入。

经过整合,投资改造,国有资产重新焕发了生机。今年以来,盛坪物业、盛泰物流两公司 38 位员工创造了 900 万元利润,比去年同期增长了 30%。

资产运营稳定的收入来源反过来为外贸业务提供了充足的血液。

"自从债务解决之后,目前公司的流动资金非常充裕,为我们做业务提供了特别有利的条件。"陈红卫对刚刚到手的 170 万美元钢绞线订单深感自豪,"钢材生意是实力的比拼,如果没有资金垫付,就不会有这样的利润点。"

经过近几年持续不断的改革创新和调整,利和集团已经成为天津国有企业的一个亮点,成为天津外贸企业有能力抵御风险、科学发展的一条"大船"。

(记者庞晓敏、赵晖,通讯员韩爽,本文刊载于《天津日报》,2008 年 11 月 4 日)

山海关汽水:你一年能喝几瓶汽水?

——访天津饮料厂

一些谈冷饮的文字,常提起我国第一家汽水厂是 1902 年英商在天津开办的万国汽水公司。这家公司后来的演变如何?日前在天津饮料厂采访,得知一些底细。

饮料厂是天津唯一生产汽水、果汁和高温饮料的工厂, 是 20 世纪 50 年代由山海关、光明、北戴河三家汽水厂合并而成的,其中山海关汽水厂的前身便是万国汽水公司。说是"万国",实际上大半是英商投资,内中也有华商, 包括当时京奉铁路局以路局名义入的股;固定工只有 30 人,年产不过 36000 打。由于设在山海关的分厂采用当地泉水制作,甘美清冽,颇负盛名,以后这个厂便命名为山海关汽水厂。不过,先是受制于洋商的垄断,抗战胜利后又由于美国"可口可乐"的倾销,沧桑几度,到新中国成立初期只好靠卖点蒸馏水、做点糖果维持生意,年产量刚刚有 5 万打。

饮料生产的迅速发展还是近几年的事。以它的三类主要产品来说,汽水产量在 1979 年近 60 万打, 恢复到历史最高水平,1980 年达到 80 万打,今年计划为 120 万打。高温饮料近年稳定在 1200 万吨的水平上。果汁,像大宗的橘子汁和小批的菠萝汁、苹果汁、山楂汁、归杞枣汁、苓

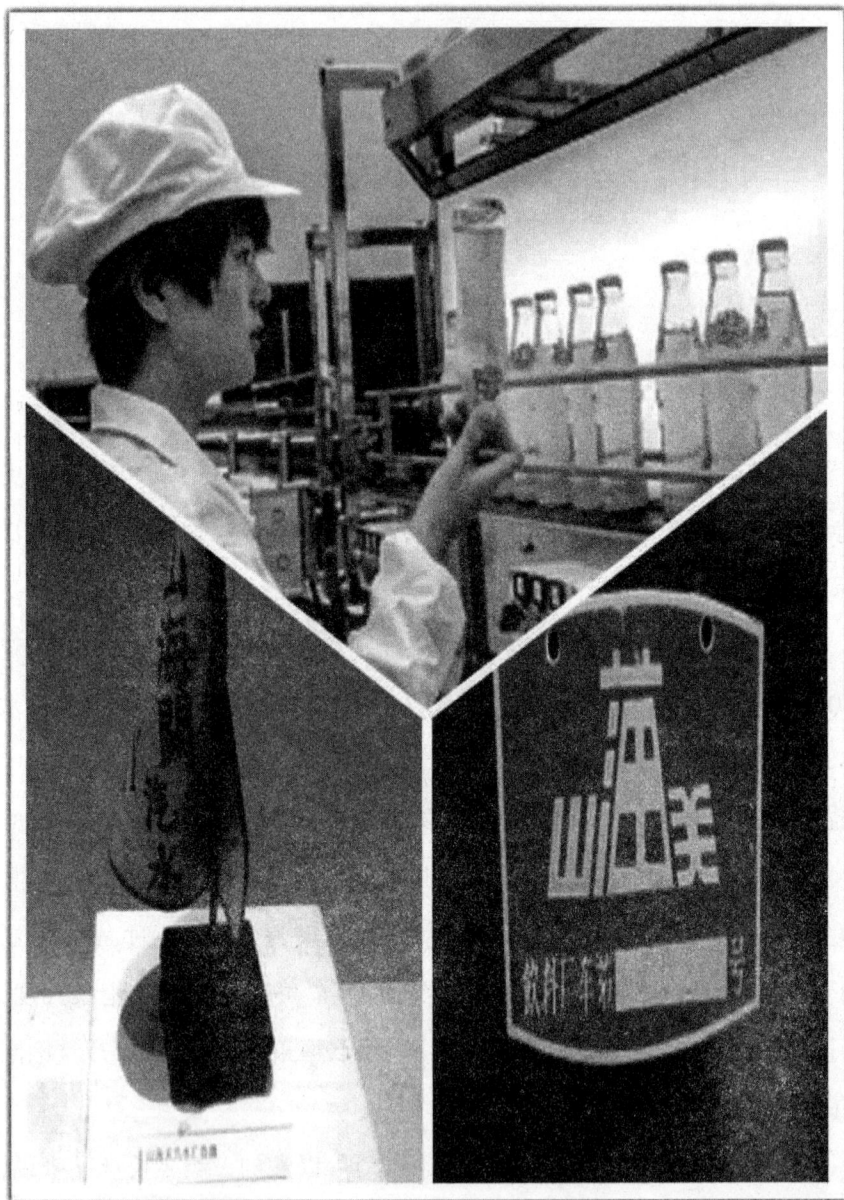

山海关汽水

贝雪梨汁、健胃姜汁的生产则增长更快,历年不过几十万瓶,去年达到1200多万瓶,已经超过了汽水的产量。虽然如此,我们仍然处于一个相当低的水平。以汽水年消费量为例,北京、上海平均每人四五瓶,广州为7瓶,而天津去年生产的80万打、计960万瓶汽水,全市平均每人还喝不上2瓶呢。厂里的同志讲了这样一个数字:1979年日本每人平均消费109瓶汽水。当然,这不仅说明生产发展的水平,也反映了民族生活习惯的变化。

这个厂的邵长富工程师讲了他经历的一件有趣的小事:一次出国途中在巴基斯坦的卡拉奇留宿,他端起暖水瓶往杯里倒,水瓶里却是一瓶冷水。原来,一些国家的自来水符合饮用标准,人们日常就靠这冷水解渴。在餐桌上、宴会上打开一瓶瓶饮料,有的不过是经过加工的淡水。他饶有兴味地谈了两个品种的生产工艺。一个是橘子汁,就其产量、质量和价格低廉来说,目前我市均处于领先地位,已成为一些家庭常备的饮料了。橘汁连年增产使鲜橘供应的缺口越来越大,于是他们深入"川橘之乡"四川等地调查,发现当地经常有鲜橘瓣装塑料袋出售,霉烂的就倒进江湖里。由此,他们与几家罐头厂协商研究订立合同,提供设备,把做罐头不适用的橘子瓣和下脚料粗加工成橘酱,扩大了资源,降低了成本。这种浓缩的橘酱运来后经过加热消毒,兑入煮沸的浓糖水,并加适量柠檬酸和橘皮油就可以装瓶出厂了。橘皮油是在产地用鲜橘皮提炼的,使用时还有一个脱萜的工艺。萜油是一种有机化合物,不溶于水,不能放在橘子汁里,而把它脱出来用于制做糖果倒是富有天然味道的。继而谈到"津津可乐"汽水,国外有"可口可乐""百事可乐""皇冠可乐",国内有"崂山可乐""幸福可乐"等等。可乐型饮料是因采用热带一种"可乐果"做原料而得名,呈玫瑰紫色。这种饮料是用多种香辛料和天然香

283

你一年能喝几瓶汽水？

——访天津饮料厂

价格低廉来说，目前我市均处于领先地位，已成为一些家庭常备的饮料。桔汁连年增产使鲜桔供应的缺口越来越大，于是他们深入"川桔之乡"四川等地调查，发现当地经常有鲜桔瓣装塑料袋出售，腐烂的就倒进江湖里。由此，他们与几家罐头厂协商研究订立合同，提供设备，把做罐头不适用的桔子瓣和下脚料粗加工成桔酱，扩大了资源，降低了成本。这种浓缩的桔酱运来后经过加热消毒，兑入煮沸的浓糖水，并加适量柠檬酸和桔皮油就可以装瓶出厂了。桔皮油是在产地用鲜桔皮提炼的，使用时还有一个脱臭的工艺。蒜油是一种有机化合物，不溶于水，不能放在桔子汁里，而把它脱出来用于制做糖果倒是富有天然味道的。

继而谈到"津津可乐"汽水，国外有"可口可乐"、"百事可乐"、"皇冠可乐"，国内有"崂山可乐"、"幸福可乐"，等等。可乐型饮料是因采用热带一种"可乐果"作原料而得名，呈玫瑰紫色。这种饮料是用多种香辛料和天然香料配成，有明显杀口感，微含药物芳香；其所以被称为能"兴奋精神、恢复疲劳"是因为里边有天然咖啡因。欧洲十八、十九世纪从古柯叶的浸膏中剔去有害的古柯碱作为饮料，保留了其中的咖啡因，因此具有和茶同样的兴奋功能。天津生产的"津津可乐"就是从茶叶中提取咖啡因的，据说这种饮料还有消肥减胖的作用哩。

无意中也许为饮料厂作了"广告"，这也无妨。无论汽水还是果汁常常是供不应求，这个厂已另建新厂，扩大能力，使汽水、果汁的产量再翻一番。五百多人的厂子凭着一些旧的设备，一年里给国家上缴一百多万元的利润，也是不算小的贡献。

本报记者 郑玉河

这是天津市饮料厂扩建后的一条汽水生产线。本报记者 于嘉祯摄

你一年能喝多少瓶汽水

料配成，有明显杀口感，微含药物芳香；其所以被认为能"兴奋精神、消除疲劳"是因为里边有天然咖啡因。欧洲 18、19 世纪从古柯叶的浸膏中剔去有害的古柯碱作为饮料，保留了其中的咖啡因，因此具有和茶同样的兴奋功能。天津生产的"津津可乐"就是从茶叶中提取咖啡因的，据说这种饮料还有消肥减胖的作用哩。

无意中也许为饮料厂作了"广告"，这也无妨。无论汽水还是果汁常常是供不应求，这个厂已另建新厂，扩大能力，使汽水、果汁的产量再翻一番。500 多人的厂子凭着一些旧的设备，一年里给国家上缴 100 多万元的利润，也是不算小的贡献。

（记者郑玉河，本文刊载于《天津日报》，1981 年 4 月 28 日）

北方国际集团:金星义聚永

——天津最早的"打假"

许多人以为商品"打假"是近些年的事,殊不知最早的"打假"发生在 77 年前。

1931 年出版的《天津志略》封二下半页刊发了一篇声明,横标题一侧写着"义聚永酒庄",另一侧写着"经理刘桂森君(即刘香久)",刘桂森的照片嵌在中间。竖标题的题目是《声明假冒》,声明的主要内容是:启者本号开设天津大直沽迄今历五十余载,自造五香冬菜精醇乾酒以及各色药露酒品种类繁多,不及备述所有,各货均系拣选上等原料,聘请专门技师,遵古炮制隔年方能装销定价,务求低廉,遍销中国内地各省,与欧美并南洋各埠遐迩驰名,交口赞许,兹为推广,营业仰副,顾客盛意起见更礼聘科学专家按化学原理详为研究,加意改良于食用可口之外,务使除湿祛障舒筋活血,适合卫生之佳品也惠顾诸君请认明金星招牌决不质疑。

据史料记载,天津的制酒业可追溯到元代,元代王熹在《治河图略》中描述了当时大直沽所在的方位。历史文献中这样形象地写道:"天妃庙对直沽开,津鼓连船柳下催。酿酒未终舟子报,柂楼黄蝶早飞来。"意思是讲,天妃庙所对的大直沽地方,漕船在河边都挤满了,还没等新酒

天津最早的"打假"

周莲娣

许多人认为商品"打假"是近些年的事，殊不知最早的"打假"发生在77年前。

1931年出版的《天津志略》封二下半页刊出了一幅声明，横标一侧写着"义聚永酒店"，另一侧写着"经理刘桂森君(即刘香久)"，刘桂森的照片嵌在中间。声明标题是《声明假冒》，声明的主要内容是：自辛未年开设天津大直沽以今历五十余载，自造五香卤虾糟鸡红玫瑰露及各种酿酒，种类繁多，不及备述所有。各货均系运达上海展销，铺设专门技师，应市各铺陈于售物。诸多注重化学研究，加意改良于食用不少之外，务使酒标牌辨别显为，适合卫生之佳品也恐顾客误请以明之制酒之所俾别状味不贻累。

据史料记载，天津的制酒业可追溯到元代。元代王某在《沽河随》中描述下直沽所处的地位。历文献中这样形象地写道："天妃庙对直沽升，估客还都解缆行。戏取未杨于千樯，绝好黄蝶飞来。"意思是说，天妃庙对的大直沽春，全酿好，船家就看到黄蝶飞至，知道神仙要来吃酒了。清朝时，天津卫的官员为迎接康熙和乾隆皇帝预备的"御膳"中供奉的主要是天津的玫瑰露、五加皮、高粱酒。到清代道光年间，天津烧锅(酒厂)已达七十余家，清末时大直沽所产的各种酒类年销量为500万公斤，以义聚永为代表畅销海外。

1880年创立义聚永的刘鑫，对玫瑰露、五加皮和高粱酒进行了技术创新，渐渐使酒庄名声大振，酒商们纷至沓来。尤其是东南亚一带的酒商格外青睐，不远万里到天津卫进酒，给酒庄和酒商都带来了不菲的利润，同时自然也会引来不少"眼热的""嫉妒的"，于是假冒的义聚永悄然出现在市场上。

面对这种状况，已于1910年接掌义聚永的刘香久，不仅根据客户的要求不断改善酒的口味与质量，而且还逐渐形成了义聚永的系列产品，更重要的是他已懂得用法律来保护自己的品牌。1927年，他率先在南洋给义聚永酒庄的酒注册了"金星牌"，1931年又在香港注册商标，接着又独树一帜地在《天津志略》上刊出了"声明假冒"。当时刘香久的这一系列保护自己产品的举动，在国内外引起强烈反响，人们第一次知道用这种方法"打假"。

如今，义聚永酒厂已更名为天津食品进出口有限公司，但他们一直还在生产义聚永的"金星牌"玫瑰酒和五加皮酒，产品始终畅销国外。2006年12月9日，义聚永"金星牌"商标获得了国家商务部认定的"中华老字号"，成为本市唯一获得这一殊荣的酒类产品。现在，在公司的展览馆上，人们还能看到许多资料，有1934年义聚永为天津唯一酒业厂家参加国货之加年博览会。参加首届国货展的情况，有1937年获得国民政府实业部颁发以及经理刘香久领衔各产品海内外的刊出上发表一系列不同文字与形式打出假冒的《假冒声明》牌本。

从1919年的《天津酒业公所报告》到1931年的《天津志略》，从泰国的《南洋商报》到我国的《华商日报》，从山东省平阴到广东江门，从韩国到我国美国纽约，从天津巴里，从历史到现在，义聚永经历了长达200多年的漫漫打假维权路，并在竞争中成长，在维权中壮大。

《天津日报》刊发《天津最早的"打假"》

如今,义聚永酒厂已发展成为天津食品进出口有限公司,但他们一直还在生产义聚永的"金星牌"玫瑰露和五加皮酒,产品始终畅销海外。2006年12月9日,义聚永"金星牌"商标获得了国家商务部认定的"中华老字号",成为本市唯一获得这一殊荣的酒类产品。现在,在公司的展览馆里,人们能够看到许多资料,有1934年义聚永作为天津唯一酒业厂家参加美国芝加哥博览会、参加首都国货展的情况,有1937年获得国民政府实业部国展奖以及经理刘香久相继在国内外的报刊上发表一系列不同文字与形式打击假冒的《声明假冒》样本。

从1919年的《天津酒业公所报告》到1931年的《天津志略》,从亚洲的《南洋商报》到欧洲的《华商日报》,从山东平阴到广东江门,从韩国首尔到美国纽约,从天津到巴黎,从历史到现在,义聚永经历了长达200多年的漫漫打假维权路,并在竞争中成长,在维权中壮大。

(作者周莲娣,本文刊载于《天津日报》,2008年4月12日)

城建集团:筑路天山间

托克逊县地处天山脚下,系北疆、南疆和东疆的交汇之地。有一支来自天津的筑路援建队伍,在这里默默耕耘。

去年底,天津市政公路管理局接受了国家交通运输部支持新疆公路建设任务,承担了 S103 艾维尔沟至鱼尔沟公路项目和 G3012 小草湖至和硕一级改高速项目两个代建工程。经沟通协商由天津城建集团负责代建任务,并由天津华盾工程监理公司承担监理工作。今年 4 月天津代建队伍迅速进驻托克逊县成立项目指挥部,全面启动代建工程。近日,记者来到位于吐鲁番盆地西部的托克逊县,走进项目现场,了解工程进度,探寻援建人员生活状况。

清晨从县城出发依山路而上,驱车一小时,记者首先到达 S103 项目工程最高点。这里海拔 2500 米,气温在 0℃左右,伴随着六七级大风。记者跟随援建队员们开始工作。他们首先来到工程起点处的第一个涵洞旁检查洪水导流沟的情况。"今年夏天山里洪水很大,工程进程中就曾出现洪水冲垮涵洞的情况。为此我们迅速调整每个涵洞建设方案,配上洪水导流设施确保涵洞安全。"项目指挥部副指挥长张春海给记者讲解着,"我们的队员每天的工作就是跟随施工单位的进度随机检测,筑路工

天津日报

天津网 www.tianjinwe.com　今日8版

TIANJINDAILY　2011年11月26日 星期六 农历辛卯年十一月初二

截至11月24日15:00 天津大乙烯提前38天达产

超越100万吨

■ 各项技术经济指标始终保持行业先进水平

■ 乙烯装置能耗508千克标油/吨，创今年国内最好纪录

■ 项目增加的每小时3000吨工业用水全部使用淡化海水

■ 开车至今，大乙烯已累计上缴地方税收8.55亿元

【要闻】2版

天津日报社出版　国内统一刊号CN12-0001　国外发行代号D174　1949年1月17日创刊　第22860号

全国纪检监察干部工作座谈会在津召开

深入学习贯彻十七届六中全会精神 进一步提高纪检监察干部工作水平

张高丽会见来宾 黄树贤讲话 黄兴国致辞

提炼天津精神 共建美好家园

"天津精神"提炼总结活动在全市引起强烈反响

"天津精神"提炼总结活动意义重大

推动节能建材发展 加快建筑节能步伐

市人大代表视察本市建筑节能工作情况 肖怀远讲话

生态宜居看梅江

打造生态宜居高地，是落实国家发展战略，实现天津城市定位的重要途径。这些年，天津在生态城市建设上迈出了坚实步伐。在一片绿荫的遮掩下、在一泓碧水的环绕下，梅江生态居住区引发了人们对都市田园的美好向往。

空中瞰津城

本报记者 王宏 陈国兴 祁小龙 傅桂钢 空中摄影

全球最大干散货船舶运输公司落户滨海

何立峰会见马泽华

走基层 转作风 改文风

筑路天山间

——本市援疆公路施工现场见闻

本报记者 魏威

今日导读

证监会推出分红细则剑指创业板

分红承诺将纳入公司章程

【中国】3版

俄罗斯总统选举明年3月4日举行

普京再度当选应无悬念

【国际】4版

中国文联 中国作协

新一届领导机构产生

【文娱】6版

天津地区天气预报　白天 多云间晴有轻雾 南风2—3级 降水概率20%　夜间 多云 南风2—3级 降水概率20%　温度 最高9℃ 最低2℃

《天津日报》刊发《筑路天山间》

人干到哪里,他们就要走到哪里。"就这样检查第一个涵洞,第二个涵洞……队员们巡视着总长 42 公里的山路工程,查看每座桥梁、挡墙、涵洞和每段道路的施工情况。

S103 项目是在原有老路的旁边建新路,建成后将比老路节省 7 公里,而且车辆出行将会更加安全顺畅,使乌鲁木齐市与南疆、东疆的联系更加紧密。目前,该项目路基部分已有 50% 完成路基顶层施工,具备了结构层施工条件,项目已初具规模,桥梁施工已全面开展,工期提前了近两个月。因为工作需要,部分代建队员就住在山里。记者走进天津华盾工程监理公司现场监理组组长王建永和组员赵艳林的宿舍。他们住的是集装箱活动房,办公室和住房是一套两间。"今年 7 月份,我们这儿通了电视信号,还可以用无线网卡上网。有电热取暖器,晚上不冷,还有简易的独立卫生间。吃住条件都还可以。"王建永这位来自武清区的"80 后"年轻人很乐观。"要说生活上最不利的,是山上水不能饮用。进入 11 月份驻地户外的水箱里储存的生活用水已经冻冰了,我们要靠山下送桶装水,水要省着点喝。"赵艳林介绍着。

离开员工宿舍,我们去往 G3012 项目施工现场。路上张春海和记者聊起来:"天津援疆代建的两个公路项目都地处天山山脉地区,有三分之二的区域常年处在风段,每年有将近 70 天的大风天气,最大风力超过 12 级,不利于施工。我们有针对性地组织了防风演练,坚持现场监督,确保高质量完成代建任务。"说着聊着,我们来到 G3012 项目最危险的卧虎不拉沟山区路段,代建队员们详细查看桥梁建设工程情况和路边防护网加固质量。与 S103 项目不同,虽说这是一个旧有公路的提升改造项目,但工程上也具有一定难度。项目总长 240 公里,是翻越天山的要路,光爬坡下坡路段就长达 60 公里,施工期又不能断交,这对施工安全是一个全面的考验。天津代建队伍把项目安全视为自己的生命,在项目初期就组织对重大的危险源和交通导行布置方案进行专家论证,既确保了项目的安全管理,又把天津先进的筑路理念带给当地。

"为支持新疆公路交通的重点项目,天津城建集团主动融入新疆公路建设,不等不靠,提前进驻,成为南疆片区最早启动的公路代建项目。"天津城建集团新疆项目代建指挥部指挥长黄世军在接受记者采访时表示,"来自天津的 30 位代建队员和监理人员发扬筑路铁军的优良传统,确保质量抢抓工期,目前两个项目工程均已过半。预计明年 9 月两条路段全部竣工通车,将为新疆留下一条精品路、民心路。"

(记者魏彧,本文刊载于《天津日报》,2011 年 11 月 26 日)

第五编　聚焦

天津渤海轻工投资集团

——推动六大板块转型升级

海鸥手表、津酒、山海关汽水、郁美净化妆品、飞鸽自行车、天女油墨、蜂皇家具、春合体育器械……您知道吗，这些响当当的名字，天津人为之骄傲的品牌，都归属于一个共同的大家庭——天津渤海轻工投资集团。

天津渤海轻工投资集团有限公司是由原天津市一轻集团(控股)有限公司、天津市二轻集团(控股)有限公司两大市属国有集团于2014年8月重组而成的，是市国资委代表市政府履行出资人职责并实施直接监管的市属国有独资企业集团。"十二五"期间，渤海轻工投资集团高标准完成了一轻、二轻集团(飞鸽集团)的整合重组，国有企业改革不断深化，产业结构明显优化，企业管理全面提升，科技创新成果丰硕，法人治理结构不断完善，经济实力持续壮大，职工收入稳步提高。集团公司目前囊括了食品饮料、手表及精密机械、精细化工、塑料制品、运动健康、家电家居六大类轻工产品，与美国可口可乐公司、日本京瓷株式会社、韩国LG集团等三十余家国际大集团有长期合作。

按照市委、市政府和市国资两委对新组建的渤海轻工投资集团发展定位要求，集团公司确定了"十三五"时期的发展思路是以提高发展质量和效益为中心,以转变经济发展方式为主线,以深化改革、做大做强做优国有企业为重点,以全面实施创新驱动发展战略为动力,采取"6—2—5—2"发展模式,即:做大做强做优食品饮料、手表及精密机械、精细化工、塑料制品、运动健康、家电家居六大板块,发展战略新兴产业与生产性服务业,全面落实五大调整转型,即:调整管理体制结构向打造新型投资集团转型;调整国有布局结构向集约集群转型;调整产品结构向产品高端化转型;调整管理资源结构向精细化转型;调整价值追求向全面提升发展质量和效益转型,实现生产经营与资本运营双轮驱动。逐步形成以资产管理为基础,以资本运营为手段,以提升集团的投资能力和资本收益为重点,以内生增长、创新驱动为特征的发展格局,将渤海轻工投资集团打造成品牌优、效益好、全国领先的现代消费品产业投资集团。

加快推动六大板块产业转型升级

食品饮料板块。以建设基地、开拓市场、培育品牌、强化环保和质量安全为方向,继续挖掘、巩固、提升食品饮料行业品牌优势,整合集团内、外优势资源,寻求合作,突出发展绿色、安全、营养、健康、便捷的特色食品,向产业链高端延伸,向产业集群化、集约化、规模化发展,打造国内领先的现代食品饮料制造基地。发展重点:一是继续发展壮大山海关公司,做大做强山海关品牌。以果汁型含汽饮料、植物蛋白饮料、健康功能饮料、天然矿泉水、番茄酱等产品为支撑,进一步拓宽与夯实饮料市场,提升"山海关"品牌影响力。以山海关公司为龙头,进一步做好制罐及食品饮料全产业链基地建设,打造天津现代食品饮料制造产业基地。二是继续巩固与中可公司合作优势,提高投资回报。加强项目建设,持续不断进行产品结构调整,借助水动乐、怡泉+C 等新品上市,扩大果汁、饮用水等产品规模,保持销售区域市场份额第一目标,提高投资回报。完成中粮可口可乐华北饮料有限公司新厂建设项目, 项目总投资 2.34 亿元,年产能 30 万吨。三是继续加强产学研合作,巩固北方食品公司在全国的核心地位。围绕食品产业发展及节能环保要求,充分调研论证、系统规划与建设完成北方食品公司。围绕优化主业,继续深化产学研合作,加强新产品研发与转化,向农药糖精钠、饲料甜味剂、医药甜味剂等高端产品延伸产业链, 确保北方食品公司在全国糖精钠等产品生产的核心地位。四是加快混合所有制改革,提升津酒集团核心竞争力。调整产品结构,加强新产品研发,提高产品质量,夯实津酒在天津大众消费群体的地位,开发河北省、安徽省、内蒙古等周边外埠市场,提升品牌影响力和竞争力。五是寻求合作,恢复壮大老品牌。起士林食品有限公司寻求与外部同业企业联合重组,扩大巧克力、糖果、西点规模,实现起士林中华老字号品牌的再次腾飞。发挥"红玫瑰"品牌优势,引进民营资本,进行体制机制改革,开发研制调料新产品,实现"红玫瑰"品牌的壮大提升。"十三五"期间,食品饮料板块计划总投资 6.45 亿元进行重点项目建设。

手表及精密机械板块。发挥海鸥国家级技术中心、国家级工业设计中心、国家级工程中心优势,追踪世界手表前沿技术,提高海鸥成品表及机芯自主研发、工艺技术及加工制造水平,产品质量达到瑞士同类产品水平,巩固与提升海鸥手表国内领先地位,将海鸥手表打造成国际知名品牌,向精密智能制造领域拓展,建成亚洲最大的中高档机械手表、机芯制造基地和国内重要的精密智能加工制造基地。发展重点:一是创新体制机制,加快推进企业上市。对海鸥集团进行股份制改革,拓宽融资渠道,引入战略合作者,做实注册资本,全力推进企业上市,做大做强海鸥品牌。二是实施科技创新,提升企业核心竞争力。三是加快发展精密智能制造,建设精密智能制造基地。拓宽在国防军工产品、智能表机械传动、专用在线检测仪器、智能机器人关节等领域零部件的精密加工制造,加快发展精密智能加工制造,建成海鸥精密零部件、精密仪器及精密设备加工制造基地。

精细化工板块。以天女集团搬迁为契机,以发展总部经济、建设研发平台为重点建立天女科技产业园。以天女科技产业园、天轻化工园和天女化工园为平台,继续深化与中国日化院、宝洁公司等单位合作,加快调整产品结构,提高产品科技含量和附加值,延伸产业链,做强做优表面活性剂产业,在节能环保、资源综合利用等方面取得新进展,打造北方规模最大、品种最全的绿色表面活性剂产业基地。发展重点:一是围绕主业结构调整,系统规划天女集团厂区建设。争取政策支持,两年内全面完成天女集团搬迁工作,建立天女科技产业园。二是全面完成天轻化工园和天女化工园建设。实现项目投达产目标。三是深化国企改革。重点解决天女股份公司股民过多等历史遗留的阻碍企业上市的瓶颈问题,实现天女集团股份上市。四是大力实施科技创新,提高企业盈利能力。完成天女集团搬迁改造,建立天女科技产业园,实现年生产表面活性剂 15 万吨目标。与宝洁公司合作,在天轻化工园完成年产 30 万吨高档洗涤产品项目建设。

塑料制品板块。以天塑科技集团为核心,以塑料工业园和塑料研究所为平台,以做实做优为基础,以内强外联为方向,以转型升级为目标,围绕产品创新,加大氟塑料、医用塑料、包装材料、农用塑料、PVC 材料五大类产品的研发力度,在新型农膜、多功能包装膜、氟塑料、医用塑料等方面加快产品升级换代,提升产品科技含量和附加值,打造"兰花"农膜国内第一品牌,形成以塑料中高端产品为主导的集团主业优势,提升塑料制品板块核心竞争力,打造主业优势明显、国内领先的塑料制品产业集团。发展重点:一是进一步加快混合所有制改革,促进企业发展。创新体制机制,做实天塑集团资产,由"债转股"争取到"股转资",在此基础上,对天塑科技集团有限公司进行产权多元化或混合所有制改革,实现天塑集团快速发展。组建混合所有制公司。二是进一步加快解决遗留问题,培育企业上市。做优做强医用塑料产业,加快解决阿法莱诺公司的亏损问题,将塑料研究所有限公司先改制为股份制公司,创造条件,使塑研所公司实现"新三板"上市,争取在"十三五"期间实现创业板转板,在产业规模和效益上成为国内医用塑料行业的优势企业。三是进一步发挥企业营销优势,打造塑料集团销售实体。四是进一步实施科技创新,提高产品附加值。

运动健康板块。以天津春合体育产业股份有限公司为平台,打造全国领先的集文体设施研发、生产、销售、服务及体育赛事组织、场馆运营管理于一体的综合性、专业化文体产业基地。以"飞鸽"品牌为依托,以静海自行车产业园为平台,联手自行车研究院,打造集自行车、电动车整车、零部件生产、配套、检测、物流为一体的全国领先的自行车、电动自行车及高档零配件制造及生产服务产业基地。发展重点:一是发挥品牌优势,打造体育运动健康产业。以集团公司与江苏金陵体育器材股份有限公司合作组建天津春合体育产业股份有限公司为平台,承接天津春合体育用品厂在体育竞技专业领域有较高认可度的体育器械、篮球、举重、田径器材等优质产品和技术,发挥"春合""中华"品牌优势,以大体育、大健康理念,研发转化"笼式足球"等新型校园、社区、城市健身房用的健身器材产品,产品从竞技体育向大众健身用品、休闲体育用品、康复装备、智能运动健身、肌能检测健康等拓展,实现新、老春合无缝嫁接改造和品牌价值倍增。"十三五"期间,完成天津春合体育产业股份有限公司新厂建设项目,建设生产高端体育竞技产品和全民健身产品,打造天津体育运动健康生产基地。二是加快传统产业升级改造,提升"飞鸽"自行车核心竞争力。自行车板块要进一步招商引资、创新体制机制,发挥飞鸽品牌优势,形成新的运营主体。做实飞鸽集团,以飞鸽品牌为依托,建设集自行车、电动车、童车及零配件研发、生产制造为一体的产业园基地。在完成产业园一期建设的基础上,建设二期工程,将飞鸽电动车中高档车架、烤漆等零配件企业引进园区,形成成车与零件配套产业集群。大力开发智能高档自行车和电动车产品,提升产品附加值和技术含量。静海飞鸽产业园工程项目"十三五"期间全部竣工。三是加快科技创新,向中高端产品拓展。加大与相关智能服务厂商密切合作,完成天津飞鸽车业发展有限公司与乐视体育文化产业发展(北京)有限公司合作成立乐视飞鸽智能车有限公司项目,生产集导航、社交、健康和骑行于一体的高端智能自行车,实现产品升级。

家电家居板块。借助与乐金电子股份有限公司合作优势,促进家电产业向绿色节能环保、智能化及系列化方向发展,提升集团家电产业的影响力。整合家居板块,重点开发绿色、环保、智能家居系列产品,向家居方案设计、家具制造、家居装饰品、家居产品销售、家居服务等全产业链扩展,打造智能现代化家居用品产业基地。发展重点:一是实施技术改造,加快推进家电产品转型升级。"十三五"期间,空调器、微波炉、电机、磁控管、吸尘器、LED灯、洗衣机及其他电器产品向节能环保、智能化、系列化发展,达到世界先进水平。二是发挥家居产业品牌优势,打造现代智能家居服务基地。进一步发挥"红韵中国""梦乡""福满地"品牌优势,以家具五厂为龙头,调整产品结构,重点开发绿色、环保、智能家具系列产品及家居配套等产品,拓宽集团家居产品销售、服务领域,打造现代化智能家居服务基地。三是振兴天津地毯,打造北方最大全国知名的天津精品地毯体验中心。以隆兴集团为依托,整合行业优质资源,打造集设计研发、大师工作室、精品织做生产、地毯博物馆参观展示、销售、售后服务为一体的天津精品地毯体验中心,恢复、传承、发展、振兴天津地毯。

大力培育发展战略新兴产业、生产性服务业

积极进入战略新兴产业,围绕优化价值链,向生物工程、医疗介入、新材料、智能能源、节能环保等战略新兴产业扩展,培育新的经济增长点,巩固、提升集团多点支撑产业格局。发展重点:一是向生物工程产业拓展。发挥中科百奥公司生物技术研发优势,重点打造渤海轻工投资集团生物技术研发平台,加快科技成果产业化,向生物工业、生物农业、生物能源方向发展。二是向健康服务产业拓展。发挥百奥技术公司在保健食品领域的优势,延伸产业链,向保健用品、健康服务等领域拓展,实现保健产品系列化、规模化。三是向医疗产业拓展。以塑料研究所为平台,充分利用外部资金,不断开发新产品,加大改革力度,发展混合所有制经济,推进新型医用材料的研发与应用,以推进企业上市为契机,加快向医疗产业拓展。四是向节能环保产业拓展。以与世界500强企业合作的京瓷商贸、京瓷太阳能、乐金电子为平台,带动集团相关产业向新能源建筑设计、光伏发电组件应用、新能源设备安装与服务等领域拓展,加快节能环保产品的研发与成果转化,拓宽新能源服务领域。

为加快发展生产性服务业,将重点布局商贸代理、仓储物流、售后服务、检验检测认证、融资租赁、楼宇经济、电子商务等服务产业,围绕六大板块全产业链,向价值链高端延伸,使生产性服务业成为集团新的利润增长点。发展重点:一是建立研发设计服务平台。依托集团在食品、手表与精密机械、精细化工、塑料制品、金属材料、自行车、家用电器等产业国家级及市级科技创新平台,加强与掌握先进技术的科研院所合作,搭建服务于相关产业链的技术创新与服务平台,开展研发设计服务。二是建立商贸服务平台。把发展电子商务作为开拓市场、引领产业转型升级的重要抓手,加强与阿里巴巴、京东商城等知名电商合作,加快推进轻工产品线上及线下系统布局;加快推进重点企业在知名电商平台建立企业旗舰店;加快推进企业营销、产品开发、供应链反应、物流等环节适应电子商务等新兴业态的系统组织策划;加快推进重点产品尝试探索跨境电商,着力开拓海外市场。加强电子商务基础设施建设,建立与完善电子商务运行服务和保障体系,加快推进商贸服务平台建设,打通重点产品国内国际进出口商贸服务通道。以隆兴集团渤轻进出口公司为商贸服务平台,拓宽业务范围,为渤海轻工投资集团所属企业及行业外企业进出口贸易提供服务。三是建立仓储物流服务平台。以自贸区开发开放为契机,以集团重点企业为依托,面向市场发展仓储物流业务,加快生产性服务业的发展。隆兴集团作为集团商贸物流服务平台,利用天津自贸区周边闲置土地发展仓储物流业务,建立自动化立体智能仓库及配送系统,集成物联网技术,以商贸交易服务业务为依托,为集团及自贸区企业提供仓储物流服务。四是建立房地产开发平台。以清源公司为集团房地产开发平台,以集团资源整合为契机,寻求合资合作,充分利用集团内部闲置土地资源进行住宅、商业写字楼等房地产项目的综合性开发,扩大集团资产经营范围,实现投资效益最大化。五是建立检测服务平台。以轻工设计院、自行车研究院、地毯研究院及其他计量所、检测站等研发、检测单位为平台,发展面向设计开发、生产制造、售后服务全过程的分析、测试、计量、检验等服务。强力打造在全国有一定影响力的国家级及市级检测站。

进一步强化资本运营

进一步完善投资集团功能,健全投资集团体制,加快理顺、巩固、提升现有投资产业,加大吸引社会资本力度,充分利用各种投融资工具,促进有条件的企业借助多层次的资本市场融资发展,推进资产的资本化、证券化,实现国有资本收益最大化。发展重点:一是搭建集团资本运作平台,降低企业投融资成本。以集团公司为资本运作平台,加强集团资本运作体制机制建设,成立集团财务公司,构建集团信贷与融资服务平台,加强企业资本与境内外金融资本、社会资本对接,完善资本运营风险管理机制,通过与金融信托、投资公司、证券公司等机构合作,多渠道拓展投融资业务,探索跨境融资,提高资本运行效率,降低融资成本。二是搭建企业上市平台,加快资本证券化。以集团公司为股权运作平台,加快推进企业上市。三是搭建产业投资平台,实现资本收益最大化。以集团公司及亿达投资公司为产业投资平台,界定投资规模及投资方向,以投资项目为载体,将促进产业转型升级,加快进入战略新兴产业和生产性服务业为投资重点,围绕高端产业遴选一批具有带动作用的示范项目,围绕高端产品,聚集一批高附加值项目,围绕知名品牌,打造一批高效益项目,围绕推进企业上市打造一批资本运作项目。四是搭建资产经营平台,增强资本运作综合实力。以渤海轻工资产公司为资产经营平台,完善体制机制,对集团国有资产进行整合与经营,培育集团新的利润增长点。充分利用集团公司闲置土地、厂房、品牌、设备等有形及无形资产寻求合资合作,以集团自身资产为重点,对集团在市区和环城四区待开发整合的地产进行整合与经营,发展楼宇经济、房地产开发、融资租赁、仓储物流等投资回报较高的生产性服务业,以可持续、高收益为目标进行资产经营,实现国有资产保值增值。加快清理低效无效资产,盘活存量资产,用好兼并重组税收支持政策,依法依规加快推进资产资本化。

一个志存高远、业态丰富的企业集团正在美丽的渤海之滨阔步前行。

(供稿:天津国资委,2016 年 3 月)

渤海银行、天津银行：践行普惠金融的中坚

如何打通城乡居民金融服务的"最后一公里"，让寻常百姓都能享受到更多更好的金融体验？总部设在天津的渤海银行、天津银行一直在孜孜不倦地探索与实践中。

普惠金融最早于 2005 年由联合国提出，是指通过加大政策引导扶持、加强金融体系建设、健全金融基础设施，以可负担的成本将金融服务扩展到欠发达地区和社会低收入人群，最终建立能够有效、全方位地为社区所有阶层和群体提供服务的金融体系。目前，普惠金融已拓展了更多含义，其一是包容性金融，其二是互惠金融，其三是综合金融。

最"接地气"的城市商业银行无疑是践行普惠金融的中坚力量。渤海银行、天津银行积极探索金融服务新模式，在普惠金融的实践中，致力于网点覆盖全面化、业务领域多元化、行业服务延伸化、服务群体小微化、低门槛产品丰富化，努力成为老百姓身边的金融管家。

网点：向社区、乡村延伸

天津银行着力打造"市民银行"服务品牌，努力创建"社区居民身边的金融服务便利店"，打通金融服务"最后一公里"。去年 6 月 18 日，该

行首家社区支行——金波里社区支行正式对外营业，拉开了在大型社区建设新型服务网点的大幕,此后布局社区支行的步伐不断加快。同时,天津银行在人口密集、客户有取款、查询等金融服务需求的地点布放自助发卡机、存取款一体机等自助设备,实现 7×24 小时全天候服务,受到社区居民的一致好评。渤海银行围绕社区打造新型金融服务生态圈,社区银行在服务大众、差异化经营、特惠以及渠道建设等方面取得了预期效果。

在推进涉农渠道建设上,天津银行积极布设城市外围网点、涉农网点和农村金融服务站自助终端的数量,针对农村地区特有情况,为村民提供卡、存折、定期等丰富的金融服务,吸收新兴居民群体存款。同时完善电子银行服务体系,尝试在农村地区普及推广。

理财:以低门槛、趋稳定、多收益至上

在利率市场化、存款理财化的大背景下,市管金融企业致力于满足普通民众、小微企业主的个性化需求,为客户降低投资门槛,提供稳定、良好的理财收益。通过大量发行常规产品+定制理财产品,努力使客户享受到更多的融服务实惠,逐渐形成了一批在业内和社会公众中具有一定良好影响的理财产品和品牌。

2014 年,渤海银行秉承"余额理财"的投资方向,推出"添金宝"理财产品。"添金宝"集余额自动投资、基金份额实时支持消费、取现、支付,且交易无限额等多重优势,大幅提升了小额活期资金的收益水平。推出仅半年时间,"添金宝"新增客户即达 50 万,并实现基金份额百亿的突破！真正飞入了寻常百姓家。在"2014 中国国际金融展"中,"添金宝"一举夺得"金鼎奖"年度优秀金融品牌奖,成为唯一一款获

此殊荣的银行系"宝"类产品。渤海银行还以"浩瀚理财"为主品牌,先后推出"渤信""渤盈""渤盛""渤鑫"等系列理财产品,满足客户的个性化需求。

贷款:向中小微企业、大众创业倾斜

2014年底,市委、市政府出台了中小微企业贷款风险补偿机制政策,鼓励在津金融机构加大对中小微企业信贷投放。市管金融企业把全力开拓小微金融市场作为发展战略的重要组成部分,充分利用政策优势,顺势而为,为客户提供全面、优质、高效的服务。

渤海银行多措并举助力中小微企业发展。一是加大信贷资源支持,对小微企业客户,单列专项规模,不得挤占挪用,确保信贷资源投向中小实体经济。二是出台《对天津地区分行中小微企业审批授权》政策,实施专项授权。三是降低企业融资成本,持续完善中小微企业风险定价机制,特别是对中小微企业客户减费让利,最大限度地减轻中小微企业融资成本负担。四是引入贷款保险加强保障。2015年2月15日与中国人民财产保险股份有限公司天津市分公司签署了贷款保险合作协议。五是积极创新优化产品。推广"法人按揭贷款""小额快捷通"等小微企业标准化融资产品,在信用风险可控的前提下保持产品的最大弹性,利用"顺位抵押""应收账款质押"等新型担保手段解决企业面临的抵押不足等问题。据统计,2014年渤海银行小微贷款余额突破百亿,贷款增量在全市金融机构中名列前茅。先后获得"民生授信奖""最佳小微金融服务银行——品牌之星"等荣誉。

天津银行特别推出一系列特色融资产品"金太阳"小企业融资服务专案,凭借量身设计的个性化业务品种和简化便捷的审批流程,受

307

到企业欢迎。该行注重提高科技型中小企业客户比重,充分利用市政府出台中小微企业贷款风险补偿金政策,借势发力,相继推出"科信贷""科技展业贷款"等创新产品,推动中小微企业贷款规模的快速发展。

两家银行还加强个贷产品创新,担保多元化、客户省息化,在个人生产经营贷款领域树立品牌优势。天津银行为支持个人经营者创新创业,推出一系列特色融资产品"金种子",以丰富多样的业务品种和简单便捷的操作手续,全面满足广大个人经营者的个性化融资需求。渤海银行推出了"好益贷""渤乐文化贷""渤业通""省利通"等特色产品,同时,将信贷资源向创服贷款倾斜,个人创服贷款占比不断提升。

领域:向多元化、生活化拓展

市管金融企业利用在天津市场渊源深厚的比较优势,加大力度开拓民生领域,通过设计专属产品和服务,锁定特定目标客户,提供与用户生活无缝连接的金融服务,融入客户生活,实现社会效益和经济效益合二为一。

天津银行联合市总工会,2014 年首批发行联名借记卡"工会会员服务卡",绑定系列减免优惠十二大项费用的措施。该卡具有会员身份识别、救助保障、工会优惠服务、社会消费、金融服务、区域行业扩展服务等多项功能,三年内逐步覆盖本市全体工会会员。该行与公用事业单位合作,推出 ETC,完善医付宝等产品的支付功能,服务公交一卡通,丰富煤水电气缴费一站通服务,便民惠民。渤海银行在天津推出了搭载社保功能的添金宝"社保金融 IC 卡",在武汉推出了用于地铁公交支付的添金宝"武汉通"。

践行普惠金融源于责任,贵在坚持,成于创新。在利率市场化的当下,渤海银行、天津银行的做法别具深意,也收获了越来越多市民"用票子投票"。

(供稿:天津国资委,2016 年 4 月)

精彩中环:转型腾飞正当时

一提中环集团,不仅国内同业纷纷竖起大拇指,即便在国际大舞台上,它也是数得着的电子信息产品制造商和系统集成服务商。那么,它凭什么如此被推崇? 又是怎么做到的呢?

非常靓丽的成绩单,国有经济逆势增长

中环集团始终坚持创新驱动发展战略,不断深化改革调整,改造传统引擎,打造新引擎;坚持项目带动,科技创新,不断增强国有企业活力实力,集团国有经济规模和效率效益得到快速提升,形成独特的"半导体材料——节能型半导体器件"和"新能源材料——高效光伏电站"双产业链。2014 年,在集团经济总量出现回落的不利形势下,国有经济保持逆势增长,实现主营业务收入 221 亿元,比上年增长 18%,比"十一五"末期增长 1.4 倍;实现利润总额 7.1 亿元,16 家企业实现盈利,其中 3 家企业利润过亿元。新兴产业板块实现产值 50 亿元,增长 26%,实现利润 3.4 亿元,增长 78%,成为集团经济效益的新支点。到 2014 年底,集团基本形成光伏材料、半导体器件、通讯、电路板、电缆、仪器仪表和 LED 等七大生产基地,经济规模占全市电子行业的 45.2%,是我市电子

信息产业当之无愧的主力军。在中国企业和中国制造业企业 500 强分别名列第 86 位和第 30 位。

到"十二五"末，集团国有经济预计实现主营业务收入 255 亿元。其中：中环股份预计实现 150 亿元，通信广播集团预计实现 32 亿元，光电集团预计实现 22 亿元。

"智造"基地雏形初显，关键技术行业领先

"十二五"期间，集团总投资 113.7 亿元，实施 36 个大项目，成功打造七大生产基地，形成集群效应、规模效应，推进产业转型升级。以中环股份为代表建设的光伏材料生产基地和半导体器件生产基地，达产后可实现年新增太阳能级单晶硅 3.8GW、8 英寸硅抛光片产能 120 万片、区熔单晶硅 36 吨以及超薄单晶硅切片本地配套。以通广、光电、通导和中环通讯公司为代表建设的无线电通讯生产基地，车载无线通信终端、多功能信息安全一体机等一批专用通讯和智能终端制造项目，符合国家发展战略，涉及高铁、手机、信息安全等热点产业，使集团智能制造的水平再上台阶。以天津普林为代表建设的印刷电路板生产基地，实施了年产 36 万平方米高密度互连积层板（HDI）项目，可满足我国高端电子产品对基础元器件需求，替代进口产品，为进一步实现 HDI 与芯片技术融合发展提供了基础。以电缆公司为代表建设的电子线缆生产基地、以中环天仪公司为代表建设的仪器仪表生产基地，使产品规模优势得到发挥。以中环照明公司为代表建设的 LED 生产基地，形成外延、封装到照明的产业链，成为国内领先、国际知名并拥有独特产品和技术的 LED 应用产业，打造中环 LED 品牌。

关键技术行业领先。中环集团始终注重加大科技研发投入，依靠科

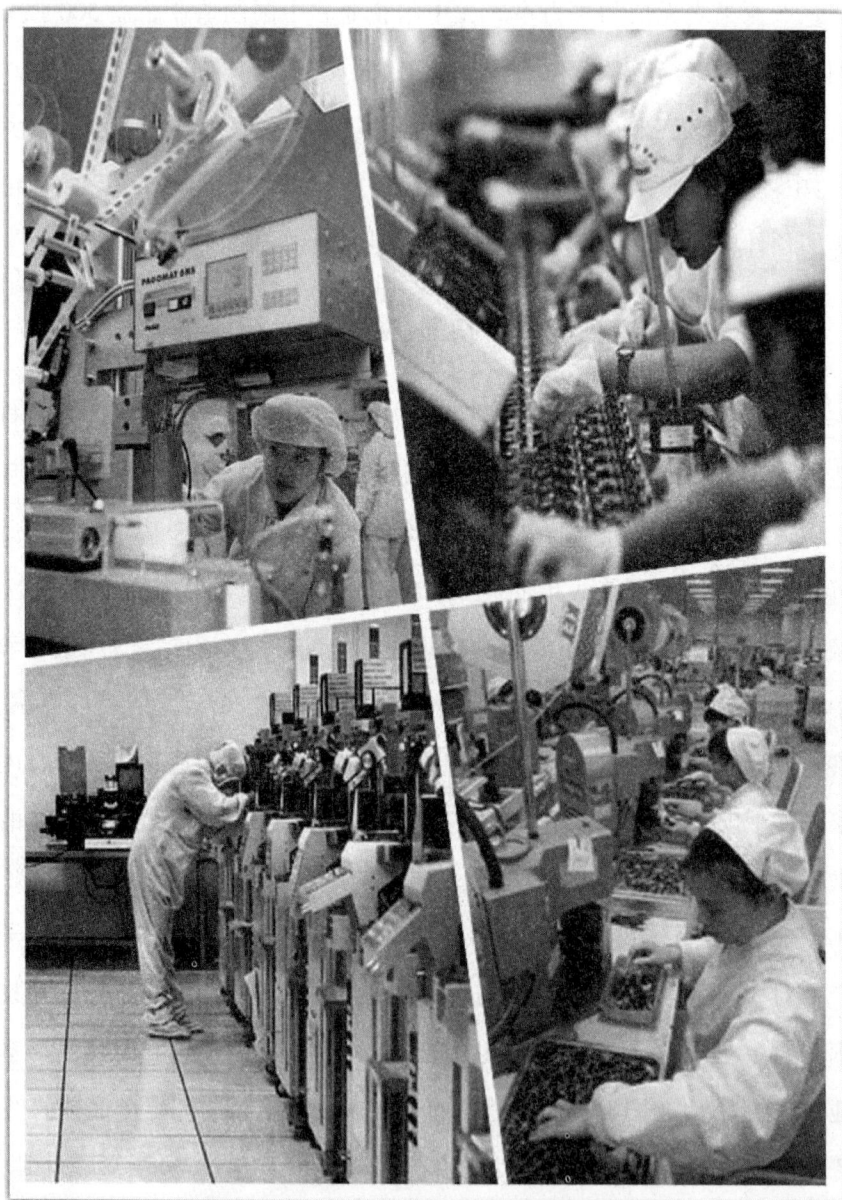

中环集团

技创新,提升行业技术水平。"十二五"期间,集团重点企业科技投入累计达 27 亿元,完成新产品产值 270 亿元。中环股份在消化单晶硅制备技术的基础上,完成国家重大科技项目区熔单晶硅片产业化技术与国产设备研制,打破跨国公司的技术垄断,处于国内领先水平。环欧半导体材料公司独立开发出高效(CFZ)单晶硅的生产技术,由(CFZ)单晶硅制备的太阳能电池,转换效率达到 25% 以上,达到国际领先水平,产品已通过客户批量验证,2014 年实现销售收入 424.5 万元。通广公司攻克了新型机车台关键技术,满足了多调度通信需求,提高了运行效率。光电集团高速互联通信安全项目,突破了一系列技术难题,达到国内先进水平,实现效益 3000 万元。广播器材公司多种地面导航设备完成了换代升级研制并通过了鉴定,下一步将大规模列装,尤其是多款型号的民用地面导航装备通过了民航许可,将为企业快速发展提供强大动力。中国机房公司联合相关院所完成了地铁 AFC(自动售检票系统)关键技术设计和研发,利用该技术新签订单上亿元。

改革调整活力倍增,资本运作撬动发展

为深入贯彻落实市委市政府、市国资委《关于进一步深化国有企业改革的意见》的精神,中环集团制定了深化国有企业改革的实施方案,确定了推进国企改革工作的路线图和时间表。按照"产业相近、行业相关"的整合原则,加强对集团内部企业资源的调整重组,着力解决"同质同构"和资源能力分散的问题,提高产业集约集聚发展能力和企业核心竞争力。对增长乏力、低效运行、持续亏损及非主导产业进行调整、剥离,集中更多精力、财力、人力聚焦战略性新兴领域,发现培育新的增长点。在一年半的时间里,共完成开放搞活 29 户,累计引入外部资本 24.2

亿元。其中：全红电子公司成功引入民营资本，搞活后企业营业收入同比增长50%，利润总额同比增长93%。完成低效退出企业15户，为集团发展减轻了历史包袱。

资本运作撬动发展。中环集团充分利用上市公司平台筹资融资，支持企业发展。中环股份分别在2012年、2014年通过定向增发的方式共融得资金49亿元，用于中环光伏单晶硅片和CFZ扩能、金刚石切割线等优势项目，其中光伏单晶硅片产能达到1.85GW，为全国产量、出货量第一。通广公司与TCL集团强强联合，推进公司股改工作，为上市打下基础。集团积极推动斯巴克瑞公司等企业登陆新三板，回购光电集团大部分股权，参与乐山电力定向增发，推进七六四通导公司股权结构调整。积极与资本市场对接，为企业解决融资难融资贵难题。通过发行中票、短融、金融租赁等方式融资，累计发行中票18亿元、短融10亿元，有力支持了企业的项目建设。运用资本杠杆以小博大，通过直接投资和项目合作等方式、并购基金等形式，以项目为依托引入投资，利用其专业能力和资本优势，分散投资风险，撬动超额资本，助力企业发展。继续广泛开展合资合作，以招商引资激活存量、做大总量，目前拥有合资合作企业近90家，投资总额达25亿美元，2014年，合资企业实现主营业务收入1318亿元，实现利润总额67亿元。

积极推进依法治企，管理创新助力加速

集团不断丰富管控手段，以实现资金安全、集中、高效为目的，搭建了资金集中管理平台，建立完善相关管理制度，完善平台各项功能，减少资金沉淀、降低融资成本、提高资金使用效率，100多户企业纳入资金集中管控，实现了资金的监控和部分归集功能。以"阳光采购，降本

增效"为目标,成立天津中环信息技术有限公司,统管非生产资料集采,推进集采电商平台上线运营。制定《招标采购工作管理办法》,加强招标采购管理,规范审批程序,有效控制投资成本。进一步规范企业法人治理结构,严格执行议事规则和决策程序,有效防范权力失控、决策失误、行为失范。

积极推进依法治企,建立规范严格的内控体系,发挥审计、监事会的监督服务作用,在集团管控、规范经营管理、防范经营风险等方面加大监督力度,以问题导向将审计监督重点向经营管理中的重要事项和关键环节延伸,有效降低了企业各类经营风险。

曾经抒写多个传奇的中环集团,如今迈步从头越,转型腾飞正当时。

(供稿:天津国资委,2016 年 4 月)

天津建材集团:探索都市建材发展新路径

一个企业集团,在短短几年的时间里,推出了"新三板"家居市场"第一股",设立了国家级博士后工作站,取得了百余项自主知识产权专利,建成了一批处于行业领先水平的产品生产线,并立志成为都市的美容师,已着手建立年处理百万吨建筑垃圾资源化利用设施……这,就是一直在改革路上疾步奔跑的天津建材集团。他们用自己的行动,为自己也为整个建材产业,趟出了一条适合未来生态、环保、宜居的可持续发展之路——

天津建材集团是多元化经营业态的综合性国有资本控股公司,目前涵盖建筑材料研发及生产、建材及相关产品贸易与物流、房地产开发与经营三大主业。集团始终立足于天津城市定位和发展建设,紧跟国家宏观调控政策,瞄准行业发展大趋势,在企业经济效益和规模保持快速增长的同时,进一步加快都市建材转型发展的探索步伐,提出了打造现代都市建材的"3C"理念,作为未来天津建材集团的主攻方向,即建设建材产品展示流通中心、建材产品科技研发中心和城市有害物处理中心。经过建材人持续的探索、实践和努力,集团自身"造血"功能得到完善,综合实力不断增强。"十二五"期间,集团经济规模和主营业务收入年均增长分别为 25% 和 47%，并在 2012 年提前完成"百亿集团"的规划目标，2014 年经济规模达 150 亿元，实现了跨越式发展。

打造建材产品展示流通中心

除了个别特殊产品外，建材产品总体是以国计民生为主体的。建材集团的工作方向之一，就是将种类繁多、品质优秀、技术先进的建材产品通过一个系统的、完善的、专业的平台推介给大众。在做好产品转型的同时，该集团致力于产业结构向多元化的转变，努力构筑一个贴近消费终端的平台，将产品进行展示推广和交易流通，使之为市场接受，从而真正实现产品的价值。

一是以商业布局为引擎，推动商贸流通快速发展。集团瞄准家居建材业良好的发展前景，利用自身优势，充分盘活闲置土地资源，迅速扩大建材商贸物流的比重。自 1997 年建成第一个初级建材市场至今，已陆续在天津开发建设了环渤海家居中心、滨海环渤海国际家居、滨海环渤海家居物流等以"环渤海"品牌为主线的多个高端家居建材商业项目，完成了由建材装饰城到三大卖场的"四连跳"，成为集团有力的经济增长点。特别是去年，在滨海新区投资建成 12.8 万平方米的环渤海国际名家居购物中心滨海旗舰店，成为目前滨海新区单体面积最大、环境设施完善、品牌布局科学、信誉服务一流的高端家居建材专业卖场，环渤海品牌效应继续扩大。截至 2014 年，集团建材产品市场经营面积已经超过百万平方米，年交易规模达到百亿元，标志着天津建材已经成功迈出了由传统生产型向流通服务型业态延伸的转型发展的第一步。

二是以资本运营为保障，助力产业升级加快实现。从去年开始，集团紧紧围绕全面实施国企开放搞活的工作中心，深化股份制改革，发展混合所有制经济，开放搞活一批集团重要二级子企业，推动资产证券化。在确定了这一工作目标后，集团成立专门团队，快速进入角色，从理顺企业资产开始，一步一个脚印地完成了一系列资本运作和前期工作，仅用200天就拿到牌照，并于今年四月份成功实现了环渤海金岸集团在"新三板"的挂牌上市，成为"新三板"的家居市场"第一股"，同时也是全国性证券交易场所家居市场第一股。进一步向"集团借助资本市场，助力打造国际高端家居建材产品展示流通中心"的发展思路迈进。通过登陆"新三板"，集团将充分利用在资金扶持、便利融资、财富增值、股份转让、转板上市等方面的便利条件，进一步提升管理水平、优化资本结构、增强企业综合实力，真正充分释放国有资本的放大功能和杠杆效应，增强国有企业经济实力、创新能力、发展活力和竞争力。

三是以城市功能为依托，延伸物流服务产业链条。城市的建设发展始终离不开建材，但我们的发展模式却随着环境等方面的原因也在不断变化。比如水泥产业，20年前在议论水泥厂的建设问题时，还只是考虑要靠近销售市场还是要靠近资源，而现在考虑的则是如何在远离城市的同时尽量减少运输和仓储成本。因此，我们利用自身已有的建材商贸的优势资源，打造建材产品的物流集散中心，作为城市建材流通的枢纽，帮助更多的生产型企业减少中间环节，形成建材展示、流通、仓储、物流、售后等功能于一体的服务产业链条。目前，集团以家居建材卖场为依托，已经建设了十多万平方米的物流产业配送基地。在有效利用和保护现有土地资源的基础上，打造以各类建材客商资源为主的仓储物流服务平台。通过转型发展培育创新业态，建成集新型建材、装饰材料、家居产品于一体的展示交易中心，使其真正成为一个大区域的流通载体。

打造建材产品科技研发中心

随着建材产业的品种、质量、档次全面提升,技术和产品结构都发生了很大变化。建材产业的发展,必须是在"两个遏制"下的升级与改造,要着重提高产品质量、降低能耗并且最大限度减少各类污染物的排放。建材工业必须加快新兴产业、新材料的科研步伐,才能开发新的增长点, 从而实现结构调整和发展方式的转变, 促进集团可持续和谐发展。针对上述问题,集团谋划转型思路,抢抓机遇,着力向打造现代都市建材产品的科技研发中心目标迈进,推动产品结构向绿色环保、科技节能和循环低碳方向升级,走高端化、精品化、差异化战略,研制适应市场需求的新产品,推动集团制造业的转型升级。

一是以产品升级为基础,加快传统制造业向新兴产业转型。推进制造业转型升级,着力推动传统建材向高附加值、高科技含量新兴建材产品转变。自主研发的"超大口径玻璃纤维顶管"获得多项嘉奖,新产品及技术成功解决了城市道路不便于断交开挖施工的难题, 项目成果成功运用于大型市政排水改造工程。通过提升改进配方和工艺水平,集团研发的"高清晰环保涤纶窗纱"成果获得全国建材行业奖励,产品通过欧美标准认证,主要出口北美、欧洲等发达国家市场。产品升级的过程,也是不断创新的过程。集团制造业由原来单一为建筑市政领域供应产品,转变为向其他新兴领域多元化发展。通过开发玻璃钢风能机舱罩、发电机叶片以及高性能碳纤维制品等多项清洁能源领域建材产品, 为产业转型开启了新方向。同时, 积极开发宜居适用环保节能的绿色建筑材料,如环保水性建筑涂料、新型节能保温材料系统等满足绿色节能建筑要求的、较高技术含量的、有自主知识产权的、环保绿色的新型建材产品,促进建材产业向绿色、轻巧、健康、实用转变。

二是以科研创新为驱动,激发科技引领转型升级不竭动力。塑造崇尚创新的发展理念,积极推动技术创新、产品创新,发展模式创新,推进各级科技创新平台建设。开展产学研结合,持续加强院企合作力度,注重研发、转化、创效并重,发挥"科技创新推动企业创效"的源动力作用。致力于研究开发新型建材、绿色建材及新材料,积极推进四步节能建筑材料产品的研发,进一步促进科研成果转化。目前,集团已建立了以建材科研院为依托的科技研发中心,设立了国家级博士后工作站。多年来,进行了多项市级科研项目的研究,参编了国家、行业标准和地方标准,取得了百余项自主知识产权专利,为集团转型发展提供了知识积累和内生动力。同时,集团注重企业各类创新人才的培养,持续优化国有骨干企业领导班子素质结构,研究生、博士生进行定向培养、交流锻炼,为企业持续发展做好人才的储备。

三是以内引外联为抓手,共建区域间产业合作联动机制。随着"一带一路""京津冀协同发展"和"自由贸易试验区建设"等重大国家战略的深入实施,各区域间优势互补、良性互动、共赢发展变得更为重要。集团以此为契机,立足天津地域的实际与特色,着力增强、充分发挥区位优势和交通优势,聚集与创新优势,在苦练内功的基础上,积极寻求合作机会,学习和引进其他地区兄弟企业的优秀成果,通过与京、沪建材集团通力合作,建成了高品质水泥、高端玻璃、门窗型材等一批处于行业领先水平的新型建材产品生产线,完成了产品和业态的转型升级,并取得较好的经济效益和社会效益。形成了跨区域的优势互补,建立起京津冀地区的相关产业合理分布和联动机制,实现互利共赢。

打造城市有害物处理中心

现代都市建材不仅要扮演好为城市建设提供建设资源和尽力减少环境负担的角色,更应该主动成为优化城市发展的积极力量。例如,都市的工业废渣、建筑垃圾、生活垃圾随着发展与日俱增,这些固体废弃物的存放、处理以及由此引发的环境污染问题日益严重。作为建材企业,我们有能力、更有义务和责任成为都市的美容师。将有害物进行有效处置和利用、变废为宝,打造城市有害物处理中心,为建设资源节约型、环境友好型社会做出贡献。

一是以综合利用为目的,促进绿色循环经济发展。从 2014 年开始,集团紧紧围绕天津市的要求部署,践行社会责任,积极探索建材产业相关的绿色循环经济发展路径,启动了"建筑垃圾资源化综合利用示范项目"。针对天津市建筑垃圾处理的实际情况,本着实现绿色循环经济的原则,着手建立年处理能力 100 万吨的建筑垃圾资源化利用设施。单座设施日可处理 3000 至 4500 吨建筑垃圾, 年处理建筑垃圾达百万吨以上。同时,结合自身实际,将建筑垃圾的资源化利用与下游产品相结合,经过处理后的再生材料用于砂浆生产、混凝土及砌块生产。打造建筑垃圾资源化综合利用中心,完善循环产业链,发展新型绿色建材。项目建成后,在市政府支持下,将再建立 3 至 4 个同等规模企业,有效解决城市建筑垃圾的处理问题。目前,我们正全力以赴推进建筑垃圾资源化综合利用示范项目,为集团相关产业的整合、实现绿色循环经济奠定良好基础。

二是以协同处置为手段,打造现代都市宜居环境。经过多年发展,我国城市体量逐步增大,固体废弃物日益增多,"垃圾围城"日趋严重,

321

"减量化、资源化、无害化"垃圾处理进程缓慢。针对天津市城市生活垃圾和固体废弃物处理现状，集团根据新型干法水泥窑的规模特点和生活垃圾处理量需求，建立安全协同处置生活垃圾集成技术系统，有效解决了污泥处理问题。完成了垃圾资源的最大化利用，实现绿色循环发展，同时也保障了市区水泥企业的生存发展。对化解水泥行业产能过剩、促进水泥行业绿色转型发展，保护生态环境、提升居民生活质量都具有重要意义。下一步，集团还将针对城市生活垃圾和固体废弃物处理，优化垃圾资源化综合利用处理方案，最终打造国家级有害物处理中心。

三是以减排降耗为重点，成为绿色节能环境友好者。化解落后产能已经成为国家层面的问题，要求集团制造业的发展必须全面纳入节能、减排、节约资源、降低污染物排放、强化环境保护的绿色生态发展轨道，并以碳减排和实施清洁生产为方向。近年来，为减少建筑材料生产过程中排放出的粉尘和温室气体对大气环境造成的污染，集团把淘汰落后产能作为重点，全面核查集团落后产能设备，对于不符合国家政策标准的一律进行处置，将原计划保留的一条干法窑也予以停产。截至目前共淘汰水泥产能100万吨。同时，关停天津市石矿，并投资2000余万元，实施矿山复绿，绿化面积达2万平方米，为建设"美丽天津"一号工程、打造责任国企做出了应有贡献。最大限度地减少对环境的污染和破坏，使建材行业由环境破坏者向环境友好者转变。

在城市化进程不断推进的今天，天津这座沿海大都市正面临着多重利好叠加的重大历史机遇期，"好风凭借力"，建材集团以时不我待的紧迫感，抓住机遇、用好机遇，将改革向纵深推进。

（作者胡景山，2016年3月）

逐梦深蓝

——天管集团自主创新推进海洋工程用结构管国产化纪实

波澜壮阔的大海深邃莫测,蕴藏着无限的生机与希望。作为我国无缝钢管研发生产基地的天津钢管集团公司,凭借着超高强度、高韧性、抗腐蚀及特殊扣等方面的技术优势, 成功挑战了地质条件恶劣的超深井,又将梦想从陆地延伸到广阔的海洋,向研发生产高端海洋工程用结构管发起挑战,并将加速高端海工用管国产化打破国外垄断融入企业发展梦想,全力为我国早日成为"海洋强国"做出积极贡献。

打造海底"擎天柱"

在碧波无垠的大海上,壮观的海洋自升式钻井平台如巨人矗立,抵挡着海风和潮汐沉重的拍击,平稳整体升降进行海上钻井作业。那深入海底支撑这个重量达几千吨庞然大物的"擎天柱",就是平台的关键装备——桩腿。桩腿一般采用无缝结构管,与弦管组焊成"X"型或"K"型管节点, 形成桁架式高强承力结构。它不仅要具有优异的综合力学性能, 而且必须具备良好的焊接性能。作为大型海洋平台结构的关键材料,桩腿管是结构管中公认的技术难度最大、要求最高的产品之一。

综合力学性能和焊接评价的高门槛,将国内众多管材生产企业挡在了门外。长期以来,国外少数企业垄断国内市场,不仅抬高价格赚取暴利,而且对我国大型海洋平台结构的发展和规模应用形成了极大的制约,给海洋资源的开发和能源安全的保障带来了巨大的隐患。

2008年,受国际金融风暴影响,钢铁行业市场形势持续下滑。普通产品的同质化竞争日益白热化,钢管制造业的盈利空间大幅压缩。选择差异化道路,是摆脱这种困境的有效途径。天管集团凭借着高端无缝钢管研发生产的经验,迈出了研发海洋工程结构管的第一步。为早日填补国内市场空白,科研团队依靠自主创新研究解决了材料成分和组织的优化设计、高纯均质化冶炼—连铸工艺、高精度轧管工艺、精确热处理工艺及环焊工艺等多项关键技术难题,开发出X65Q等钢级高性能结构管。

2009年,天管集团海工结构管通过了严苛的综合力学性能和焊接评价试验,获得了美国船级社认证,拿到了市场"准入证",实现了批量生产和供货。天管集团成为国内第一家桩腿无缝管生产企业。

摘取海工"夜明珠"

近年来,我国正逐步向黄海、东海和南海大陆架发展,急需开发、建造移动式大型自升式钻井平台。新一代大型自升式平台采用了高强度和高刚度重量比、低水阻力的桩腿设计,选材较大壁厚和小管径壁厚比截面的高强度无缝钢管,提高承载能力、减轻平台自重、减小移动阻力。为保证平台在海洋风暴、海水腐蚀、意外撞击和火灾等恶劣海洋环境下的安全,对支撑管材料的-40℃低温韧性、焊接性能、疲劳性能、抗氢脆性能、动态拉伸性能、高温强度等诸多力学特性和使用性能,都提出了极高的要求。这种产品无异于海工结构管桂冠上的"夜明珠"。

2011年，天管集团向更高目标挺进，立项研发海洋钻井平台结构用高性能无缝钢管。课题组利用技术中心先进研发平台，通过世界最先进的全流程全尺寸试验线，模拟炼钢—轧管—管加工热处理等整个生产流程，从标准分析、产品对比、工艺设计和钢种筛选等多角度进行总结和分析，进行了材料成分的优化设计、微观组织的优化设计、高纯均质化炼钢工艺、高精度轧管工艺、精确热处理工艺、综合力学性能评价和研究、环焊性能研究及环焊工艺评定，并将最严格的规范作为试制最终技术的条件，反复进行试验检测。

2012年，X80Q和X100Q两个钢级高强度无缝钢管成功诞生。在这一研发过程中，解决了材料成分和组织匹配、炼钢/轧管/热处理工艺优化、焊接工艺优化等多项关键技术难题，成功开发了具有优异焊接性能的低碳当量、高强度高韧性厚壁无缝海工结构管。产品的高强度、优异低温韧性、抗氢脆、抗疲劳、防撞和耐火等综合力学性能优良，充分满足了大型自升式平台用管的技术要求。目前，X80Q获得国家专利授权，X100Q的专利申请进入审核程序。

目前，天管集团海洋工程用结构管产品在上海外高桥、中集来福士、辽河重工、上海振华重工、招商重工等多家船厂成功应用，得到用户广泛认可。

海洋钻井平台用高性能无缝结构管的国产化，满足了我国海洋重大装备制造对基础材料的迫切需求，在质量优于国外产品的情况下，不仅使国内海工企业采购周期从九个月以上缩短到两三个月，而且采购费用降低了40%。同时，由于摆脱了长期依赖国外的不利局面，保障了国家海洋资源开发战略的实施，大幅度提升了我国无缝钢管高端产品自主研发的能力和国际影响力，对能源、冶金、造船等诸多行业的发展或技术进步具有重要意义。

续梦角逐"大舞台"

2013年12月，天管集团与我国唯一从事船舶入级检验业务的专业机构——中国船级社签订战略合作协议，整合双方的优势资源，为国家海洋工程建设和船舶工业的发展贡献更好的产品和服务，并携手开创更加广阔的市场空间。

2015年，基于用户多年合作建立起的信任，X100Q钢级桩腿管中标自升式平台的制造。此平台配有国际领先水平的海洋石油钻探开采装备，全部实现自动控制，一次定位钻井56口，正常作业温度可达-10℃，钻井深度可达9000多米，可以在全球122米深水域范围内进行作业，是世界上最先进的自升式钻井平台。这一成功应用，巩固了天管集团在海洋工程用结构管领域的国内领先地位，并为打入国际市场积累了业绩。

目前，天管集团是国内首家、全球第二家通过美国船级社新版要求ABS结构管认证的企业，最高钢级达到了X100Q。海洋钻井平台结构用高性能X80Q无缝钢管已通过了国内大部分海工企业及亚洲某大型造船企业等世界知名海工企业的焊接评价试验。

天管人正在努力开发出更高强度的产品，满足不同自升式钻井平台型号的需求，让中国制造走向世界，角逐国际海洋工程用结构管市场更广阔的舞台，为把我国打造成"海洋强国"续写他们的蓝色梦想。

（作者高扬、王起津，2016年5月）